अखिलेश

जन्म : 1960, सुल्तानपुर (उ.प्र.)।

शिक्षा : एम.ए. (हिंदी साहित्य), इलाहाबाद विश्वविद्यालय।

कृतियाँ : *आदमी नहीं टूटता, मुक्ति, शापग्रस्त, अँधेरा* (कहानी); *अन्वेषण, निर्वासन* (उपन्यास); *वह जो यथार्थ था* (सृजनात्मक गद्य); *श्रीलाल शुक्ल की दुनिया* (सं.) (आलोचना)

संपादन : 'वर्तमान साहित्य', 'अतएव' पत्रिकाओं में समय-समय पर संपादन। आजकल प्रतिष्ठित साहित्यिक पत्रिका *तद्भव* के संपादक। 'एक कहानी एक किताब' शृंखला की दस पुस्तकों के शृंखला संपादक। 'दस बेमिसाल प्रेम कहानियाँ' का संपादन। ग्यारह भागों में प्रकाशित 'कहानियाँ रिश्तों की' का शृंखला सम्पादन।

अन्य : देश के महत्त्वपूर्ण निर्देशकों द्वारा कई कहानियों का मंचन एवं नाट्य-रूपांतरण। कुछ कहानियों का दूरदर्शन हेतु फिल्मांकन। टेलीविज़न के लिए पटकथा एवं संवाद-लेखन। अनेक भारतीय भाषाओं में रचनाओं के अनुवाद प्रकाशित।

पुरस्कार/सम्मान : कथा-क्रम सम्मान, श्रीकांत वर्मा सम्मान, इंदु शर्मा कथा सम्मान, राजकमल प्रकाशन कृति सम्मान : 'कसप'—मनोहरश्याम जोशी पुरस्कार, परिमल सम्मान, वनमाली सम्मान, अयोध्याप्रसाद खत्री सम्मान, स्पंदन पुरस्कार, बालकृष्ण शर्मा 'नवीन' पुरस्कार, कथा अवार्ड आदि।

संपर्क : 18/201, इंदिरा नगर, लखनऊ-226016 (उ.प्र.)।

अँधेरा

अखिलेश

राजकमल पेपरबैक्स

पहला पुस्तकालय संस्करण
राजकमल प्रकाशन प्राइवेट लिमिटेड द्वारा
2006 में प्रकाशित

राजकमल पेपरबैक्स में
पहला संस्करण : 2007
दूसरा संस्करण : 2019

राजकमल पेपरबैक्स : उत्कृष्ट साहित्य के जनसुलभ संस्करण

राजकमल प्रकाशन प्रा. लि.
1-बी, नेताजी सुभाष मार्ग, दरियागंज
नई दिल्ली-110 002
द्वारा प्रकाशित

शाखाएँ : अशोक राजपथ, साइंस कॉलेज के सामने, पटना-800 006
पहली मंजिल, दरबारी बिल्डिंग, महात्मा गांधी मार्ग, इलाहाबाद-211 001
36 ए, शेक्सपियर सरणी, कोलकाता-700 017

वेबसाइट : www.rajkamalprakashan.com
ई-मेल : info@rajkamalprakashan.com

बी.के. ऑफसेट
नवीन शाहदरा, दिल्ली-110 0 2
द्वारा मुद्रित

मूल्य : ₹199

ANDHERA
Short Stories by Akhilesh

ISBN : 978-81-267-1359-2

अश्वनी कुमार जी के लिए सादर-सप्रेम

प्रकाशक

अनुक्रम

वजूद

वह एक विशाल जंगल था—अनगिनत वृक्षों, पौधों, फलों और पत्तों से भरा हुआ। जंगल के सामने जयप्रकाश अकेला खड़ा था।

आसमान में सुबह का सूर्य था और धरती पर केवल जंगल था और जयप्रकाश था। जयप्रकाश सूर्य को भूल गया था और अपने को भी, उसके लिए केवल जंगल का अस्तित्व था। जब वह जंगल में खोया हुआ था अथवा जंगल उसमें खो गया था, उसी समय बेटे कोमल की उसे पुकारती हुई आवाज़ ने विशालकाय जंगल के अस्तित्व को छिन्न-भिन्न कर दिया। कोमल की आवाज़ इसलिए इतनी ताक़तवर थी क्योंकि उसमें बहुत अधिक ख़ुशी थी। जयप्रकाश ने देखा कि कोमल बहुत तेज़ चला आ रहा है।

दोनों आमने-सामने हुए तो जयप्रकाश ने कहा, "इतना तेज़ क्यों चल रहे हो ?"

कोमल ने कहा, "बाबू बड़ी ख़ुशी की बात है।" उसकी साँस फूल गई थी। हाँफ़ते हुए बोला, "अख़बार में तुम्हारा फ़ोटो छपा है।"

कोमल ने अख़बार काँख से निकालकर पिता के सामने फैलाया। उसमें वाकई उसकी तस्वीर थी। पर मुश्किल यह थी कि जयप्रकाश को स्वयं अपना चेहरा अच्छी तरह याद न था। यूँ तो हर कोई जितना दूसरों का चेहरा पहिचानता है उतना अपना नहीं, मगर जयप्रकाश अपने चेहरे से और भी कम परिचित था। हालाँकि उसने नाई और पान की दुकान के आईने में कई बार अपने को भली-भाँति देखा था लेकिन ज़ाहिर है कि केवल कुछेक बार। रोज़-रोज़ बड़े से आईने में अपना चेहरा देखता तो शायद अपने चेहरे से अधिक परिचित हो जाता पर लम्बे अरसे तक उसके घर में बड़ा क्या कोई भी आईना नहीं था। न उसे और न उसकी घरवाली को कभी आईने की तीव्र इच्छा हुई थी। उसके घर में आईने के प्रवेश की कहानी आईने के एक टुकड़े से शुरू होती है...

जान (जयप्रकाश की पत्नी 'जान' का पूरा नाम जानकी था पर चूँकि जयप्रकाश की माँ का नाम भी 'जानकी' था, इसलिए उसने पत्नी का नाम 'जान'

रख दिया।) जिस घर में काम करती, कुछ वर्ष पहले एक दिन वहाँ झाड़ूबुहारी कर रही थी तो मालकिन ने कहा, "शीशे के टुकड़े पड़े हुए हैं, ज़रा सँभाल के उठाना धँसने न पाएँ।"

"कैसे टूटा मालकिन ?"

"कुछ नहीं बस ऐसे ही।" मालकिन बोलीं। दरअसल असली वजह बयान करने में वह लाज का अनुभव कर रही थीं। हुआ यह था कि मालकिन के दाएँ नितम्ब पर एक फुन्सी निकल आई थी, जिसके दर्द से वह बेहाल थीं। फुन्सी ऐसी अजीब जगह थी कि वह न ठीक से बैठ पाएँ न खड़ी हो पाएँ। बाईं करवट लेटतीं तो गनीगत वरना लेटना भी मुहाल था। इसी परेशानी के बीच उनमें उस फुन्सी को देखने की इच्छा पैदा हुई। वह काफ़ी कोशिश के बावजूद उसे देख नहीं पा रही थीं। अतः रात को बन्द कमरे में बल्ब के उजाले में वह नितम्ब के सामने 4 × 8 इंच का आईना रखकर उसमें फुन्सी का प्रतिबिम्ब देखने का प्रयत्न करने लगीं। पर तब भी देख नहीं पा रही थीं। उन्होंने गर्दन कई कोणों पर मोड़ी, नितम्ब को इधर-उधर हिलाया, कमर की मांसपेशियों को अलग-अलग तरह से लोच दिया लेकिन वह फुन्सी को देख नहीं पाईं। अन्ततः आईने को आड़े तिरछे घुमाने लगीं। इसी उलट-पुलट में आईना उनके हाथ से छूटकर ज़मीन पर गिरा और टूट गया था। उन्हीं टूटे हुए टुकड़ों को जान उठाने जा रही थी। उनमें एक बड़ा टुकड़ा था।

शीशे के उस बड़े टुकड़े ने जान की आखों में झाँका, जान सनसनी, घबराहट और उल्लास से लबालब भर उठी। क्योंकि जयप्रकाश ने हज्जाम और पान की दुकान के आईनों में अपने को देखा था लेकिन जान न कभी हज्जाम के यहाँ गई थी न पान की दुकान पर। अब जब इस समय आईने ने ही शरारत से उसकी आँखों में झाँक लिया था तो वह क्या कर सकती थी...। उसने हिम्मत बटोरी और आईने को हाथ में लेकर आईने की आँखों में ख़ुद भी झाँका और इस बार जान नहीं, आईना सनसनी, घबराहट और उल्लास से भर गया था। जान ने उसी हालत में आईने के उस टुकड़े को जो जान को देखकर आईना बन गया था, अपने आँचल में बाँधा और काम-धाम निपटा कर घर ले आई।

उस रोज़ जान ने आईने में बार-बार देखा। जयप्रकाश ने भी देखा। वह आईने में देखती फिर आईना जयप्रकाश को दे देती। जयप्रकाश आईने में देखता फिर आईना जान को दे देता। उन दोनों ने अपने को एक साथ आईने में देखने का यत्न किया पर वे एक साथ नहीं दिखे। क्योंकि आईने में तो एक का भी चेहरा पूरा नहीं दिख पा रहा था। कभी मत्था कट जाता, कभी कान, कभी ठोढ़ी।

सुबह उठने के बाद जान ने सबसे पहले देखा कि आईना अपनी जगह पर

है कि नहीं। घबरा गई, आईना वहाँ नहीं था। पूरी कोठरी में नहीं था। वह बदहवास बाहर निकली कि जयप्रकाश से पूछे आईना कहाँ ग़ायब हो गया। बाहर निकलकर देखा कि जयप्रकाश दातून कर रहा था और आईने में देख-देखकर अपने दाँत चमका रहा था। जान ने उसके हाथ से आईना छीन लिया, "पगला गए हो क्या जो इस तरह दतुअन करते हुए टहल-टहलकर इसमें दाँत देख रहे हो। मैं कहती हूँ कि ऐसे यह चार दिन नहीं चल पाएगा।"

वह आईने को लेकर भीतर कोठरी में आई और अपने पल्लू से पोंछकर उसे ताख पर रख दिया। फिर कुछ झुककर उसमें अपना चेहरा देखते हुए फुसफुसाई, "पगला गए हो क्या जो इस तरह दतुअन करते हुए टहल-टहलकर इसमें दाँत देख रहे हो। मैं कहती हूँ कि ऐसे यह चार दिन नहीं चल पाएगा।" वह मुस्कराने लगी, "चार दिन की बात छोड़ो, मैं कहती हूँ तुम कभी नहीं टूटोगे।" उसने जैसे आईने को यह वरदान दिया था जो बाद में सच साबित हुआ। क्योंकि बाद में उनके घर में एक नया आईना आया जो आते ही टूट गया। फिर उन्होंने नया ख़रीदने का उपक्रम छोड़ दिया था और इसी आईने के टुकड़े से काम चलता रहा। उसके वरदान के फलस्वरूप यह आईना जो कभी आईने का एक टुकड़ा था और जो जान को देखकर आईने के टुकड़े से बदलकर आईना बन गया था, कभी नहीं टूटा। इसी में दिखे अपने आधे-अधूरे, टूटे-फूटे प्रतिबिम्ब की याद जयप्रकाश के पास थी, जिसके आधार पर वह अख़बार में छपी अपनी फोटो को देख रहा था...।

"इसमें मेरा फोटू क्यों छपा है ?" उसने बेटे से पूछा।

"तुम्हारी तारीफ़ है।"

"क्या तारीफ़ है, बता न।"

"बाबू इ अंग्रेज़ी में लिखा है।"

"तो का ? इंगरेजी में पढ़कर हमको मतलब बता दे।"

"बाबू यही तो बात है, मुझको अंग्रेज़ी नहीं आती है।"

"तो स्कूल क्यों जाते हो, घुइयाँ निकालने ?" जयप्रकाश उखड़ गया, "अरे अपने मास्टर से पूछ लिए होते।"

"मास्टर ससुरऊ अंग्रेज़ी का जानें। इस अंग्रेज़ी लिखे का पूरा मतलब तो वकील साहेब भी नहीं बता पाए। पर कुछ-कुछ कामचलाऊ बात वही बता सके। इ अख़बार भी वही लेकर गाँव में आए हैं।"

"का बताए वकील साहेब ?" जयप्रकाश खीझ गया।

"बताए कि गाँव में जो रवि कुमार आए थे, जिनकी बिटिया का दमा तुम

ठीक कर दिए थे न, वही इस अख़बार में पत्रकार हैं। अपने गाँव के बारे में एक लेख लिखे हैं, उसी में तुम्हारे बारे में भी कहा है कि तुम बहुत गुनी हो।''

''बस यही बात है न, कौनो पुलिस कचेहरी के चक्करवाली बात तो नहीं है न ?''

''नहीं।''

''तब ठीक है।'' कहकर जयप्रकाश आगे बढ़ गया।

अख़बार में छपी फ़ोटो और तारीफ़ पर पिता की यह उदासीनता देखकर कोमल निराशा और हताशा से घिर गया। वह जयप्रकाश को जंगल में जाते हुए देखता रहा। जब वह ओझल हो गया तो उसने अख़बार को मोड़कर पुनः काँख में दबाया और गाँव की दिशा में चल पड़ा। चलते हुए उसने सोचा, ''मेरा बाप कितना बड़ा झक्की है।'' दरअसल उसका पिता आज तक उसकी समझ में नहीं आया था। अख़बार पर जयप्रकाश की उत्साहविहीन प्रतिक्रिया को जाने भी दें तो अन्य अनेक ऐसे दृष्टान्त थे जो उसकी निगाह में पिता को अजीबोग़रीब सिद्ध करते थे। जैसे कि उसके पिता ने जब इसी पत्रकार रवि कुमार की बिटिया का दमा एक फल के बीजों की चार खुराक से ठीक कर दिया था तो रवि कुमार बोला था, ''क्या तुम मेरा गठिया भी ठीक कर सकते हो ?''

जयप्रकाश ने कहा, ''नहीं हुजूर बिल्कुल नहीं। बिटिया रानी का दमा भी मैंने कहाँ ठीक किया, वह ऊपरवाले ने ठीक किया और आपका गठिया भी ऊपरवाला ठीक करेगा।'' जयप्रकाश अगले दिन किसी पौधे की नरम हरी पत्तियाँ लाया, उन्हें निचोड़कर रस निकाला और रवि कुमार को निर्देश दिया, ''पी जाइए।'' फिर उसने किसी अज्ञात तेल से भरी एक शीशी दी, ''रोज़ाना दो बार इस तेल से बदन की मालिश करें। भगवान ने चाहा तो फ़ायदा होगा।'' रवि कुमार गाँव की सम्पत्ति बेचने आए थे और पन्द्रह दिन रहे थे। इस अवधि में उनके गठिया में पूरी तरह भले फ़ायदा न हुआ हो लेकिन जोड़ों में तकलीफ़ काफ़ी कम हो गई थी। अतः जिस दिन वह गाँव से सपरिवार विदा होनेवाले थे, उन्होंने जयप्रकाश को अपने यहाँ बुलाया था। पिता के साथ कोमल भी चला आया।

''काहे को बुलाया साहेब ?'' जयप्रकाश था।

''कुछ नहीं जयप्रकाश, बस धन्यवाद देने के लिए। तुम्हारे इलाज से मुझको, मेरी बेटी को फ़ायदा हुआ है।''

''अच्छी बात है साहेब, पर धन्यवाद ऊपरवाले को दें।''

रवि कुमार ने पर्स से सौ-सौ रुपए के दस नोट निकाले, ''लो रख लो।''

पर वाह रे ख़ब्ती बाप, जवाब दिया, ''साहेब हम दवाई का पैसा नहीं लेते

हैं। दोख होता है। बेचने पर हुनर ख़त्म हो जाता है।''

पिता की बात सुनकर वह कुढ़ गया था। चिड़चिड़ाकर उस समय उसने सोचा था, ''कितना अभागा है उसका बाप। सामने रखी हज़ार रुपए की दौलत को ठुकरा रहा है। कह रहा है कि दोख होता है, हुनर ख़त्म हो जाता है। अरे लक्ष्मी मइया की सरासर बेइज़्ज़ती कर रहे हो, इससे दोख नहीं हो रहा है। वह भी देवी हैं, उनके गुस्साने से नहीं तुम्हारा हुनर चला जाएगा। मैं तो कहता हूँ कि यह दोख-ओख कुछ नहीं होता है। सरासर फालतू बातें हैं। पर ये हमारे बाबू महराज हैं कि इनको अभी भी दोख पाप की पड़ी है।'' इस वक़्त भी जंगल से गाँव लौटते हुए उसने सोचा, ''जब कुछ लेना नहीं, कमाना नहीं तो क्यों जंगल में भटकते रहते हैं ? अगर किसी दिन किसी जानवर कीड़े ने काट लिया तो... ।''

सचमुच उसी समय जयप्रकाश के बगल से एक बड़ा सा साँप रेंगता हुआ गुज़र गया था। जयप्रकाश थोड़ी देर उसे जाता देखता रहा। इसके बाद एक झंखाड़ से निकलकर जयप्रकाश दूसरे झंखाड़ में घुस गया।

यह झाड़ इतना घना था कि कोई बाहर से देखता तो जयप्रकाश दिखाई न देता। उसने झाड़ के भीतर किसी पौधे को साँस रोककर देखा, फिर उसकी एक पत्ती को तोड़कर चुटकी से मसला और सूँघा। मायूस हुआ। वह उसी झाड़ में एक स्थान से दूसरे स्थान की तरफ़ बढ़ा। वहाँ कोई पेड़ था जिसमें पीले रंग के फूल उगे हुए थे। वह फूल तोड़ने के लिए उछला... । बाहर से कोई देखता तो उसे लगता कि भीतर कोई ख़ूँख़ार जानवर घुसा है। इसी तरह वह जब कभी अपनी ज़ेब से चाक़ू निकालकर किसी पेड़ की छाल काटता या किसी पौधे का तना छीलता तो लगता था कि जैसे कोई जानवर अपने शिकार को खा रहा है। और जब वह उस झाड़ को छोड़कर चला जाता था तो कहना मुश्किल हो जाता था कि जानवर खाने के बाद आराम फरमा रहा है या उसकी भूख अभी ख़त्म नहीं हुई है और वह अगले आखेट के लिए घात लगाए बैठा है।

जब वह झाड़ से निकलकर बाहर आया तो उसके बाल बिखरे हुए थे। पसीने से लथपथ था। काँटे वगैरह गड़ जाने के कारण उसके शरीर पर कई जगह हल्के मामूली ज़ख़्म थे। नंगे बदन पर जगह-जगह पत्तियाँ चिपकी हुई थीं। उस समय उसे देखकर कहना कठिन था कि अभी कुछ देर पहले वह प्रकृति से युद्ध कर रहा था अथवा प्रकृति और उसके मध्य प्रेमालाप हुआ था।

उसने डोरी निकाली और एक पेड़ की कमर पर बाँध दी। पीछे के न जाने कितने वृक्ष जयप्रकाश की डोरी की करधनी पहने हुए थे।

जंगल प्रदेश के एक बीमार मुख्यमन्त्री का स्वप्न था। उसने एक विशाल चिकित्सा संस्थान की योजना बनाई थी। सोचा था कि अधुनातन उपकरणों और योग्यतम डॉक्टरों से सुसज्जित होगा यह अस्पताल। और इसी में वह अपनी और अपने लोगों की बीमारियों का ईलाज कराया करेगा। अस्पताल की आधारशिला का उद्‌घाटन भी उसी ने किया था और उस अवसर पर उसने घोषणा की थी कि अस्पताल से सटे हुए विशाल भूभाग पर चिकित्सा सम्बन्धी औषधियों के पेड़-पौधे लगाए जाएँगे। बहुत कम समय में वह विस्तृत भूगोल छोटे-छोटे पौधों से भर गया था। अस्पताल नहीं बना क्योंकि मुख्यमन्त्री को पद से हटा दिया गया था। नए मुख्यमन्त्री की आँखों में आधारशिला का पत्थर चुभता था, उसमें पिछले मुख्यमन्त्री का नाम था। इसलिए उसने अस्पताल के काम को रोक दिया। पर पौधों वनस्पतियों में उसकी कोई दिलचस्पी नहीं थी। फ़ाइलों के काग़ज़ वृक्षों के विनाश से ही तैयार होते हैं, और वह फाइलों का कीड़ा था। अधिक से अधिक यही उसका वृक्षों से प्रतिशोध था। फ़िलहाल बर्ख़ास्त अस्पताल के बगल का वह भूभाग एक दिन सघन जंगल में बदल गया।

जंगल से जयप्रकाश के रिश्ते का इतिहास प्रेम, भय और जुनून के अध्यायों में विभक्त किया जा सकता है। जब वह बच्चा था, क़रीब दस साल का, तो अपने पिता रामबदल के साथ जंगल में अक्सर आया करता था। शुरू-शुरू में वह यहाँ आने में हिचकता था लेकिन रामबदल उसे ज़बरदस्ती ले आता। यहाँ आ जाने पर रामबदल पेड़ से कोई फल तोड़कर उसे खाने के लिए दे देता था। जयप्रकाश बड़े चाव से उसे खाता। ये वे फल नहीं थे जो गाँव में दिखते थे। ये सर्वथा नए, अनोखे और मौलिक स्वादों के धनी फल थे। रामबदल कभी बेटे को कोई फूल देता और कहता, "चबाओ।" उस फूल को जयप्रकाश चबाता तो उसका मुँह रस से भर जाता। इसी तरह रामबदल कभी किसी फल के बीज उसे खाने के लिए देता था, कभी किसी पौधे की पत्ती देकर कहता, "इसे चूसो बहुत बढ़िया लगेगा।" जयप्रकाश को धीरे-धीरे जंगल की लत लगने लगी और वह पिता के साथ खुदबखुद यहाँ आने लगा था। वैसे अब भी वह यहाँ स्वादिष्ट फलों, फूलों, पत्तियों तथा बीजों के खट्टे-मीठे संसार में ही भ्रमण करता था लेकिन फ़र्क़ यह आया कि इन सबके लिए पिता पर अपनी निर्भरता कम करने लगा था। धीरे-धीरे वह स्वयं अनेकानेक फलों, बीजों, फूलों, पत्तियों के रूप, रस, गन्ध को पहिचानने लगा था। बल्कि एक दिन उसने पिता रामबदल को इस कदर चमत्कृत कर दिया कि रामबदल उसे ठगा सा देखता रह गया था। उसने पिता से कहा, "काका एक पेड़ के फल का सुआद मिर्चा जैसा तीता है पर उसकी छाल को छीलो तो दूध

निकलेगा और वह दूध बड़ा मीठा है।" रामबदल रोमांचित हो गया और व्यग्रता से बोला, "चलो हमको वो पेड़ दिखाओ।"

जयप्रकाश ने अथाह भीड़ भरे मेले में अपना खिलौना खो चुके बच्चे की सी मायूसी और दुख के साथ जंगल को देखा। चारों तरफ़ पेड़ ही पेड़। अपनी छाल के नीचे दूध का सोता छिपाए रखने वाला पेड़ जंगल में कहीं खो गया था। उस पर नीमअँधेरा, जिसे कोई चाहे जो नीमउजाला कह सकता है, जो भी हो पर इतने मामूली उजाले में बच्चे जयप्रकाश का वह पेड़ और अधिक गुम हो गया। रामबदल हँसा, "कहाँ है वह कलपदुम ?"

पिता का प्रश्न और प्रश्न से बहुत ज़्यादा पिता की हँसी बच्चे जयप्रकाश को बेध गई। उसे अपने भीतर अपमान सरीखी किसी चीज़ की आँधी और आँसुओं की बारिश का अन्देशा हुआ। वह रोने ही वाला था कि उसमें कुछ कौंधा और उसने पिता से कहा, "थोड़ा सब्र करो, अभी ले चलूँगा उसके पास।" वह ख़ामोश होकर चौकन्नेपन के साथ खड़ा हो गया। थोड़ी देर वह वैसे ही खड़ा रहा, तब हवा चली और पेड़ हिले। जयप्रकाश का भाग्य था कि हवा ज़ोर से चली थी और पेड़ ज़ोर से हिले थे। जयप्रकाश ने अनगिनत वृक्षों के पत्तों की आवाज़ों के समुद्र में अपने वृक्ष के पत्तों की आवाज़ को जैसे ढूँढा हो, वह पिता के साथ उस आवाज़ के पास पहुँचा। अब दोनों के सामने वह आवाज़ थी और उस आवाज़ का पेड़ था। उस पेड़ के सामने जयप्रकाश उस पेड़ के पत्तों की तरह खुशी से काँप रहा था।

रामबदल खुशी से चमक उठा था। वह उस पेड़ के तने को छील रहा था, तभी पेड़ से दूध छलक आया। रामबदल ने चखा और पागल हो गया। वह बन्दर की तरह उछला और एक फल तोड़कर उसे कुतरा। कड़वाहट उसके मुँह में भर गई और आनन्द से उसने बेटे को बाँहों में भर लिया। जयप्रकाश पिता से खुशी, वात्सल्य के साथ सफलता की नियामत पाकर फफक पड़ा। वह रो रहा था...रोते हुए बोलता जा रहा था, "काका काका...हमारी बात सही निकली न...काका हमारी बात सही निकली न...।"

इस वाकये के बाद दोनों जंगल में साथ आते थे, जंगल से साथ जाते थे मगर जंगल के भीतर वे अलग-अलग हो जाते थे। जब वे जंगल से निकलते तो रामबदल के झोले में कुछ जड़ी-बूटियाँ, पत्ते इत्यादि होते थे और जयप्रकाश की जेबें उन फलों, बीजों आदि से भरी होतीं जिनमें खट्टे, मीठे, खटमिट्ठे स्वाद भरे रहते थे।

जयप्रकाश सोचता कि जंगल, गाँव सभी जगहों में इतने सारे फल, फूल, बीज,

अन्न हैं पर किसी के स्वाद में नमक क्यों नहीं है। खट्टा, मीठा, कसैला, फ़ीका सारे स्वाद हैं पर नमकीन कहाँ अदृश्य हो गया। इन्हें पैदा करनेवाली मिट्टी ने इन्हें नमक क्यों नहीं दिया ? वह सोचता, और इच्छा करता कि जंगल में उसे किसी रोज़ नमकीन फल मिल जाए तो कितना मज़ा आता। वह गाँववालों को नमकीन फल चखाकर हैरान कर देता। उस फल को देख-चखकर सबसे ज़्यादा हैरान तो काका होता।

फ़िलहाल नमकीन फल उसे नहीं मिला था किन्तु, नमकीन स्वाद के प्रति उसमें अद्‌भुत श्रद्धा भर गई थी। कभी-कभी नमक की डली को इस निगाह से देखता गोया दुनिया का कोई अनमोल रत्न देख रहा है। एक बार घास छीलते वक़्त हँसुए से उसकी अँगुली कट गई। उसने निकल आए ख़ून को चूसा, उसमें उसे नमकीन मिला। यह नमकीन की महिमा का अनोखा चमत्कार था। आदमी कितना मीठा, कड़वा, नमकीन, खट्टा खाता है पर खाने-पीने से जो रक्त बनता है वह केवल नमकीन होता है। इसी तरह मत्थे से चूकर ओंठों पर गिरे पसीने में भी उसे नमक मिला। उसने ठान लिया कि स्वादों के महाराजा नमक के स्वादवाले फल को वह ज़रूर तलाश करेगा। लेकिन जब अन्ततः उसे वह नहीं मिला तो उसने स्वीकार कर लिया कि भगवान ने खाने के लिए कितने सारे फल बनाए, अन्न बनाए लेकिन भगवान नमकीन न बना सका। नमकीन आदमी ने बनाया। फिर भी उसे उम्मीद थी कि इतनी बड़ी दुनिया में कोई न कोई ऐसी क़ुदरती पैदावार होगी जिसके स्वाद में नमक होगा।

मगर एक अन्य कौतूहल ने उसकी नमकीन फल में दिलचस्पी को क्षीण कर दिया था...। हुआ यह था कि वह अपने पिता रामबदल के साथ जंगल से लौट रहा था। रामबदल का झोला भरा हुआ था और जयप्रकाश की जेबें फूली हुई थीं। रामबदल ने झोला बेटे को पकड़ाया और ट्यूबेल पर जाकर हाथ-मुँह धोकर पानी पीने लगा। इसी बीच जयप्रकाश ने बाप के झोले में झाँक लिया था। झोला कुछ फलों, पत्तियों और जड़ी बूटियों से भरा हुआ था।

जब रामबदल लौटा तो जयप्रकाश ने उससे पूछा, "काका, झोले में ये जो सब अगड़म-बगड़म भरे हो, इसका क्या करोगे ?"

"ये सब दवाई हैं।" रामबदल ने उकड़ूँ बैठकर झोले का मुँह खोलकर जड़ी निकाली, "इसको रात में पानी में डाल दो, सुबह उसी पानी को पियो तो बवासीर ठीक हो जाता है।"

"काका ये बवासीर कौन बीमारी है ?"

"चुप बे, पहले सुन।" रामबदल ने झोले से कुछ फूल निकाले, "इसका रस

सिर में लगाने से पुराना से पुराना अधकपारी ठीक हो जाएगा।'' उसने इस बार नरम हरी पत्तियाँ निकालीं, ''इनका रस गठिया की बीमारी में फ़ायदा पहुँचाता है। और ये जो...'' वह उस झोले से कुछ बीज बाहर लाया। सफ़ेद उजले बीज, ''इसे सुखाकर पीस लो फिर खुराक बनाकर शहद के साथ दो, कैसा भी दमा हो ठीक हो जाएगा।''

''और काका वह जो बड़ा सा लाल फूल है...और वह...जो...वह नहीं...वह जो कुछ-कुछ जामुन की तरह है...।''

''उनके बारे में हमको पता नहीं...इसके बारे में बैद महराज ही जानते होंगे।''

''अच्छा काका ये सब जिस-जिस पेड़-पौधे के हैं उन सबके नाम क्या हैं ?''

यह भी हमको नहीं पता...। इसके बारे में भी बैद महराज ही जानते हैं।''

''तुमको क्यों नहीं पता है ?''

''हमका बैद महराज बताए ही नहीं...।''

बैद महराज यानी कि पंडित केसरीनाथ। दोनों बैद जी की हवेली पर पहुँचे। जयप्रकाश की इच्छा हुई कि बैद जी से मिलने पर पूछ ले कि बड़ा-सा लाल फूल किस बीमारी को ठीक करता है। और जो जामुन की तरह का फल है वह किस बीमारी की दवाई है...।

लेकिन जब बैद जी आए तो उससे पूछा न गया। उनके आने पर पहले उसने पिता की तरह ही जैसे दीवार पर छिपकली चिपकती है उस तरह ज़मीन से चिपककर दण्डवत प्रणाम किया फिर उन्हें अपलक देखने लगा–बड़ा-सा गोरा भभूका मुँह, सिर पर पगड़ी, सिल्क का कुर्ता और बढ़िया धोती। कलाई में लाल धागा बँधा था और मस्तक पर त्रिपुंड। एकदम चमक रहे थे।

रामबदल ने झोला चरणों में रखा। बैद जी ने पास तख़्त पर रखे लोटे से पानी निकाला और छिड़ककर झोले को पवित्र किया। भीतर किसी को आवाज़ दी, ''ये औषधियाँ हैं, इन्हें औषधालय में रखवा दो।''

जयप्रकाश बहुत प्रभावित हुआ–कैसी गूँजती हुई आवाज़, जैसे रामलीला में वशिष्ठ मुनि बोले थे।

लौटते हुए उसने रामबदल से कहा, ''तुम भी दवाई के बारे में जानते हो तो तुम क्यों नहीं बैद महराज की तरह बन जाते। वैसा ही कुर्ता पहनो, वैसी ही धोती। त्रिपुंड लगाकर वैसी ही मूँछ रख लो।''

रामबदल हँसा, ''और तुमको भी बैद महराज का लरिका बना दें–दिन भर रबड़ी मलाई चाभो।'' वह पुनः हँसा, ''अरे बचवा बैद महराज बैद महराज हैं और रामबदल रामबदल। बस क़िस्सा ख़त्म। बैद महराज के अस्सी बिगहा खेत हैं और

बाग़-बग़ीचा। यहाँ तुम्हारे बाप के पास दुई बित्ता भुईं नहीं है। वे मालिक हैं और हम उनके हरवाह—उनके नौकर। हरवाह कभी ज़मींदार बना हैं आज तक कि तुम्हारे बाप ही बन जाएँ।"

"अच्छा काका ! बैद जी के पास इतना रुपया आया कहाँ से—इतनी खेतीबाड़ी, और बाग़-बग़ीचा ?"

"बैदकी से...।"

"बैद महराज बैद कैसे बने ?"

"उनके बाप बैद थे, उनके बाबा बैद थे...।"

जयप्रकाश चहका, "काका तुम बैद बन जाते तो तुम्हार लरिका हम, हमहु बैद महराज बनते एक दिन।" तभी उसने तकलीफ़ महसूस की। देखा कि रामबदल रास्ते में रुककर उसका कान उमेठ रहा था, "सरऊ आज कहा तो कहा फिर कभी ऐसी बात जीभ पर न लाना, वरना बैद महराज पता पाएँगे तो हमका तुमका दोनों को सूली पर टाँग देंगे। बैद जी जब सूली पर टाँगते, देखा जाता, अभी तो कान ऐंठकर उसके बाप ने ही सूली पर टाँगा था।

सूली पर से वह उतरा। रामबदल ने उसका कान छोड़ते हुए कहा, "वाह-वाह, बाप पदहू न जाने बेटा शंख बजावे।"

जयप्रकाश को लगा कि अपने पिता से बात करना बेकार है। वह चुपचाप पिता के साथ चलने लगा। पर उसके मन में कुछ था जिसे रामबदल नहीं समझ सका था।

क्योंकि एक दिन रामबदल ने देखा, उसके घर के पिछवाड़े कुछ पौधे उगे हैं और एक पौधे में गठिया ठीक करनेवाले पीले फूल खिले हैं। घबराहट और बदहवासी में रामबदल ने अपनी पत्नी जानकी (जयप्रकाश की पत्नी का नाम भी जानकी) को पुकारा। जानकी उस समय कूँचे से दुआर साफ़ कर रही थी, रामबदल की चिल्लाहट सुनकर डर गई। डरी हुई पिछवाड़े पहुँची तो देखा रामबदल खुरपी से पौधों को उखाड़ रहा था, उखड़े हुए पौधों के टुकड़े-टुकड़े कर दे रहा है। वह रोने लगी, "बेटवा ने इतने मन से इन्हें लगाया था...तुम इनको उखाड़ क्यों रहे हो... ?" तब तक जयप्रकाश भी आ गया। अपनी बाग़वानी की दुर्दशा उससे देखी न गई, वह भी रोने लगा था। शायद उसे लगा कि महज रोने से ही उसके दुख की पूरी अभिव्यक्ति नहीं हो पा रही है, इसलिए बाप की तरफ़ लपककर उसके हाथ से खुरपी छीनने लगा। खुरपी पर रामबदल की पकड़ मज़बूत थी, वह जयप्रकाश से न छिनी। लेकिन रामबदल को लगा कि बेटे में दम है और जल्दी ही वह खुरपी छीन लेगा। इसलिए खुरपी बेटे के हाथ में जाए, उसके पहले ही

उसने जयप्रकाश को पटक दिया। जयप्रकाश वहाँ गिरा जहाँ खुरपी की कार्रवाई से ज़मीन की मिट्टी भुरभुरी हो गई थी। उसका शरीर मिट्टी, पत्तियों और एक फूल की पँखड़ियों से सज गया। जानकी ने बेटे को उठाया। बेटे के स्पर्श से उसमें इतनी ममता उमड़ी कि उसे ग़ुस्सा आ गया। उसका मन हुआ कि बुहारीवाले कूचे को पति की पीठ पर जमा दे मगर उसने ऐसा नहीं किया बल्कि गाली देकर रामबदल से बोली, "फूल पौधे ही थे, कोई कीरा गोजर नहीं थे कि उनको देखकर तुम इस तरह बौरा गए हो।"

जानकी का संवाद सुनकर रामबदल, ग़ुस्से से जलते हुए जानकी के क़रीब आ गया। उसकी इस हरकत से जानकी ख़ौफ़जदा हो गई। जयप्रकाश भी अपनी तकलीफ़ भूलकर देखने लगा था...। रामबदल जानकी के बिल्कुल पास आ गया। कड़ी आँखों से घूरा। फिर खुरपी को अपनी गरदन के चारों तरफ़ घुमाकर दाँत पीसते हुए बोला, "ये दवाईवाले पौधे हैं, बैदजी को पता चल जाता तो न मेरी गरदन बचती न तेरी...।" उसने जयप्रकाश की ओर देखकर कहा, "न इस ससुरे माली की औलाद की।"

जानकी ने पाया कि रामबदल मारपीट नहीं कर रहा है, ख़ाली कडुवे बोल कह रहा है तो उसकी हिम्मत बढ़ी। उसने कहा, "घर के पिछवाड़े बेटवा ने पेड़-पौधा लगाया है, इससे बैदजी को क्या मतलब ? हम उनके खेत का धान-गेहूँ तो काट नहीं रहे हैं, न उनके खेत का साग खोट रहे हैं न आलू, गंजी खोद रहे हैं...।"

रामबदल जवाब में कुछ बोला नहीं। केवल भयानक क्रोध तथा अवमानना से बेटे और पत्नी को देखता रहा...।

लेकिन रात को जब रामबदल का ग़ुस्सा शान्त हो गया था; जानकी ने जब रोटी पाथकर पति और बेटे को खिला दी—तब रामबदल ने बताया कि उसके पिछवाड़े के पौधों से बैद महराज को क्या मतलब है।

बैदजी नहीं चाहते थे कि रामबदल के पास वे चमत्कारी वनस्पतियाँ हों जिनके बूते वे बैद बने थे। क्योंकि यदि वे रामबदल के अधिकार में होतीं तो एक दिन रामबदल भी बैद बन सकता था। इसीलिए जब उन्होंने रामबदल को जंगल से उन्हें लाने का काम सौंपा था तो कहा था, "किसका किस रोग के इलाज में इस्तेमाल है इसे जानने की कभी कोशिश मत करना वरना तुमको निपूता कर दूँगा। और यदि मेरी सोहबत में दो चार के गुण जान भी गए तो तुम खुद कभी उनका उपयोग मत करना, नहीं तो तुम निपूते की पत्नी मेरे वीर्य से गर्भधारण करेगी...और तुमने अगर इन्हें कहीं बेचा, उगाया या किसी को इनके बारे में

बताया तो तुम्हारी और गर्भ सहित तुम्हारी पत्नी दोनों को नंगा कर गाँव भर में घुमाऊँगा, फिर अग्नि देवता को अर्पित कर दूँगा।''

शायद इसीलिए बैदजी ने उसे उन वनस्पतियों के वास्तविक नाम नहीं बताए। उन्होंने उन्हें उनके वास्तविक नाम की जगह गाँव के लोगों का नाम दिया। वह रामलखन को निर्देश देते, ''चार बेचू शुकुल ले आना। पाँच खेलावन, नौ हरिश्चन्द्र, तीस जसोदा, अठारह बड़कऊ...साठ सत्तर माधुरी सिंह लाना...।''

लेकिन ये सब बातें, रहस्य और तथ्य रामबदल अपनी पत्नी और बेटे को ठीक ठाक बता नहीं पा रहा था। यह उसकी अभिव्यक्ति की अक्षमता थी अथवा वह साफ़-साफ़, सही-सही सब कुछ बताना नहीं चाहता था, अथवा वह कुछ बताना चाहता था कुछ छिपाना चाहता था—इन सबके बारे में निश्चयपूर्वक कुछ कह सकना मुश्किल है।

वैसे उसने जो कुछ बताया उसका भी कुछ ही अंश जयप्रकाश की समझ में आया। ज़्यादा हिस्सा उसके पल्ले नहीं पड़ा। इसलिए वह अभी भी इस उलझन से पूरी तरह उबर नहीं सका था कि अगर वह अपने पिछवाड़े कुछ पौधे उगा रहा है तो बैद महराज की क्यों फट रही है। जब काफ़ी मगजपच्ची के बावजूद वह भली-भाँति नहीं समझ पाया तो अन्ततः उसने उस प्रसंग को भुला दिया और पहले की तरह जंगल में भटकने लगा।

वह मौक़ा देखता रहता कि पिता किस दिन जंगल जाते हैं, वह उनके साथ हो लेता था। अकेले जाने के लिए उसे मनाही थी और सच यह है कि अकेले जाने से वह डरता भी था। वैसे वह ऐसा जंगल नहीं था जिसमें शेर, चीते, हाथी, भालू, बाघ विचरण करते थे किन्तु कम-से-कम साँप और अजगर की आशंका से तो इन्कार नहीं किया जा सकता था। जबकि उसका बाप केवल बवासीर, अधकपारी, गठिया और दमा की दवाई जानता था, साँप काटे की दवाई से वह नावाकिफ था। यूँ तो बैद महराज साँप काटने का इलाज करते थे और उसका भी नुस्ख़ा रामबदल ही लाता रहा होगा, लेकिन उसका ज्ञान केवल चार रोगों—बवासीर, अधकपारी, गठिया, दमा तक ही सीमित था। उनको भी उसने बैदजी के भय से कभी आज़माया नहीं था। अन्य एक दो वनस्पतियों के फ़ायदे के बारे में उसे अनुमान था पर यक़ीन के तौर पर वह नहीं कह सकता था कि वे इस रोग के बारे में शर्तिया फ़ायदेमन्द हैं। यह अनुमान भी साँप का विष दूर करने के मामले में न होकर खाँसी, बाई जैसी कुछ बीमारियों को लेकर था। साँप के विष का दुष्प्रभाव तो बैदजी ही ठीक कर सकते थे। जबकि जयप्रकाश को विश्वास नहीं था कि अगर उसे या उसके बाप को साँप ने काट लिया तो बैदजी दवाई करेंगे।

जो बैदजी उसके पिछवाड़े उगे फूल-पौधों को देखकर आगबबूला हो सकते थे वे भला उसकी, उसके बाप की दवाई क्यूँ करेंगे। फिर साँप काटे का इलाज हो भी जाए तो वह अजगर का क्या करेगा। जंगल में अजगर मिल जाए और उसे निगल जाए या उससे लिपटकर उसकी हड्डियों का चूरा बना दे तो कौन दवाई काम करेगी। वह सोचकर ही सिहर उठता था। अतः वह अकेले जंगल जाने की हिम्मत नहीं जुटा पाता था। सच बात यह है कि यदि जंगल में अजगर मिल जाता तो उसका पिता भी क्या कर लेता लेकिन सच बात यह भी थी कि जब रामबदल साथ रहता था तो बड़ा से बड़ा डर भी जयप्रकाश को छू नहीं पाता था। इसीलिए जब रामबदल बैदजी के काम से जंगल जाता तो मौक़े का इन्तज़ार कर रहा जयप्रकाश उसके साथ हो लेता था।

लेकिन एक दिन जंगल उसके और रामबदल दोनों के संसार से दूर चला गया अथवा वे जंगल की दुनिया से बेदखल हो गए। इस विस्थापन से जयप्रकाश को यह दुख नहीं था कि अब वह नमकीन स्वादवाला फल कभी भी गाँववालों को नहीं चखा पाएगा। उसे यह दुख भी नहीं था कि अब उसकी जेबें फलों, फूलों और स्वादिष्ट बीजों से कभी भी भरी नहीं मिलेंगी—दरअसल वह इतने भयानक संकट और दुख के प्रलय से गुज़रा कि ये छोटे-छोटे दुख अपनी अर्थवत्ता या अपना प्रभाव खो बैठे थे। इनकी कोई बिसात नहीं रही...।

घटित इस तरह हुआ था...। जेठ का महीना था...। उस साल प्रचण्ड गर्मी पड़ रही थी। मालूम नहीं गर्मी का कोप था या भगवान की मजी या लम्बरदार के यहाँ से मिली बासी-तिबासी दाल खाने का नतीजा था, जयप्रकाश की माँ को लगातार उल्टियाँ होने लगीं और उसका पेट चलने लगा था।

पास पड़ोस के लोग चिन्ता प्रकट करने लगे। उनके चेहरे मटमैले, भारी और उदास थे। बातचीत के दौरान होंठों से अधिक उनके सिर हिल रहे थे। उनमें से किसी ने रामबदल से कहा, "देखो बिचारी बचती है कि नहीं।" जयप्रकाश ने इस वाक्य को सुना था और सुन लेने के बाद जब इसे समझा और उसके बाद इसे अपने अन्दर महसूस किया तो रोने लगा। रोते हुए उसने रामबदल से पूछा, "बाबू अम्मा मर जाएगी ?" रामबदल बिगड़ उठा, "चुप्प ! ससुर कुभाखा बोल रहे हो।" मगर जयप्रकाश चुप नहीं हुआ, "बाबू हमको चाहे मारो, चाहे जो करो, पर अम्मा को बचा लो। जाकर बैदजी के यहाँ से दवाई लाओ।"

पड़ोसियों का भी कहना था कि वह बैद महराज का काम करता है तो उनसे

दवाई क्यों नहीं माँगता। रामबदल ने सब सुना लेकिन उसने किया और कहा कुछ नहीं।

जब दबाव ज़्यादा बढ़ने लगा तब उसने मुँह खोला, "गया था। मैं बैद महराज के यहाँ गया था चाचा। वे बोले फागुन से लेकर अब तक चार बार दवाई दे चुके हैं। रोज़-रोज़ मुफ़्त की दवाई नहीं मिलती। भगा दिए हमको वहाँ से।"

"फिर तो अब भगवान ही मालिक हैं।"

वे सारे लोग किसी चीज़ की...किसी चमत्कार...किसी अपशकुन की प्रतीक्षा करने लगे। रामबदल एक ईंट पर सिर पकड़कर बैठा था। तभी जानकी को मितली महसूस हुई, वह उल्टी करने के लिए उठने लगी लेकिन वह इतनी कमज़ोर हो चुकी थी, थक गई थी कि उठने के पहले ही उसे उल्टी हो गई और वह अपनी खटिया पर छितरा गई। बदबू का तीख़ा भभका निकलकर चारों ओर फैला। जानकी अपनी इस दुर्गति पर रोने लगी।

बाहर रो रहे जयप्रकाश ने रामबदल की हथेली पकड़कर उसे खड़ा किया और कहा, "बाबू तुम ख़ुद क्यों नहीं जंगल से कोई दवाई लाते अम्मा के लिए।"

"मैं कैसे लाऊँ ?"

बात सच थी। बैदजी का सख़्त निर्देश था कि रामबदल कभी ख़ुद बैद बनने की ज़ुर्रत न करे। अगर वह उनकी निषेधाज्ञा के उल्लंघन का जोख़िम उठाए तो भी क्या करेगा, वह सिर्फ़ बवासीर, गठिया, अधकपारी और दमा का निदान करनेवाली वनस्पतियों से परिचित था।

लेकिन इस वक़्त रामबदल का दिमाग़ संसार की तीव्रतम गति से दौड़ रहा था। उसे थोड़ा-थोड़ा याद आया कि हैजा के कुछ मरीज़ों को बैद महराज ने किसी पौधे की कँटीली पत्तियों का रस निचोड़कर गुड़ के साथ दिया था...। उसने उन पत्तियों और उन्हें धारण करनेवाले पौधे की शक्ल याद करने की कोशिश की। उसे कुछ-कुछ दिखा...। साथ ही उसे यह भी दिखा कि वह जंगल का एक दुर्लभ पौधा था जो तमाम पौधों, वृक्षों, झाड़ियों के बीच अपने को छिपाए रखता था। कभी-कभी बहुत खोजने के बाद मिलता था मगर कभी-कभी वह अकस्मात् बहुत जल्दी... तुरन्त भी मिल जाता था। वैसे अगर वह जल्दी मिल जाता तो भी ज़रूरी नहीं था कि वह वाकई जानकी के रोग के लिए कारगर था। यह तो महज रामबदल का अन्दाजा था कि उसकी पत्तियों का रस गुड़ के साथ लेने पर बीमारी ख़त्म हो जाएगी।

रामबदल जाने के लिए बढ़ा।

एक पड़ोसी ने पूछा, "कहाँ जा रहे हो रामबदल ?"

"बस ऐसे ही, अभी आया।" रामबदल ने गोलमोल जवाब दिया। वह नहीं चाहता था कि कोई जाने कि वह जंगल जा रहा है। वर्ना बैद महराज को पता चला तो जानकी बीमारी से मरेगी, वह बैद महराज के ज़ुल्म से।

थोड़ी दूर चलने के बाद उसने देखा, जयप्रकाश भी पीछे-पीछे चला आ रहा है।

कुछ देर बाद दोनों जंगल में थे। उस दिन जयप्रकाश नमकीन स्वादवाले फल की खोज करने नहीं गया था। उस दिन वह अपनी जेबों में मीठे, खट्टे फल और पत्तियाँ नहीं भर रहा था। उस दिन वह केवल माँ की दवाई खोजने में लगे अपने पिता के अभियान को व्यग्रता से देख रहा था, और प्रार्थना कर रहा था कि पिता कामयाब हों।

रामबदल जंगल में कँटीली पत्तियोंवाला पौधा ढूँढ रहा था। उसकी तलाश में वह जंगल से ऐसी बुरी तरह जूझ गया था कि शरीर पर काँटे चुभ गए और उसकी चिथड़ा क़मीज़ रंगबिरंगी हो गई। चिथड़ा क़मीज़ को किसी रँगरेज ने नहीं रँगा था—उस रंग बिरंगे में जो रंग थे वे प्राकृतिक थे। वे फूलों, पत्तियों के रंगीन द्रव थे। जब पौधा उसके हाथ लगा तब तक उसकी हथेलियाँ भी रँग उठी थीं। हथेलियों की रेखाओं, मैल, उँगलियों पर पड़ी गाँठों और त्वचा की निष्प्रभता को रंगों के सौन्दर्य ने ढँक लिया था।

समूचे प्रकरण में एक ख़ास बात हुई कि जब वह झाड़ियों के बीच जूझ रहा था तभी कोई फूल या कोई अन्य चीज़ उससे घिस गई या जाने क्या हुआ कि उसका शरीर एक अद्भुत ख़ुशबू से भर उठा। उसने सपने में भी नहीं सोचा था कि कभी उसके शरीर का सुगन्ध से वास्ता होगा। इसलिए शुरू में उसे लगा कि ख़ुशबू उसके शरीर में नहीं जंगल में है। लेकिन जब वह कँटीली पत्तियाँ लेकर जयप्रकाश के साथ जंगल से बाहर निकला तो जयप्रकाश पत्तियाँ मिल जाने की सनसनी से उबरकर चिल्ला पड़ा, "काका... काका...तुम्हारे बदन से ख़ुशबू आ रही है।" घर पहुँचने तक की यात्रा में वह अक्सर बीच-बीच में चिल्लाता, "काका...सचमुच तुम्हारे बदन से ख़ुशबू आ रही है।" अब जाकर रामबदल को भरोसा हुआ कि वह वाकई महक रहा है।

घर पहुँचकर रामबदल ने एकान्त में चुपके से पत्तियों को धुला और निचोड़कर रस निकाला, फिर उसमें गुड़ मिलाकर जानकी को पीने के लिए दिया। जानकी की खटिया की पाटी पर बैठकर वह पंखा झलने लगा।

बीस खपच्चियों से बना वह पंखा गर्मी से बचाव के लिए मनुष्य का पुरातन आविष्कार था। उसके नामकरण में हवा को चीरकर आगे बढ़नेवाले परिन्दों के

पंख की सुन्दरता थी। रामबदल के हाथ में डोल रहा पंखा परिन्दों के पंख की तरह हवा को मथ-चीर रहा था। ठण्डी हवा मिलने पर जानकी कराही और आश्चर्य से बोली, "इतनी बढ़िया महक कहाँ से आ रही है ?"

पंखे की थोड़ी-सी हवा रामबदल के पास भी पहुँची। तब उसने सोचा, "जयप्रकाश सुबह से कुछ खाया नहीं है। बहुत भूखा होगा।"

जानकी की बीमारी के कारण चूल्हा नहीं जला था। वह बैद महराज के यहाँ भी सुबह से नहीं गया था वरना खाने को कुछ मिल ही जाता। उसने महसूस किया कि भूख उसे भी लगी है। उसने तय किया कि वह और जयप्रकाश दोनों बैद महराज के यहाँ चलें। हो सकता है दोनों को पेट भरने के लिए मिल जाए। अगर एक ही आदमी की खुराक मिली तो बेटे को दे देगा।

उसने जयप्रकाश से कहा, "ज़रा मेरे साथ चल।"

"कहाँ ?"

"चल तो।"

जानकी की तीमारदारी का काम एक पड़ोसिन को सिपुर्द कर वह ख़ुद बेटे के साथ बैद महराज की हवेली की तरफ़ चला। रास्ते में वह डर रहा था कि जंगल से जानकी की दवाई लाने की बात कहीं बैद महराज को पता न चल चुकी हो। लेकिन वह और उसका बेटा दोनों भूखे थे और बैदजी की हवेली पर खाना मिलने की उम्मीद थी, इसलिए वह वापस नहीं लौट सकता था।

हवेली पर पहुँचकर दोनों ने कूँचा उठाकर दुआर बुहारना शुरू कर दिया। दुआर क्या, वह एक बाग़ीचा था जिसमें जामुन, नीम, अमरूद, आम, गुड़हल और बेल के पेड़ लगे थे। उनसे टूटकर उनकी पत्तियाँ ज़मीन पर बिछी हुई थीं। पत्तियाँ इतनी ज़्यादा थीं कि जयप्रकाश को बुहारने में दिक़्क़त हो रही थी। रामबदल ने इसे समझा और उससे बोला, "पहले एक बार तुम कूँचा चला दो बाद में मैं ठीक से साफ़ कर दूँगा।" जयप्रकाश बुहारी करने लगा तो वह पानी लाने चला गया।

पानी छिड़कने के बाद ज़मीन से एक महक उठी और लगा जैसे मौसम बदल गया है और शाम हो गई है।

भीतर से चारपाइयाँ, कुर्सियाँ लाकर लगा दी गईं। बैदजी आकर बैठे। अब मुलाक़ातियों के आने का सिलसिला शुरू होनेवाला था।

रामबदल और जयप्रकाश हवेली की ड्योढ़ी पर चले गए। वहाँ बैदजी की छोटी पतोह उन दोनों को खाना देने के लिए आई तो ठिठककर चौंक पड़ी, "अरे ये इत्ती बढ़िया महक।" उसने महक के स्रोत के लिए देखा लेकिन रामबदल की तरफ़ नहीं देखा, वहाँ सुगन्ध होने का सवाल कहाँ उठता था, जबकि वह वहीं थी।

छोटी पतोह को जब कहीं भी महक का स्रोत नहीं दिखा तो वह आगे बढ़ी। उसके नथुनों ने महक को और ज़्यादा तीव्रता से महसूस किया। अब उसने रामबदल को ग़ौर से देखा, महक वहीं थी और वहीं से चारों ओर फैल रही थी। वह खाने के बरतन उसी तरह हाथ में लिए हुए भीतर की ओर भागी...।

कुछ ही क्षण बीते होंगे वह घर की बाक़ी बहुओं, बेटियों के साथ आ खड़ी हुई। चौखट के इस पार रामबदल और जयप्रकाश थे, उस पार स्त्रियों का एक मेला था। वे नथुनों से साँस खींचतीं और मदहोश हो उठतीं, "आह ! क्या महक़ है।" वे आपस में बतिया रही थीं, एक-दूसरे को चिकोटी काट रही थीं और खिलखिलाकर हँस रही थीं और ज़ोर-ज़ोर से साँस लेकर एक-दूसरे पर लुढ़की जा रही थीं।

जयप्रकाश अपने पिता को केन्द्रबिन्दु बनते देखकर बेहद ख़ुश था। उस समय वह अपनी माँ को भी भूल गया था। मन्द-मन्द मुस्करा रहा था शायद। क्योंकि उसके होंठों का दायाँ कोना हल्का-सा खिंच गया था।

रामबदल से स्त्रियों ने सवाल पूछना शुरू कर दिया—इत्र है ? कौन-सा इत्र है ? कहाँ पाया ? कौन बाज़ार से लाया ? कहाँ से चुराया ?

जयप्रकाश का मन हुआ, बता दे कि उसके बाप को ख़ुशबू कहाँ से मिली। लेकिन वह यह सोचकर ख़ामोश रहा कि देखे ये सब बूझ पाती हैं कि नहीं।

तब तक गौने का इन्तज़ार कर रही बैद महराज की छोटी बेटी ड्योढ़ी फलाँगती हुई बैदजी के पास पहुँच गई और उन्हें सारा वाक़या एक साँस में बताकर बोली, "पिताजी मुझको भी वैसा इत्र चाहिए।"

"कैसा इत्र ?" बैदजी गरजे।

रामबदल की पेशी हुई। जयप्रकाश ख़ुश था कि देखें बैद महराज असलियत भाँप पाते हैं कि नहीं। तमाशा देखने के इरादे से वह भी रामबदल के साथ बैद महराज के दरबार में चला आया।

"क्या रे ?" बैदजी ने साँस खींची। रामबदल के शरीर से निकलकर उड़ती हुई वह अद्वितीय गन्ध बैदजी की साँसों में दाखिल हुई। बैदजी अभिभूत हुए किन्तु, अगले पल ही उनका चेहरा विकृत हो गया, "हरामी...इत्र लगाकर आए हो...शौक़ीन बुढ़िया चटाई का लहँगा।" वहाँ बैदजी की कृपा लेने आए सभी लोग हँसने लगे। गौने का इन्तज़ार करनेवाली बिटिया भी मुँह दबाकर हँसने लगी। केवल तीन लोग नहीं हँस रहे थे—रामबदल, जयप्रकाश और बैदजी। जयप्रकाश सहमा हुआ था। रामबदल स्याह पड़ता जा रहा था।

बैदजी चिल्लाए, "कहाँ पाया इसे ?"

रामबदल ख़ामोश।

"जवाब दे कमीने।"

रामबदल के गले से फों...फों...की आवाज़ भर निकली।

बैदजी ने मेज़ पर रखा खरल रामबदल के ऊपर फेंककर मारा, "इस कुत्ते की औलाद में इतनी हिम्मत कि महकेगा...देख क्या रहे हो...इस सुअर को लगाओ सौ जूते...।"

ज़ोर की आवाज़ हुई और रामबदल के चेहरे पर जूता पड़ा...। कुछ लोग वहाँ खड़ाऊँ भी पहने थे, कुछ चप्पल, तो कुछ नंगे पाँव थे—सभी अपने-अपने तरीके से रामबदल पर झपटे।

जयप्रकाश पिता को बचाने के लिए दौड़ा लेकिन वह कुचल दिया गया था। उसे किसी ने उठाकर ऊपर हवा में लहराया और गेंद की तरह फेंक दिया। थोड़ी दूर जाकर वह ज़मीन पर गिरा और दर्द से कराह उठा। उसके भीतर अपनी चोट की तकलीफ़ थी, बाहर चिल्लाने-मारने की आवाज़ें थीं। लोगों की हमलावर भीड़ थी। जिनके बीच उसका बाप पिट रहा था।

तभी किसी ने अपने घुटने से रामबदल की नाक पर प्रहार किया। रामबदल इतना तेज़ चिल्लाया कि आस-पास के पेड़ों पर बैठे हुए परिन्दे उड़ गए और थोड़ी दूर पर खड़े मवेशी चलने लगे। एक बछड़ा तो दौड़ लगाता हुआ भागा। यहाँ तक कि भीड़ भी सहम कर छिटक गई। अब जयप्रकाश भी पिता को देख पा रहा था। वह उसके पास जाने के लिए उठने की हिम्मत जुटाने लगा।

बैदजी हँसे।

अब सब मौन थे केवल बैदजी हँस रहे थे—"मूत दो इसके मुँह में।" फिर उन्होंने कहा, "मैं ही मूतता हूँ इस महकऊ साहब के मुँह में।"

कुछ पेशाब रामबदल के मुँह में गई, कुछ चेहरे पर, कुछ सीने पर और कुछ उस आदमी के हाथों पर जिसने दबाकर उसके मुँह को खोल रखा था।

मगर न जाने वह कैसी विलक्षण ख़ुशबू थी कि अभी भी बरकरार थी। अन्ततः रामबदल को घसीटते हुए एक तलैया के किनारे ले जाया गया। पीछे से जयप्रकाश भी लँगड़ाता, लड़खड़ाता, रोता, चिल्लाता, मदद के लिए आर्तनाद करता हुआ वहाँ पहुँचा।

तलैया के पास लोग सुबह-साँझ मल त्याग किया करते थे। अभी भी जगह-जगह वहाँ लोगों का हगा हुआ गू पड़ा था। उसी पर रामबदल को घसीटा गया, लथेड़ा गया। कुछ वक़्त पीठ के बल लथेड़ा गया फिर पेट के बल। उसका

पूरा शरीर मल से सन गया था। यहाँ तक कि उसका चेहरा भी गू से सना हुआ था। उसे तलैया में फेंककर वे लोग चले गए।

जयप्रकाश छपाक् से तलैया में कूद पड़ा था। तैरते-तैरते वह पिता के पास पहुँचा। रामबदल का वज़न ज़्यादा था जबकि जयप्रकाश की अभी रेखें भी नहीं भींगी थीं। मगर उस समय उसके भीतर ताक़त का कोई सोता फूट गया था, वह पिता को तलैया से निकालकर बाहर ले आया। उसने पिता को ध्यान से देखा और फूट-फूटकर रोने लगा। अभी भी पिता का शरीर मल से लिथड़ा था। जगह-जगह ख़ून के धब्बे और ज़ख़्म थे। उसने रोते हुए ही तलैया से अँजुरी भर पानी लिया और पिता का चेहरा धुलने लगा। उसने फिर पानी निकाला...। वह पिता के शरीर की सफ़ाई करता जा रहा था और रोता जा रहा था।

जब पिता का शरीर कुछ साफ़ हो गया तो उसने उसे घर ले जाना चाहा। उसने मदद के लिए चारों दिशाओं में देखा, वहाँ कोई मददगार नहीं था। वह क्या करे ? कैसे पिता को घर ले जाए ? लाचारी से उसने सोचा। कोई युक्ति समझ में नहीं आ रही थी। तभी उसे तलैया में उतराती हुई एक भैंस दिखी। उसकी आँखें चमकीं और वह तलैया में उतर गया। भैंस के पास पहुँचकर उसने उसकी पूँछ को मरोड़ा, पर भैंस पहले की तरह ही अपने में मगन रही। उसने उसके पुट्ठे पर घूँसा मारा। पुट्ठा, थोड़ा फुरफुराया, भैंस थोड़ी सी हिली मगर पुनः पहले की तरह हो गई। वह भैंस के सामने आकर उसकी सींगों को पकड़कर खींचने लगा। भैंस ने गर्दन दाएँ मोड़ ली, बस। हारकर वह भैंस के ऊपर बैठ गया और अन्धाधुँध जहाँ मिला वहीं उसके शरीर पर थप-थप मारने लगा...।

थोड़ी देर बाद भैंस उसे लेकर तलैया में उतरा रही थी। जैसे ही वह किनारे पहुँची, जयप्रकाश कूदकर पीछे आया और भैंस को धक्का दिया। भैंस लड़खड़ाकर तलैया से बाहर आ गई।

काफ़ी मशक्कत के बाद उसने भैंस की पीठ पर पिता को लादा और घर की दिशा में भैंस को हाँकने लगा।

भैंस चल रही थी। रामबदल का शरीर हिल रहा था। कभी जब उसका कोई पैर या हाथ या उसकी गर्दन लटककर नीचे गिरने को होती तो जयप्रकाश फ़ुर्ती से वापस भैंस की पीठ पर रख देता। अब उसके आँसू सूख चुके थे और उसका सारा ध्यान इस बात की तरफ़ था कि पिता भैंस से गिर न पड़ें।

वह भैंस को अपने घर की दिशा में ले जा रहा था लेकिन बीच-बीच में भैंस अपने घर की दिशा में मुड़ जाती। तब जयप्रकाश उस दिशा के सामने आकर रास्ता छेक लेता। फिर भैंस उसी के घर की ओर चलने लगती।

आख़िरकार रामबदल, जयप्रकाश और भैंस बस्ती में पहुँच गए। बस्ती में सन्नाटा बिछा हुआ था। सभी घरों में दरवाज़े बन्द थे। सन्नाटा थोड़ी देर उसी तरह क़ायम रहा। फिर सबसे पहले स्त्रियों ने अपने-अपने किवाड़ों से झाँका, उसके बाद बच्चे घरों से बाहर निकले, उसके बाद कुछ बुज़ुर्ग आए और रामबदल को भैंस की पीठ से उतारा गया। अब जाकर जयप्रकाश को पता चला था कि वह तलैया से भैंस की पीठ पर बाप नहीं बाप का शव लेकर आया था।

उसे यह भी पता चला कि कँटीली पत्तियों के रस से उसकी माँ को फ़ायदा नहीं हुआ और वह थोड़ी देर पहले मर चुकी। पता नहीं वह हैजा से मरी या लम्बरदार के यहाँ की बासी-तिबासी दाल खाने से मरी या किसी अन्य वजह से। फ़िलहाल वह मर चुकी थी और मरते समय उसके पास न उसका पति था न बेटा। नितान्त अकेली मौत पाई थी वह। क्योंकि मरते समय उसके पास वह पड़ोसन भी नहीं थी जिसके ज़िम्मे बैदजी की हवेली जाते समय पत्नी की देख-रेख रामबदल ने सिपुर्द की थी। पड़ोसन उस समय जानकी के पास से हटी थी, जब वह जानकी को पानी पिला रही थी। उसका पति घबराया हुआ आया था तभी, "बैद महराज रामबदलवा को मार रहे हैं और जयप्रकाश को ऐसा पटका कि क्या बताएँ। अब यहाँ रहकर सेवा करोगी तो बैद महराज दुश्मनी मानेंगे। चल निकल चल यहाँ से।" घबराहट से पड़ोसन के हाथ की कटोरी अधिक टेढ़ी हो गई और उसका पानी जानकी के चेहरे पर गिर गया। उसे उसी तरह भीगी-भागी छोड़कर पड़ोसन चली गई। नामालूम जानकी ने अपने चेहरे पर गिर आया पानी पोंछा था या वैसे ही मर गई। यहाँ पर यह भी सोचा जा सकता है कि ऐसा तो नहीं कि जानकी प्यास से मर गई हो।

जानकी और रामबदल की मौत के बाद अब अपने परिवार में केवल जयप्रकाश जीवित था।

जैसा कि जीवित होने पर होता है, वह धीरे-धीरे बड़ा भी होता रहा...। एक दिन लोगों ने देखा, जयप्रकाश की मूँछें आ चुकी हैं। उसके बाजुओं पर मछलियाँ बन रही हैं और छाती थोड़ी-सी आगे निकल आई है...।

विचित्र बात यह हुई कि जयप्रकाश की स्मृति में माँ की मृत्यु से अधिक माँ का जीवन बसा था लेकिन पिता के जीवन से अधिक पिता की मृत्यु बस गई थी। पिता की मृत्यु से भी ज़्यादा पिता पर हुआ अत्याचार उसकी स्मृति में भरा हुआ था। पिता की मृत्यु और पिता पर अत्याचार की स्मृतियों के बीच वह

सुगन्ध बरसती रहती थी जो अन्त समय के कुछ पहले पिता के शरीर में प्रकट हुई थी।

वह उस ख़ुशबू को भुला देना चाहता था क्योंकि वही उसके पिता की मौत का सलीब बनी थी। लेकिन बार-बार वह किसी न किसी रूप में उसे झकझोर देती थी। वह बड़ा हो चुका था और वक़्त बहुत सारे ज़ख़्मों को भर देता है तथा स्मृतियों को पोंछ देता है। लेकिन उसके साथ अभी भी स्थति यह थी कि यदि कोई ख़ुशबू उसके पास आ जाती तो वह भयभीत होकर उससे दूर हट जाता या उसे ही दूर हटा देता था। उसी तरह जैसे बचपन के दिनों में उसके द्वारा लगाए गए दवाई के पौधों को उसके पिता ने उखाड़ फेंका था। एक बार क़रीब-क़रीब उसी तरह की घटना की आवृत्ति हुई...।

...उसके घर के पास जाने कहाँ से गेंदे के कुछ पौधे उग आए। न जाने कैसे ? वहाँ कभी किसी शव से गेंदे के फूल गिरे थे या कोई पुजारी चोरी छिपे उस बस्ती में आया था और फूल घबराहट में गिर गए थे या उस बस्ती की कोई युवती शृंगार के लिए फूल चुराकर आ रही थी, तभी देख लिए जाने पर भागी हो और गेंदे के कुछ फूल गिर पड़े हों। यह भी मुमकिन है कि किसी ने तन्त्र-मन्त्र करने के इरादे से उस बस्ती पर थोड़े से फूल फेंक दिए हों—जो भी रहा हो। उन फूलों के भीतर छिपे बीज एक दिन जयप्रकाश के घर के सामने किशोर पौधों के रूप में तैयार हो चले थे और पीले-पीले कई फूल खिल गए थे।

जब उसे किसी ने बताया कि उसके घर के पास उगे गेंदे के पौधों में ख़ूबसूरत फूल उगे हैं तो वह घबराया और बदहवास हुआ जैसे कुछ साल पहले पिता दवाई के पौधों को देखकर हुए थे। वह भी पिता की तरह ही उन पौधों पर टूट पड़ा। कटे नुचे उन पौधों को वह दूर फेंक आया था।

पर अजीब बात हुई कि जाने कहाँ से एक फूल का बीज वहीं छूट गया था जो दो-चार दिनों में मिट्टी की दुनिया में चला गया था और मिट्टी उसे पाल-पोसकर एक दिन बाहर ले आई। इस बार किसी ने जयप्रकाश को ख़बर दी कि उसके घर के पास गेंदे का एक पौधा उगा है। डरा हुआ जयप्रकाश बोला था, "उसमें फूल तो नहीं उगे ?"

फूल अभी उगे नहीं थे फिर भी वह दौड़ा। इस बार उसने खुरपी से पौधे को खोदा और उसे जड़ों की तरफ़ से पकड़कर फेंकने के लिए चल पड़ा। वह इस तरह पौधे को ले जा रहा था जैसे किसी मरे हुए साँप की पूँछ पकड़कर फेंकने के लिए ले जा रहा हो।

उस दिन के बाद, बहुत समय तक उसके जीवन में कोई फूल नहीं खिला

था। वह अपने को निरापद समझने लगा था। ऐसा लगता था कि फूल, रंग उसकी ज़िन्दगी क्या उसके ख़्वाब में भी नहीं बसते हैं।

लेकिन एक दिन उसने पाया कि रामबदल के शरीर से निकली हुई जिस खुशबू को वह दूर फेंक आया था वह आठ साल देशाटन करने के बाद लौट आई है और उसके आस-पास मँडरा रही है। यह वह दिन था जिस रोज़ वह पत्नी को गौना कराकर ले आया था।

संयोग से पत्नी का नाम भी जानकी था जो उसकी माँ का नाम था। ससुराल में जब उसकी पत्नी को लोगों ने जानकी कहकर पुकारा था तो वह चौंक गया था, और माँ याद आकर उसे उदास कर गई थी। किसी ने टोका भी, गवहियाँ का मुँह लटका क्यों है ? तब दूसरे किसी ने अन्दाज़ा लगाया कि गवहियाँ का मुँह इसलिए लटका है क्योंकि गवहियाँ को भूख लगी है। परिणामस्वरूप थोड़ी देर उसके सामने कचालू से भरा एक बड़ा-सा कटोरा आ गया था। यूँ उसे भूख नहीं लगी थी लेकिन सामने कचालू देखकर उसे लगा कि वाकई उसे भूख लगी है। उसने कटोरे का सारा कचालू खा लिया। तभी उसे घर के भीतर से किसी स्त्री के खिलखिलाकर हँसने की आवाज़ सुनाई दी। वह अधिक देर उस हँसी पर नहीं टिका, उसने एक गिलास शरबत भी पी लिया। इस खान-पान से वह इतना तृप्त हुआ था कि जानकी नाम की पुकार से उसके भीतर उपजी माँ की याद की उदासी दूर चली गई। वह सोचने में मसगूल हो गया कि जानकी को क्या कहेगा ? जानकी को जानकी कह नहीं सकता क्योंकि यह उसकी माँ का नाम है। माँ मर गई क्या हुआ, माँ का नाम नहीं मरा था। इसलिए वह जानकी को जानकी नहीं कह सकता था। कोई पूछेगा कि उसकी पत्नी का क्या नाम है, वह क्या बताएगा ? शुरू-शुरू में बच्चे भी नहीं रहेंगे कि कहेगा, "मेरी घरवाली का नाम मुन्ना की माई है या मुन्नी की अम्मा है। तब वह जानकी का कोई नया नाम रखे। क्या रखे ? उसने सोचा, जानकी का उल्टा क्या बनेगा और पाया कि जानकी का उल्टा होगा—कीनजा। यह तो ठीक नाम नहीं बना। फिर उसने पहला अक्षर हटाकर नाम को छोटा किया—नकी। यह मुसलमानी नाम हो गया। अब उसने बीच का 'न' हटाया—जाकी। ये भी कुछ-कुछ मुसलमानी या किरस्तानी जैसा लगता है, नहीं चलेगा। तब उसने अन्त का 'की' हटाया, अब बचा—'जान'। उसके होंठ प्रसन्नता, लाज और अजीब से आवेग के साथ फड़कने लगे। वह मन-ही-मन बुदबुदाया, "मेरी जान मैं तुम्हें 'जान' कहूँगा।"

मगर जब जान को विदा कराकर अपने गाँव लाया तो उसने जान को जान कहकर नहीं पुकारा। उसने उसको 'ये,' 'वो,' 'हे' इत्यादि अक्षरों से सम्बोधित

किया। जब एकान्त पाकर उसने जान का घूँघट उठाकर जान का मुखड़ा देखा तब तो वह 'ये', 'वो,' 'हे' इत्यादि भी नहीं कह सका। उसकी वाणी मूक हो गई थी और आँखें जड़। उसे कुछ सुनाई भी नहीं दे रहा था, बस चारों ओर सन-सन सा लग रहा था। वह इतना आकर्षणबिद्ध हो गया था कि जान को रात में खिलाने के लिए कोस भर दूर स्थित बाज़ार से बालूशाही ख़रीद लाया था। ज़िन्दगी में उसने पहली बार बालूशाही ख़रीदी थी, बल्कि उसने पहली बार कोई मिठाई ख़रीदी थी। दुकान पर जाकर उसने पूछा था, "दो बालूशाही कितने में मिलेगी ?"

"आठ आना में।" दुकानदार ने बताया था।

वही दोनों बालूशाही रात में उसके पास थी। लेकिन जान ने उन्हें खाने से इन्कार कर दिया।

"मैं तो न खाऊँगी।"

"अरे कभी खाई न होगी, खाकर तो देखो।"

"ऊँ हूँ।" जान ने इन्कार में गरदन हिलाई।

"ये कोई गट्टा बताशा नहीं है, बालूशाही है बालूशाही। बहुत महँगी है, अठन्नी में दो।"

"पर मैं तो न खाऊँगी बालूशाही।"

"तो क्या खाओगी ?"

"मैं तो कचालू खाऊँगी कटोरा भर कर।" और जान खिलखिलाकर हँस पड़ी थी।

यह वही खिलखिलाहट थी जिसे उसने ससुराल में कटोरा भर कचालू खा जाने के बाद सुनी थी। उस समय उसने उस हँसी को तवज्जो नहीं दी थी मगर इस वक़्त खिलखिलाती हुई जान को देखकर वह सुधबुध खो बैठा। उसे लगा, सारी दुनिया में केवल और केवल—हर जगह बस हँसती हुई 'जान' है।...तभी वह गन्ध टकराई थी। वह गन्ध प्रकट हुई थी अथवा उसकी तीव्र स्मृति—लेकिन यह ज़रूर था कि वह गन्ध जयप्रकाश को बहुत पास महसूस हुई। वह जान के बहुत पास खिसक गया फिर जान को भी अपने पास खींचा लेकिन उसने पाया, वह गन्ध जान के शरीर से नहीं निकल रही थी। शायद वह गन्ध नहीं, उस गन्ध की स्मृति ही थी जो उसके भीतर अपने को जगाकर चली गई थी। जयप्रकाश बेचैन हो गया था। सारी रात वह जान के शरीर में आठ वर्ष पहले की उस विलक्षण ख़ुशबू को ढूँढने का यत्न करता रहा।

सच है कि जान के शरीर से भी एक अनोखी महक निकलकर फैल रही थी जो जयप्रकाश को मतवाला कर दे रही थी। यह भी सच है कि इस अनोखी महक

के साथ-साथ जान के शरीर में कई अवान्तर महकें भी थीं लेकिन इनमें से कोई भी हज़ार खुशबुओं की एक उस ख़ुशबू की बराबरी नहीं कर सकती थी जो आठ वर्ष पहले उसके पिता रामबदल में बस गई थी।

अगले दिन उसमें इच्छा पैदा हुई कि वह उस पेड़ या पौधे को ढूँढे जो इस महक का जनक था। उसने सोचा कि ख़ुशबू को पहले अपनी उँगली के पोर पर बहुत ज़रा सा लगाकर जान से कहेगा, "सूँघो।" जब जान कहेगी कि उसे भी यह ख़ुशबू चाहिए तब वह कहेगा, "सोच लो, ये ख़ुशबू चाहिए या कटोरा भर कचालू।" और मुस्कराते हुए वह उस ख़ुशबू की पूरी शीशी जान को दे देगा।

मगर वह जानता था कि यह असम्भव काम है। ऐसा सपना है जिसे सच नहीं होना है। और धीरे-धीरे वह ख़ुशबू फिर उससे दूर चली गई या वह ही उस ख़ुशबू से दूर हो गया था।

वह अपने वर्तमान में रम चुका था। जान के शरीर में बसी महक ही उसे ज़िन्दगी की सबसे बड़ी नियामत लगने लगी। जब कुछ समय बाद जान के प्रति उसकी आतुरंता मद्धिम पड़ी तब तक उसके कटोरा और कोमल बेटी-बेटा हो चले थे। अब उसके जीवन में बच्चों की यह नई ख़ुशबू थी। वह और जान जी भर कर मेहनत करते थे, कमाते थे और बच्चों को पाल रहे थे। दोनों बच्चे स्कूल भी जाते थे और पढ़ने में अच्छे थे। कटोरा तो बहुत ही अच्छी चल रही थी पढ़ाई में।

उसी कटोरा बिटिया के मार्फ़त कई साल बाद वह महक—वह कई साल पुरानी—रामबदल के शरीर में बस गई वह अलौकिक महक—जयप्रकाश के घर पर मँडराने लगी...।

जब कटोरा पैदा हुई थी, उस समय वह मालिक के यहाँ बैलों को सानी दे रहा था। यह मालिक बैदजी नहीं एक वकील साहब थे। वकील साहब ने ही उसे बिटिया होने की ख़बर दी। मालिक ने ठिठोली की थी, "बेटा तो तुमको पैदा ही करना पड़ेगा जयप्रकाश, नहीं तो तुम्हारे बाद तुम्हारी बिटिया हमारे यहाँ हलवाही करेगी नहीं।" वह हँस पड़े, "यह पहलौठी है, चलो बिटिया ही सही।" उसे इस शुभ अवसर पर पाँच पसेरी गेहूँ, दो पसेरी धान और चार भेली गुड़ मिला था।

वह इन सबको लेकर चलने लगा तो मालकिन ने रुकने का इशारा किया और भीतर चली गईं। लौटीं तो उनके हाथ में मिस्र धातु फूल का एक कटोरा था। उन्होंने उससे कहा, "ले, इसी में अपनी बिटिया को भात खिलाया करना।"

वह अवाक था। प्रसन्नता से उसकी वाणी अवरुद्ध हो गई थी। आज पहली

बार जस्ते के अलावा अन्य किसी चीज़ का बरतन उसके घर में दाख़िल होने जा रहा था। उसके पास बिना मजूरी का पाँच पसेरी गेहूँ, दो पसेरी धान, चार भेली गुड़ और एक फूल का कटोरा था। ऐसा तो उसने कभी सपना भी नहीं देखा था।

मालिक के यहाँ से लौटकर वह जब घर पहुँचा तो विलक्षण ख़ुशी और मद से भरा हुआ था। कटोरा पीछे छिपाकर वह जान के पास आया और अनाज नीचे रख दिया। खटिया पर बिछे पुआल पर जान थी और उसके बगल में नवजात बिटिया थी। जान का चेहरा उदास था। वह मुस्कराया, पर जान नहीं मुस्कराई। वह हँसा, पर जान नहीं हँसी। उसने बिटिया की तरफ़ देखकर आँखें मटकाईं, जीभ निकाला, दाँत दिखाया पर जान कुछ न बोली। तब उसने जान से कहा, ''बिटिया होने पर मालिक के यहाँ से पाँच पसेरी गेहूँ, दो पसेरी धान, चार भेली गुड़ मिला है।'' जान हल्का-सा, बहुत ज़रा-सा मुस्कराई। वह उत्साहित हुआ, ''एक और बहुत बढ़िया चीज़ मालिक के यहाँ से मिली है।''

''क्या ?'' अब जान बोली।

''बूझो।''

''तरकारी ?''

''नहीं।''

''दाल ?''

''न।''

''कड़ुवा तेल ?''

''नहीं रे।''

''कोई उतारन ?''

''नहीं।''

''तब तुम्हीं बताओ।''

''हारी मानती हो।''

''हारी।''

जयप्रकाश ने किसी जादूगर की तरह पीछे छिपे हाथ को आगे लाकर कटोरा लहराया। वह उस कटोरे को सिर पर टोपी की तरह रखकर ठुमक-ठुमक नाचने लगा।

जान हँस पड़ी।

नाच ख़त्म करने के बाद उसने कटोरा खोपड़ी से उतारकर जान की गोद में रख दिया।

जान के चेहरे पर अद्भुत चमक उमड़ी। ख़ासतौर पर आँखों में। उसने कटोरे

को वड़े प्यार से छुआ। क़रीब उतने प्यार से जितने प्यार से अपनी बिटिया को पहले-पहले छुआ था। वह कटोरे को घुमा-फिरा कर देखने लगी।

"देख क्या रही हो, फूल का है फूल का।"

"फूल का ! हे हम अपनी बिटिया का नाम फूल रख दें। फूल कुमारी।"

"फूल ! नहीं...नहीं...।" जयप्रकाश घबरा गया, "फूल नाम बहुत ख़तरनाक है।"

"तब कोई और नाम सोचो।" जान ने ठण्डी साँस भरकर कहा।

उस वक़्त उसने जान को कोई और नाम नहीं बताया लेकिन जब क़रीब साल भर बाद घर में पतीली में भात पका और उसका माड़ उसी फूल के कटोरे में रखकर बिटिया को पिलाया जाने लगा तो वह चिल्लाया, "अरे सुन रे सुन। बिटिया का नाम सूझ गया...। इसका नाम कटोरा...।"

जान हँसने लगी...। बिटिया को हाथों के पालने में झुलाते हुए बोली, "का हो कटोरा।" उसने बिटिया को चूमा, "हमार कटोरा रे।"

सुबह जब वह कटोरे को साफ़ कर रही थी तो जैसे अपनी बिटिया को नहला रही थी...।

लेकिन फूल के कटोरे और जान की कटोरा राचमुच एक जैसे थे नहीं। फूल का कटोरा उतना ही बड़ा हमेशा रहा, जबकि जान की कटोरा बड़ी होती गई। फूल का कटोरा आवाज़ करना जानता था लेकिन भाषा से अनभिज्ञ था। इधर जान की कटोरा भी शुरू-शुरू में आवाज़ करती थी पर जल्दी ही उसके पास भाषा हो गई। कहाँ तक मुक़ाबला करता यह कटोरा उस कटोरा से। वह कटोरा तो स्कूल जाने लगी और तवे पर रोटी डालना भी सीख गई। थोड़े समय बाद वह पहली कक्षा में पास हो गई और चूल्हों की आग में रोटी भी सेंकने लगी।

एक दिन कटोरा पाँचवी कक्षा में पढ़ने लगी तब उसने जयप्रकाश से पूछा, "बाबू बाबा कैसे मरे थे ?"

"तुमसे क्या मतलब कि बाबा कैसे मरे थे ? फालतू बातें दिमाग़ में मत लाया कर।" जयप्रकाश ने डपटकर बिटिया को चुप करा दिया था।

लेकिन अगले कुछ समय बाद कटोरा ने नया सवाल किया, "बाबू इ जो बैदजी हैं, बाबा को क्यों मारे थे ? ये बाबा के मुँह में पेशाब कर दिए थे ? गन्दगी में लथेड़े गए थे बाबा ? क्या किए थे बाबा ?"

जयप्रकाश ने तेज़ झापड़ कटोरा के गाल पर मारा। जान चिल्ला उठी, "कसाई, बिटिया पर हाथ उठाता है।" फिर वह कटोरा पर झपटी, "तुझे ये सब कौन बता रहा है ?" वह ज़ोर से चीख़ी, "कौन बता रहा है बोल ?" वह इतना

तेज़ चीख़ी थी कि पास में खड़ा कोमल डर के मारे रोने लगा था। जान ने उसे एक घूँसा लगाया और कटोरा से बोली, ''बता दे तुझे किसने ये सब बताया, नहीं तो आज तेरी ख़ैर नहीं।''

कटोरा को लगा, अम्मा बहुत ग़ुस्से में है। इतने ग़ुस्से में कि उसने जवाब न दिया तो मार डालेगी या ख़ुद मर जाएगी। उसने बतलाना शुरू किया...।

...हुआ यह था कि स्कूल में डिप्टी साहब का दौरा था। क्लास में डिप्टी साहब ने तीन सवाल बैदजी की पोती से किए, वह किसी का जवाब न दे सकी। फिर उन्होंने कहा, ''जो-जो बच्चे इन सवालों का जवाब दे सकते हैं, हाथ उठाएँ।'' केवल कटोरा ने हाथ ऊपर किया। डिप्टी साहब ने पूछा, ''तुम्हारा नाम ?'' कटोरा बोली, ''कटोरा।'' सब बच्चे हँस पड़े। डिप्टी साहब भी। जब कटोरा ने सभी सवालों के सही जवाब दिए, तब भी डिप्टी साहब हँस पड़े, लेकिन यह जुदा ढंग की हँसी थी। वह ख़ुश थे। वह कटोरा के पास तक आए, ''शाब्बास।'' तुम बहुत अच्छी तरह पढ़ रही हो। इसी तरह मेहनत से पढ़ती रहो, ख़ूब आगे जाओगी।'' यह बात उन्होंने पूरी कक्षा के सामने कही थी, अतः उनके जाने के बाद कटोरा इतराने लगी थी। छुट्टी होने तक तो उसकी चाल भी बदल गई थी। कभी वह धीमे चलने लगती, कभी तेज़, कभी फिर धीमे। शायद वह तय नहीं कर पा रही थी कि मौजूदा उपलब्धि के बाद उसे किस तरह चलना चाहिए।

स्कूल से घर का रास्ता लम्बा था, जिस पर चलते हुए वह अपनी नई चाल खोज लेने को आतुर थी। तभी...उसी समय बीच रास्ते में कुछ बच्चों ने उसे घेरकर नीचे गिरा दिया और लात-घूसों से मारने लगे। बैदजी की पोती बोली, ''कुतिया डिप्टी साहब के सामने अपनी औक़ात भूल गई...। अरे मेरे बाबा ने तेरे बाबा के मुँह में मूता था, गू में लथेड़ा और मारकर तलैया में फेंक दिया था...।''

एक लड़का बोला, ''इस साली की भी वही गति होगी।''

कटोरा मार नहीं महसूस कर रही थी न बचाव का कोई रास्ता ढूँढ रही थी। उसके दिमाग़ में बस अपने बाबा और बैदजी डोल रहे थे...।

यह सब कटोरा से सुनकर जयप्रकाश और जान सन्न रह गए। दोनों प्यार, करुणा और भय से कटोरा को देखते रहे। वे कुछ बोलने की स्थिति में नहीं थे, न उन्होंने कुछ बोला। उस रोज़ कटोरा का प्रश्न अनुत्तरित रह गया था...।

जल्दी ही कटोरा ने जयप्रकाश के सामने नए सवाल का विस्फोट किया,''बाबा के बदन में कोई बहुत अच्छी महक पैदा हो गई थी ? कैसी थी वह महक ?''

जयप्रकाश चौंक गया। उसे उस पुरानी महक की आहट महसूस हुई। उसे लगा, उसकी परछाई अभी आई थी और यहीं कहीं ओट में छिप गई।

"बाबू वो महक हमें भी चाहिए। हमारे अन्दर कैसे पैदा होगी वो ? उस महक को लेकर हम स्कूल जाएँगे।"

जयप्रकाश धीरे-धीरे फटी हुई आवाज़ में बोला, "वह महक जंगल में तुम्हारे बाबा को मिली थी।"

"तो हमको भी जंगल से ला दो वह महक। उसको लगाकर मैं स्कूल जाऊँगी।"

तब तक बाहर से जान की आवाज़ आई, "कटोरा...जा मालिक के यहाँ दुआर बुहार आ...।"

कटोरा जाने लगी लेकिन उसने जाते-जाते भी कहा, "बाबू जंगल जाकर वो महक ले आना।"

कटोरा के चले जाने पर वह अकेला रह गया। वह जहाँ खड़ा था, वहीं उँकड़ूँ बैठ गया। उसने चेहरे को हथेलियों से ढँक लिया और सोचा, "कटोरा की इस ज़िद का मतलब क्या है ? ये तो कभी कुछ माँगती नहीं थी, छुटपन में भी नहीं। हमने अपनी तरफ़ से भी इसके लिए कभी कुछ नहीं किया। फिर यह उम्मीद क्यों कर रही है, वह भी ऐसी चीज़ की।" उसे कटोरा पर दुलार आने लगा, "आज यह पहली बार कुछ माँग रही है। कोमल के लिए तो काफ़ी कुछ किया है हमने। कोमल जब छोटा था और रोता था तो उसे चुप कराने के लिए, बाँस की सटकनी से थाली बजाने लगता था मैं। कभी-कभी ढेले से गगरी बजाता था। एक बार गगरी बजाकर मैंने एक पूरा गाना ही गाया था। कोमल को मेले से दो बार पिपिहरी और एक बार फिरकी ख़रीद चुका हूँ, मगर कटोरा को ? आज तक कोई खेलने का सामान नहीं ख़रीदा उसके लिए। कोमल को मैंने बचपन में मिट्टी के आम बनाकर दिया था। मिट्टी की थाली, मिट्टी की तलवार और मिट्टी का ही लड्डू बनाकर दिया था। जान भी जब रोटी सेंकती थी तो कभी कभार गुँथे हुए आटे से चुटकी भर निकालकर कोमल के लिए चिड़िया बना देती थी। किसी-किसी रोज़ वह आटे की मूँछ बनाकर कोमल की नाक के नीचे चिपका देती लेकिन कटोरा के लिए वह बाज़ार, मेला से कभी इस तरह की खेलने की चीज़ लाया न मिट्टी का खिलौना बनाकर दिया और न जान ने गुँथे आटे की मूँछ बनाकर कटोरा की नाक के नीचे चिपकाई। ठीक है कटोरा लड़की जात ठहरी जिसके मूँछ नहीं होती लेकिन जान उसकी नाक पर आटे की कील तो चिपका सकती थी, कानों में आटे का बुन्दा पहना सकती थी। चाहती तो गले में आटे की माला पहना देती। ठीक है कि माला में ज़्यादा आटा ख़र्च हो जाता। उतने में एक रोटी बन जाती। लेकिन क्या हुआ, एकाध बार तो एक रोटी की भूख भी

बिटिया के लिए सही जा सकती थी। पर जान को अकेले क्यों ग़लत ठहराए, उसने और जान दोनों ने कटोरा के साथ भेद किया है। हम दोनों ही उसके दोखी हैं।''

वही कटोरा अब वह महक माँग रही है, जिसकी वजह से उसके बाबा की मौत हुई थी। मौत क्या क़त्ल हुआ था। जयप्रकाश को खटका हुआ, कहीं ऐसा तो नहीं कि भूत-वूत लग गया हो कटोरा को ? और वही ख़ुशबू माँग रहा है कटोरा की ज़बान से। वह चिन्तित हो गया कि इसी उमर में बिटिया को भूत-प्रेत लग गया तो क्या होगा ? वह परेशान होकर जान के पास जाने के लिए उठा।

उस समय जान नहाकर कोठरी में घुस रही थी, वह भी कोठरी में घुसा। जान में अभी जान थी। नहाकर उसने अपनी साड़ी को अपने स्तनों पर इस तरह बाँधा था जिस तरह एक दौर में फ़िल्म अभिनेत्री बैजयन्ती माला ने बाँधा था और उसके बाद के दौर में मुमताज ने बाँधा था। उसके बाद तो श्रीदेवी ने और इधर की कई अभिनेत्रियों ने बाँधा, उदाहरणार्थ अमीषा पटेल और प्रीति जिन्टा ने बाँधा। इन अभिनेत्रियों को देखकर किसी के मन में कुछ आया हो या ना आया हो लेकिन उन्हीं की शैली के परिधान में जान को देखकर जयप्रकाश के मन में ज़रूर कुछ आया। जान जब कोठरी में घुसी थी तो उसके बाल सूखे थे और बँधे थे जबकि स्तन अधखुले थे। इसी समय जयप्रकाश के मन में बवंडर आया था जिसकी चपेट में फँसकर जान खटिया पर गिर पड़ी। थोड़ी देर बाद जब बवंडर का हमला थमा तो जान को लगा, उसका नहाना-धोना सब ख़राब हो गया। उसकी इच्छा हुई कि उठे और फिर नहा ले। मगर वह बेइन्तिहा आलस और थकान से भर गई थी। इसलिए वह उसी तरह लेटी रही। लेटे-लेटे ही उसने सुना कि जयप्रकाश कह रहा है, ''बड़ी चिन्ता हो रही है कि कटोरा को कहीं...''

''क्या हुआ ?'' जान जयप्रकाश की बात को बीच में ही काटकर बोली।

''कटोरा बड़ी ज़िद्द कर रही है कि कटोरा को वो महक चाहिए जो मरने के पहले काका के बदन में पैदा हो गई थी। हमको शक हो रहा है कि कहीं उसको काका का भूत-वूत तो नहीं पकड़ लिए है।''

जान ने कुछ नहीं कहा तो जयप्रकाश कहने लगा, ''अब तुम्हीं बताओ, जो लड़की आज तक किसी चीज़ के लिए जिद्द न किए हो वह एक दिन एकाएक इस तरह की चीज़ माँगने लगे...तुम मानो न मानो, इसे ज़रूर ही काका का भूत लगा है।''

''नहीं मुझे तो ऐसा नहीं लगता।''

''क्यों ?''

"क्यों का क्या मतलब ?" जान अचानक फ़ुर्ती से पलटी और उसके ऊपर आ गई। जयप्रकाश को लगा, थोड़ी देर पहले उसके भीतर उठा बवंडर जान के भीतर पहुँच गया क्या ? उसने जान के चेहरे को अपनी अँजुरी में रखकर पूछा, "ये मेरे ऊपर क्यों लद गई ?"

"तुमसे एक बात कहने के लिए।"

"क्या ?"

"कि मुझको भी काका का भूत लग गया है...मुझको भी वो महक चाहिए।"

"तुम क्या करोगी ?"

"उसको लगाकर मैं गाँव में घूमूँगी और दूर-दूर तक के गाँवों में महकूँगी।"

"अरे...क्या कटोरा तुमसे बात कर चुकी है ?"

"नहीं तो।. तुम्हारी माँछु (क़सम)।" उसकी हैरानी देखकर जान सच-सच बोली।

"तो तुमने ही अपने चक्कर में कटोरा को बरगलाया है।"

"दई हमको दुनिया से उठा ले जो इस बारे में कटोरा से हमारी कोई बात हुई हो।"

"फिर कैसे दोनों एक ही तरह की बात बोली ?" जयप्रकाश पशोपेश में पड़ गया।

"होता है कभी-कभार।" जान ने समझाया, "कई बार ऐसा हुआ है। एक बार रोटी के साथ तुम्हारा पियाज खाने का मन हो रहा था, तुम्हारे बिना बताए मैंने पूछ लिया था कि पियाज लोगे। तुम्हीं ये बात बोले थे। यह भी कि एक बार तुम्हारा माथा दरद कर रहा था, इस बात को जाने बिना मैंने तेल ठोंकना शुरू कर दिया था। और अब मैं भी क़बूल करती हूँ कि पिछले महीने जब तुम बाज़ार गए थे तो मैं सोच रही थी कि किसी दिन घुइयाँ की तरकारी खाने को मिलती, और तुम लौटे तो गजब, घुइयाँ लेकर आए थे...। तो इस तरह हो जाता है कि किसी दिन एक ही बात दो लोगों के मन में आ जाए।"

"तो क्या कह रही हो, मैं कहाँ से लाऊँ वह महक। वह कहीं रखी तो है नहीं कि उठा लाऊँगा। मुझे तो यह भी नहीं पता कि वह किस पेड़ या पौधे में है। फूल में है कि फल में है। पत्ती में है कि तने में है...।"

"इतना तो मालूम है कि वह जंगल में है।"

और जंगल में उस खुशबू की खोज अब पहले जैसी ख़तरनाक नहीं थी, क्योंकि बैदजी का रुआब पहले जैसा नहीं रहा था। उनकी पोती ने कटोरा को पीटा था, ग़ाली दी थी सच है, लेकिन यह भी सच है कि बैदजी के पास अब

वैसी सत्ता नहीं बची थी कि किसी को रामबदल की तरह की सज़ा दें। उनका बड़ा बेटा एक क़त्ल के मामले में जेल की चक्की पीस रहा था। छोटे ने दो साल पहले ख़ुदकुशी कर ली थी। चार बेटियों के दहेज में उनकी काफ़ी दौलत फुँक गई थी। रही-सही कसर पूरी कर दी उनकी और पत्नी की बीमारियों ने। बैदजी को हृदयरोग हुआ और उन्हें दिल्ली जाकर ओपनहार्ट सर्जरी करानी पड़ी थी। इसी तरह पत्नी की दोनों किडनियाँ ख़राब हो गई थीं। नई किडनी के प्रत्यारोपण के लिए वे लोग हैदराबाद गए थे। इसके बावजूद पत्नी अधिक दिन नहीं चलीं। उनके अन्तिम संस्कार में बैदजी को कई गाँव को खाना भी खिलाना पड़ा था। इस तरह बैदजी की आर्थिक मज़बूती की कमर टूट गई थी। न केवल आर्थिक मज़बूती की कमर टूटी थी, उनकी ख़ुद की कमर भी टूट चुकी थी। ऑपरेशन से खड़े तो हो गए थे लेकिन भचक-भचक कर चलते थे। न केवल कमर टूटी थी बल्कि उनके दाँत भी सारे टूट गए थे और डेन्चर उन्होंने लगवाया नहीं था। दाँत और कमर ही नहीं, बैदजी के मनोबल, कायाबल आदि भी टूट चुके थे। उनकी आँखें भी अब मुलमुलाती ज़्यादा थीं देख बहुत कम पाती थीं। बैदकी अब चलती नहीं थी क्योंकि उनकी और पत्नी की बीमारियों में उनके बैदकी इलाज की नाक़ामयाबी से उनकी कीर्ति में बट्टा लग गया था। दूसरे इन वर्षों में एकाएक आस-पास अनेक मेडिकल स्टोर खुल गए थे। स्वयं गाँव के दसवीं, बारहवीं फेल पाँच लड़कों ने नज़दीक की बाज़ार में अपना-अपना मेडिकल स्टोर खोला था और वे आला लगाकर, इन्जेक्शन चोंक कर डॉक्टरी भी किया करते थे। मरीज़ों के लिए बैदजी से अधिक वे विश्वसनीय हो गए थे।

बैदजी का गाँव में अब भी जो थोड़ा रुतबा बचा था तो अपनी वजह से नहीं, अपने उस क़ातिल बेटे के कारण जिसने दिन दहाड़े भरे बाज़ार में क़त्ल किया था। उसके आतंक का लाभ बैदजी को इतना ही मिल रहा था कि अब भी कोई उनके बाग़ीचे से फल और खेत से गन्ने नहीं तोड़ता था और कोई उन्हें अबे-तबे नहीं कहता था। बस इतना ही।

इन सबके अलावा ख़ास बात, बैदकी न चलने के कारण अब बैदजी का जंगल से कोई सम्बन्ध नहीं रह गया था। इसलिए जंगल में उस महक की तलाश में अब बैदजी से कोई ख़तरा न था।

जंगल में जयप्रकाश कई वर्षों बाद गया था। पुराना जंगल उसे नया-नया सा लग रहा था। लेकिन जंगल उसे बहुत पुराना भी लग रहा था। अब बहुत सारे नए

वृक्ष उग आए थे। ढेर सारे नए पौधे, नई झाड़ियाँ। नए फल और नए फूल और नई पत्तियों से सँवरा हुआ था जंगल। लेकिन असंख्य वृक्षों की ऊँचाई बेतहाशा बढ़ गई थी। उनके तने खूब मोटे हो गए थे। जो कभी टहनियाँ थीं अब वे डालें हो गई थीं।

जयप्रकाश के मन में सबसे पहला ख़्याल यह आया कि वह अपनी ज़ेबों को मीठे, खट्टे, खटमिट्टे फलों, फूलों और बीजों से भर ले। वह मुस्कराया था और उसे रामबदल याद आ गया था। वह उदास हो उठा था। उसे लिथड़े हुए, तलैया में फेंके हुए, भैंस पर लदे हुए पिता के दृश्यों ने घेरा और अन्त समय की माँ प्रकट हो उठी उसके अन्दर। उसने अवसाद से भरकर एक बार जंगल को दूर-दूर तक देखा...।

तभी वह पुरानी महक मँडराने लगी...। वह जल्दी से एक झाड़ी में घुस गया था और एक फूल को मसलने लगा था। उसने उँगलियों में लिपट आए उसके रस को सूँघा...।

वह जंगल में घुसकर कहीं से भी उस महक को तलाशने लगता था। इससे वह कई बार भटक जाता, जिन हिस्सों को वह तलाश चुका होता था, फिर उन्हीं में उस खुशबू को ढूँढने लगता था। क्योंकि जंगल के बहुत से इलाक़े एक जैसे थे। उसे लगा कि यह तरीका ठीक नहीं। घूम-फिर कर फिर उसी जगह पहुँच जाता है और मेहनत अकारथ चली जाती है।

उस दिन वह जंगल से सीधे घर नहीं, बाज़ार पहुँचा। दुकानदार से डोरी माँगी। लाल रंग की डोरियाँ लेकर वह घर लौटा।

अगली बार अभियान के लिए उसने जिस जगह को चुना, कार्रवाई पूरी कर लेने के बाद वहाँ के आख़िरी पेड़ की कमर में लाल डोरी बाँध दी, ताकि शिनाख़्त हो सके कि यहाँ तक वह महक को तलाश चुका है। मगर दुबारा वहाँ गया तो परेशान हो गया। लाल डोरी दिख नहीं रही थी। पेड़ की कत्थई छाल में लिपटी डोरी का लाल रंग विलीन हो गया था। तब वह फिर बाज़ार गया था। खड़िया लाया। अगली बार उसने जंगल से लौटते वक़्त आख़िरी पेड़ के तने पर खड़िया से एक बड़ा-सा गोला बना दिया।

गोला खींचने के पहले वह हिचका था। दरअसल पहले उसकी समझ में नहीं आ रहा था कि पेड़ के तने पर क्या बनाए ? उसके मन में पहला विचार तो यही आया कि पिता को बना दे। पिता को चित्रित करने का इरादा करने पर पशोपेश में पड़ गया कि पिता को किस मुद्रा में बनाएँ ? इच्छा हुई, पिता के उस क्षण को उकेरे जब वह भैंस पर लटके हुए थे। किन्तु ऐसी चित्रकला उसके

लिए सम्भव नहीं थी। क्योंकि माहिर तो दूर, वह मामूली चित्रकार भी नहीं था।

अतः जयप्रकाश ने पेड़ के तने पर गोला बनाया।

वह भैंस पर लिटे लटके अपने पिता का चित्र पेड़ के तने पर नहीं बना पाया था तो क्या हुआ। उसके अन्दर गोलेवाले पेड़ की तरह का ही एक पेड़ उग आया था। बल्कि गोलावाला पेड़ उसके भीतर के पेड़ का अक्स लगने लगा था। भीतर का पेड़ असली हो गया था और आँखों के सामने का पेड़ नक़ली। यहाँ तक कि उसकी आँखें भी भीतर की आँखों की प्रतिलिपि हो चुकी थीं। उसने भीतर की आँखों से भीतर के पेड़ को देखा, उस पेड़ के तने पर गोला नहीं भैंस पर लिटा लटका रामबदल बना था। अब उसने बाहर की आँख से बाहर के पेड़ के तने को देखा। उन आँखों को भी गोला बिल्कुल गोला नहीं लगा। लगा कि गोला, गोला नहीं, भैंस पर लिटा लटका जयप्रकाश का बाप रामबदल है।

अगली बार जब वह जंगल पहुँचा तो फिर परेशान हुआ, वह गोला मिट चुका था। हालाँकि उसके भीतर के पेड़ के तने पर बना भैंस पर लिटा लटका उसका बाप नहीं मिटा था।

पर समस्या थी कि वह फिर भटक गया था। उसने पिछली बार जंगल में कहाँ तक उस महक को खोजा था, पहचान नहीं पा रहा था।

पुनः उस दिन वह उल्टे पाँव चला आया था। लेकिन उसी दिन थोड़ी देर बाद वह फिर जंगल गया था। इस बार उसके पास सफ़ेद डोरियाँ थीं। थोड़ी मोटी और चपटी। उस रोज़ उसने आख़िरी पेड़ की कमर पर एक मोटी और चपटी डोरी बाँधी थी।

आज भी अभियान ख़त्म हो जाने पर उसने आख़िरी कतार के एक पेड़ की कमर पर सफ़ेद डोरी बाँधी। उसके बाद झोले से गमछा निकालकर पसीना पोछा। फिर उसने गमछा झोले में नहीं, कन्धे पर डाल लिया। डोरी का बंडल झोले में रखकर वह प्रस्थान के लिए तैयार हुआ।

उसे कामयाबी नहीं मिली थी। कामयाबी उतनी दूर थी जितनी पहले। और वह हमेशा की तरह बेहद क़रीब भी थी, जैसे पहले थी। हो सकता है कि कल वह जिस पेड़ से शुरुआत करे उसी के फूल में या पत्तियों में या उसकी छाल के भीतर वह छुपी हो, और प्रकट हो जाए। कौन ठीक, अभी रास्ते में ही किसी पेड़ से कोई फूल टूटे और उसके गमछे पर आ गिरे, वह वही हो जिसमें वह महक बसती है। यह भी मुमकिन था कि साल दर साल बीत जाएँ और सबसे आख़िर

में जो वृक्ष बचे, उसमें वह महक निवास करती हो। इस तरह वह ख़ुशबू बहुत दूर थी और बहुत पास भी थी, जिसे कटोरा चाहती थी, और जिसे कई महीनों से जयप्रकाश ढूँढ रहा था।

वह जंगल से बाहर आया। उसे याद हुआ, यही वह जगह है, जहाँ उसने कभी रामबदल से कहा था, "काका...काका...तुम्हारे बदन से ख़ुशबू आ रही है।" वह कोमल जितना बड़ा रहा होगा तब। उसी समय उसकी आँखों के सामने कोमल का चेहरा घूमा। वह मुस्कराया, "आज अख़बार देखकर पगलाया हुआ था वह। अरे फोटू छपी है तो छपी है। क़तल-डकैती के मामले में तो छपी नहीं है।"

तभी कोमल सुबह की तरह ही तेज़-तेज़ चलता प्रकट हुआ। इस दफा उसके पास कोई अख़बार न था। लेकिन वह सुबह की तरह ही ख़ुशी से लबरेज था..। साँस फूल जाने के कारण वह ठीक से बोल नहीं पा रहा था..., "बाबू...बाबू...।"

"क्या हुआ ? फिर कोई फोटू छपा है ?"

"फोटो नहीं बाबू...माल मिलनेवाला है, माल।" वह तर्जनी उँगली पर तेज़ गति से अँगूठा फेरने लगा, जैसे जल्दी-जल्दी रुपए गिन रहा हो, "कई लोग आए हैं घर पर...मोटर से हैं...बहुत मस्त बात है...माल मिलेगा बाबू...।" उसकी जीभ बोलते समय लटपटा जा रही थी। आँखों में अजीब-सा उन्माद चमक रहा था।

"क्यों रे, पगला गया है क्या ?"

"नहीं बाबू। सही कह रहा हूँ...।" वह इतने उत्साह में आ गया कि बाप से हाथ मिलाने लगा। उसने जयप्रकाश के हाथ को अपनी दोनों हथेलियों के बीच दबाकर ज़ोर से हिलाया, "बाबू हाथ मिलाओ...कितनी ख़ुशी की बात है।"

जयप्रकाश को यह गुस्ताख़ी बरदाश्त न हुई कि बेटा उससे हाथ मिलाने लगे। उसने अपना हाथ छुड़ाकर एक ज़ोर की लात कोमल को मारी, "ससुर ये क्या माल-माल की रट लगाए हो।"

लेकिन कोमल झूठ नहीं बोल रहा था। जयप्रकाश की ग़रीबी ग़ायब होने के आसार दिखने लगे थे। अख़बार में छपी रवि कुमार की रिपोर्ट अपना असर दिखा रही थी...।

जयप्रकाश और कोमल घर पहुँचे। छोटा-मोटा मेला लगा हुआ था। बस्ती के मैले कुचैले बच्चे वहाँ खड़ी मोटरों के चारों तरफ़ मँडरा रहे थे। गाँव के बड़े बुज़ुर्ग भी आ गए थे और शहरी मेहमानों से बातें करने की कोशिश कर रहे थे। वैसे मेहमान यही चाहते थे कि गाँववाले उनसे सटने-लसने की हिमाकत न करें। उनके सरोकार और उनकी दिलचस्पी महज जयप्रकाश में थी। जयप्रकाश में भी नहीं, बल्कि उसकी उन चमत्कारी दवाइयों में थी जिनके बारे में रवि कुमार ने

अपने अख़बार में काफ़ी बढ़ा-चढ़ाकर मिर्च मसाले के साथ लिखा था। उसने जयप्रकाश को आधुनिक युग का चरक या सुखेन वैद्य घोषित किया था और लिखा था कि उसके पास ऐसी-ऐसी वनस्पतिक औषधियाँ हैं जो चिकित्सा विज्ञान की दुनिया में क्रान्ति कर सकती हैं।

आनेवालों में कुछ अधकपारी, बवासीर, दमा और गठिया के धनाढ्य रोगी थे। कुछ सौदागर थे। सौदागरों में एक चाहता था कि जयप्रकाश उससे दस हज़ार महीना ले, बदले में उसके द्वारा रजिस्टर्ड मरीज़ों को दवा दे। शर्त यह थी कि जयप्रकाश अपने मन से किसी भी मरीज़ को कभी दवाई न देगा।

एक का कहना था कि वह जयप्रकाश को दस की जगह पन्द्रह हज़ार रुपए प्रतिमाह वेतन दे सकता है, बशर्ते वह उन दवाओं को उसके लिए बनाए। वह उन्हें अपनी मर्जी के दाम पर बेचेगा। यदि जयप्रकाश चाहे तो वह तनख़्वाह की जगह जयप्रकाश को मुनाफ़े में एक फ़ीसदी हिस्सा देने पर भी राज़ी हो सकता था।

वहाँ पर आयुर्वेदिक दवाओं की भारत में सबसे पुरानी कम्पनी का एजेंट भी पहुँचा था। उसकी रुचि उन वनस्पतियों में थी जिनसे दवाइयाँ तैयार होती थीं। उसका प्रस्ताव था कि यदि वाकई दवाएँ कारगर हुईं तो उनकी वनस्पतियों की शिनाख़्त कराने पर उसकी कम्पनी जयप्रकाश को ढाई लाख रुपए दे सकती थी।

कुछ ऐसे भी लोग आए थे जो अधकपारी, दमा, बवासीर, गठिया में से किसी भी रोग से ग्रस्त नहीं थे। वे सौदागर भी नहीं थे। दरअसल जयप्रकाश के पास अन्य प्रकार की चमत्कारी दवाएँ, जड़ी बूटियाँ होने की उम्मीद उन्हें यहाँ खींच लाई थी। इनमें कैंसर जैसी असाध्य बीमारियों के रोगी या रोगियों के निकट जन थे। पर कई अलग ढंग के भी थे। मसलन एक वृद्ध को लिंग और योनि दोनों की शिथिलता दूर करने की दवाई चाहिए थी। एक सुन्दरी अपनी साँस की बदबू से निजात चाहती थी दूसरी साँवलेपन से। एक अधेड़ युवती पुनः यौवन हासिल करने के लिए व्यग्र थी। इतना ही नहीं, उसे पुनः रजस्वला होने की भी दरकार थी। एक युवक अपनी समलैंगिकता से शर्मशार था, एक किशोरी अपनी नाक के नीचे तेज़ी से उभर रही मूँछों से। एक पत्नी अपने पति को नपुंसक बना देने की दवाई चाहती थी तो एक भाई दूसरे भाई को विक्षिप्त बना देनेवाली औषधि ढूँढ रहा था।

जयप्रकाश चिल्ला पड़ा, ''हमारे पास ऐसी किसी भी चीज़ की दवाई नहीं है।''

कोमल उससे भी अधिक तेज़ चिल्लाया, ''पर अधकपारी, गठिया, दमा और बवासीर की दवाई मिलेगी...ई...ई...।''

जयप्रकाश ने अधकपारी, गठिया, दमा और बवासीर के मरीज़ों को दवा दी और सौदागरों की पेशकश को सुना। उसकी समझ में नहीं आ रहा था कि क्या करे। यहाँ तक कि सौदागर दो दिनों बाद आने की बात कहकर चले गए फिर भी उसकी समझ में नहीं आ रहा था कि क्या करे ?

जयप्रकाश की उलझन यह नहीं थी कि वह इतनी पेशकशों में किस एक को स्वीकार करे ? यह तो बाद की बात थी। वह अभी इसी में फँसा था कि उसे इस धन्धे में जाना चाहिए या नहीं जाना चाहिए ? दरअसल उसका यह पुराना ऐतबार बार-बार उठ खड़ा हो रहा था कि दवाई का पैसा लेने से पाप होता है। यह तो एक दिक़्क़त थी। कुछ अन्य मसले भी थे जो ज्ञान के व्यवसायीकरण का उसका रास्ता रोक रहे थे।

सारी बाधाएँ ख़त्म कर दी गई थीं।

पुरोहित जी ने पोथी देखकर बताया, "अगर तुम अपनी कमाई का एक अंश ब्राह्मणों को दान करते रहोगे तो दवाई का पैसा लेने से किसी भी प्रकार का कोई भी पाप नहीं चढ़ेगा।"

जयप्रकाश को यह डर भी सता रहा था कि पता नहीं कैसा पचड़ा है। तमाम काग़ज़ों पर दस्तख़्त कराने की बात हो रही थी, कोई झमेला न हो। जेल की चक्की पीसनी पड़े या मुक़दमेबाजी में फँसा दिया जाए। यहाँ उसकी मदद के लिए उसके मालिक वकील साहब खड़े थे। उन्होंने जयप्रकाश का हौसला बढ़ाया, "मैं एक-एक काग़ज़ को जाँच लूँगा तब तुम दस्तख़्त करना। साले कुछ बदमाशी करेंगे तो भूसा भर दूँगा। मुक़दमें से मत डरो। मेरे रहते तुम्हारा कोई कुछ बिगाड़ नहीं सकता। हाईकोर्ट में मेरे दामाद के मौसा जज हैं।"

जान की भी राय थी कि जब भगवान ने छप्पर फाड़ के दिया है तो क्यों न कमा लिया जाए। उसने जयप्रकाश से कहा, "अब सोचो बिचारो मत। जिसमें ज़्यादा फ़ायदा दिखे, उसी काम के लिए हाँ कह दो। रुपिया हो जाए तो हम भी दुई-चार बीघा खेत ख़रीद लेंगे।"

"पर तब उस महक का क्या होगा ? वह तो मिली नहीं। तुम उसे लगाकर गाँव में कैसे घूमोगी और चार गाँव तक महकोगी कैसे ?"

तब तक कटोरा आ गई, "उसे लगाकर मैं स्कूल कैसे जा पाऊँगी ? बाबू तुम गाँव में रहो और वह महक मुझको लाकर दो, चाहे जैसे।"

"तुझे महक चाहिए ले।" जान ने कटोरा का हाथ ऐंठकर उसे ठोंका। वह दर्द से दुहरी हो गई तो थप्पड़ भी मारे।

जयप्रकाश को ग़ुस्सा आ गया, "ख़बरदार जो हाथ उठाया।" वह कटोरा के आँसू पोंछकर उसका सिर सहलाने लगा, "मैं अब कहीं नहीं जाऊँगा। मुझे नहीं कमाना है रुपिया। मैं यहीं गाँव में रहूँगा और उस महक को खोजूँगा, जिसे लगाकर हमारी कटोरा बेटी को स्कूल जाना है।" कटोरा ने दुलार से अपना सिर बाप की छाती में गड़ा दिया।

जान डर गई। उसे लगा, उसका पति वाकई यहीं न रह जाए और उस महक के चक्कर में ज़िन्दगी बरबाद करता रहे। आख़िर काफ़ी सोच-विचार कर उसने पति की सदबुद्धि के लिए एक रणनीति बनाई जिसके तहत वह नहाने चली गई और नहाकर उसी दिन की तरह वह आई। यानी कि नहाकर उसने अपनी साड़ी को अपने स्तनों पर इस तरह बाँधा था जिस तरह एक दौर में फ़िल्म अभिनेत्री बैजयन्ती माला ने बाँधा था...। वह उसी सज्जा में जयप्रकाश के सामने पहुँचकर इठलाने-मचलने लगी। किन्तु इस वक़्त पिछली बार की तरह जयप्रकाश के भीतर बवंडर नहीं उठना था सो नहीं उठा। नतीजनन जान उसे लिए-दिए ख़ुद ही खटिया पर गिर पड़ी लेकिन जयप्रकाश अन्यमनस्क बना रहा और जान के मन में दुबारा नहा लेने की इच्छा नहीं प्रकट हुई।

जान के भीतर ख़ौफ़ बढ़ गया। उसने अन्ततः कटोरा को ही समझा-बुझाकर रास्ते पर लाने की कोशिश की। उसकी इस कोशिश में कोमल भी उसके साथ था।

आख़िर में सब निश्चित हो गया। तय हुआ कि कल जब लोग आएँगे तो वकील साहब से पूछकर सबसे अच्छी पेशकश जयप्रकाश क़बूल कर लेगा...। यह शाम की बात थी। उन लोगों को कल दिन में आना था। शाम और कल दिन के बीच अभी रात होनी थी। भोर होनी थी और थोड़ा-सा दिन भी होना था। कहने का मतलब, छाया, धूप और अँधेरे को अपने कई काम करने अभी शेष थे...।

जयप्रकाश लालटेन जलाकर चौखट पर रखने जा रहा था कि उसके घर में जंगल उतर आया और घर भर में जंगल ने अँधेरा कर दिया। अँधेरे में उसने महसूस किया कि जंगल ने उसकी जेबों में खट्टे, मीठे, खटमिट्ठे फल, फूल, पत्तियाँ और बीज भर दिए हैं। इस जंगल का हर पेड़ सफ़ेद चिपटी पट्टियों की करधनी पहने था। अचानक उसने पाया कि हर पेड़ पर खड़ियावाला गोला बना है। जयप्रकाश इसे सह न सका। घबराकर उसने आँखें मूँद लीं। आँखें मूँदते ही हर तरफ़ तेज़ रोशनी महसूस हुई और उसके भीतर के पेड़ों से जंगल भर गया, जिनके तनों पर गोला नहीं भैंस पर लिटा-लटका रामबदल बना था...।

तभी उस पुरानी महक की स्मृति उसके आँगन में गिरी। शायद वह ख़ुद नहीं थी, केवल उसकी आवाज़ थी।

जयप्रकाश को डर लगने लगा...।

"यहाँ खड़े-खड़े क्या कर रहे हो ?" यह जान थी, "चलो भीतर खाना खा लो।"

चौके में जान ने उसके सामने थाली सरकाई तो उसमें मोटी-मोटी रोटियाँ थीं और एक भर कटोरा कचालू था।

जयप्रकाश खाने पर टूटा पड़ा और जान खिलखिलाकर हँसने लगी। जंगल, महक, महक की आवाज़, अँधेरा, रोशनी, गोला, भैंस पर लिटा-लटका रामबदल—सभी अदृश्य हो गए। जयप्रकाश के दृश्य में केवल जान थी, बच्चे थे, रोटियाँ थीं, कचालू था और कचालू का स्वाद था। और कल आनेवाला दिन था।

जयप्रकाश खाकर उठने लगा तो जान ने उसे रोका। वह उठकर एक झरोखे तक गई और आकर उसकी थाली में दो बालूशाही रख दी, "खा लो, बहुत महँगी मिलती है। एक रुपिया में दो।" वह फिर खिलखिलाई।

दिन का, ग्यारह-बारह के इर्दगिर्द का समय था। प्रधानजी के दुआर पर सब इकट्ठा थे। सौदागर, प्रधानजी, वकील साहब, जयप्रकाश, जान, कोमल, कटोरा तो थे ही, गाँव के बहुत सारे लोग वहाँ थे ग़रीब-दुखियारे जयप्रकाश की क़िस्मत को बदलते हुए देखने के लिए। इतनी भीड़ थी और शहर से आनेवाले मेहमान इतने ख़ास थे कि जयप्रकाश की बस्ती इस अवसर के सर्वथा अनुपयुक्त थी। इसलिए प्रधानजी के दुआर पर इन्तज़ाम किया गया था। प्रधानजी के यहाँ कुर्सियाँ थीं, खटिया पर बिछाने के लिए साफ़ बिस्तर थे, बेटों के विवाह में दहेज स्वरूप मिला सोफ़ासेट था, टूटी-फूटी ही सही क्राकरी भी थीं। सबसे बड़ी बात, प्रधानजी की बहू अपने मैके से एक कैमरा भी लाई थी और उस कैमरे में अभी रील भी थी। बहू घूँघट में थी। उसने घूँघट में ढँकी अपनी आँख को कैमरे की आँख पर रखा और फ़ोटो खींचने लगी। उसने कटोरा, कोमल और जान की फ़ोटो खींची। कोमल की फ़ोटो पत्रकार रवि कुमार ने भी जयप्रकाश के साथ खींची थी, पर जान और कटोरा जीवन में पहली बार तसवीर में उतरे थे। जयप्रकाश तथा उसके परिवार के साथ बहुत कुछ ऐसा हो रहा था जो पहली बार हो रहा था। जैसे यही कि आज जयप्रकाश को पहली बार सबके बीच में सबके साथ—कुर्सी पर बैठने का मौक़ा मिला था।

हालाँकि जयप्रकाश हिचक रहा था और कुर्सी पर बैठ नहीं रहा था मगर जब

वहुत कहा गया तो बैठ गया था। सामने सोफ़ासेट पर शहर से आए हुए सौदागर बैठे थे। उनके आस-पास प्रधानजी, वकील साहब वगैरह विराजमान थे।

बातचीत शुरू हुई कि जयप्रकाश अन्यत्र देखने लगा। उसकी इस हरकत पर किसी ने उसे टोका पर कोई फ़ायदा नहीं हुआ। वह उसी तरह कहीं और देख रहा था। तब लोगों ने भी गरदन मोड़कर देखा—बैद महराज भचकते हुए चले आ रहे थे...। दो-तीन लोग उठे और उन्हें सहारा देकर एक कुर्सी तक ले आए...।

सब लोग अपने-अपने स्थान पर स्थिर हो गए। भीड़ में आपाधापी नहीं थी। वहाँ आगे पहुँचने की, बैठने की जगह हासिल करने की अब कोई जद्दोजेहद नहीं बची थी। जो खड़े थे, वे स्वीकार कर चुके थे कि उन्हें वहीं खड़े रहना है। जो बैठ गए थे, वे निश्चिन्त थे कि उन्हें अब बैठे रहना है। जो दौड़-दौड़कर टहल कर रहे थे, उन्हें कोई फ़िक्र नहीं थी कि वे क्यों नहीं आराम से हैं। सभी थे अपनी-अपनी जगह। एक व्यवस्था एक संयोजन चारों तरफ़ था। वार्ता प्रारम्भ हुई।

प्रधानजी ने पूछा, "जयप्रकाश तुमने इन लोगों की पेशक़श को सुना, अब तुम्हें क्या कहना है ?"

जयप्रकाश चुप रहा। सबने सोचा, कुछ वक़्त बाद बोलेगा। मगर वह कुछ वक़्त बाद भी ख़ामोश रहा।

प्रधानजी ने इस बार अपने शब्दों पर ज़ोर दिया, "जयप्रकाश, तुम ख़ुश तो हो न ?"

जयप्रकाश के चेहरे पर असंख्य रेखाएँ दौड़कर आपस में भिड़ गईं। जैसे किसी गहरी तकलीफ़ ने उसे दबोच लिया। उसे पसीना आ गया। उसके गलफड़े काँपे। इसी समय विचित्र वारदात हुई। 'जयप्रकाश तुम ख़ुश तो हो' के जवाब में वह कहना चाहता था, "हाँ प्रधानजी मैं आज बहुत ख़ुश हूँ।" लेकिन उसने कहा, "मैं...मैं...कभी ख़ुश नहीं रहा...और आज भी नहीं हूँ।" जयप्रकाश हैरत में पड़ गया—यह उसने क्या कह दिया।

उसकी हैरत तब और बढ़ी जब प्रधानजी सौदागरों की तरफ़ इशारा करते हुए बोले, "जयप्रकाश तुम्हें इन साहबों में किसकी पेशकश पसन्द आई ?" जवाब में वह उत्साहपूर्वक कहना चाहता था, "सभी की। मुझे सभी की पेशकशें पसन्द हैं।" लेकिन उसके मुँह से निकला, "किसी की नहीं पसन्द है।"

एक भयानक घालमेल ने जयप्रकाश को अपनी गिरफ़्त में कर लिया था।

भारत की सबसे पुरानी आयुर्वेदिक कम्पनी के प्रतिनिधि ने कहा, "हम साढ़े तीन लाख दे सकते हैं।"

"हुजूर हमें मंजूर है।" जयप्रकाश ने रजामंदी देनी चाही पर उसने कहा, "तुम चाहे जितना रुपिया बढ़ाओ, मैं तुम्हारे लिए काम नहीं करनेवाला।"

बाक़ी सौदागर खुश हुए।

जयप्रकाश को लगा, लम्बे वाक्य बोलने की कोशिश में वह ग़लत बोल दे रहा है। इसलिए दस हज़ार प्रतिमाह देनेवाले को जवाब में उसने केवल एक शब्द कहा, "मंजूर।" यह क्या, आवाज़ हुई, "नामंजूर।"

कटोरा, कोमल, जान सहित सारे लोग अवाक, परेशान और डरे हुए थे। "तुम क्या चाहते हो ?" पन्द्रह हज़ार प्रतिमाह, मुनाफ़े में हिस्सा देनेवाले ने पूछा।

"महक।" जयप्रकाश के होंठ भी नहीं हिले थे लेकिन यह शब्द गूँजा।

जान डर गई। उसे लगा, जयप्रकाश की तबीयत ठीक नहीं। वह उसके पास आ गई।

ठीक इसी समय वह कांड घटित हुआ। जयप्रकाश ने बैद महराज की कुर्सी को धक्का दिया। वे गिर गए तो उनकी नाक पर अपने घुटनों से मारा और बैद महराज के चीख़ने के पहले वह खुद दर्द से चीख़ा।

लोग हतप्रभ थे। प्रौढ़ जयप्रकाश एक नौ-दस साल के बच्चे की आवाज़ में चीख़ा था।

जयप्रकाश भी भौचक था—वह तो उस तरह चीख़ना चाहता था जैसे उसका पिता रामबदल नाक पर घूँसा पड़ने पर चीख़ा था। इतनी तेज़ चीख़ कि आसपास के पेड़ों पर बैठे परिन्दे उड़ गए थे और थोड़ी दूर पर खड़े मवेशी चलने लगे थे। एक बछड़ा तो दौड़ लगाता हुआ भागा था।

यक्षगान

यह काल्पनिक कथा है। इसके चरित्र, स्थान, घटनाएँ, मंतव्य सभी कुछ काल्पनिक हैं। उनका वास्तविक जीवन से कोई भी सम्बन्ध नहीं है।

सरोज जिस दिन पैदा हुई थी, विष्णु दत्त पांडेय ने चार बीघे खेत का मुक़दमा जीता था। उसी के हफ़्ते-भर बाद उनकी पुरानी गठिया की बीमारी में फ़ायदा होना शुरू हुआ था। और जब साल-भर के भीतर ही गाय ने बछड़ा जना, तब उनको लगा था कि सरोज बेटी भाग्योदय बनकर आई है।

सरोज आठ महीने में चलने लगी थी। एक वर्ष दो महीने की हुई, तो बोलना चालू हो गया था। उसने एक दिन अपने आप भगवान जी वाला चन्दन माथे पर लगा लिया था। विष्णु दत्त पूजा करने लगते, तो वह उनकी गोद में आकर बैठ जाती और अपने भी हाथ जोड़ लेती। उन्हें लगा था कि हो न हो यह कोई विलक्षण कन्या है।

सम्भवतः इसीलिए वह इकलौते पुत्र राधेश्याम से भी ज़्यादा उसकी परवाह करते। वह थी भी कितनी प्यारी और चंचल। थोड़ी बड़ी हुई, तो कैसी-कैसी मोहिनी शरारतें करने लगी थी। राधेश्याम के कपड़े पहनकर कभी-कभी लड़का बन जाती। उसे गोया, लड़का बनने का शौक़ था, माँ के कजरौटे से काजल निकालकर दाढ़ी-मूँछ बना लेती।

एक बार विष्णु दत्त सो रहे थे, तो सरोज आकर उनके कान से सटाकर शंख बजाने लगी थी। शंख बजाते समय उसका चेहरा लाल हो गया था और दोनों गाल ऐसे फूले हुए थे, जैसे दोनों ओर एक-एक लड्डू भरे हों...

विष्णु दत्त अचानक रोने लगे, "सरोज की अम्मा, हमने सरोज का क्या बिगाड़ा था, जो उसने हमारी नाक कटाई..." सरोज की अम्मा कुछ कहने के बजाय विष्णु दत्त से भी अधिक तेज़ रुदन करने लगीं।

चम्पा की कुछ समझ में नहीं आ रहा था। कभी रोते हुए सास-ससुर को

देखती, तो कभी पति राधेश्याम को, जो अपने हाथ की टॉर्च को जल्दी-जल्दी जला-बुझा रहा था। उससे कुछ पूछने की हिम्मत चम्पा की नहीं हो पा रही थी, लेकिन उसने पूछा, ''क्या हुआ ?''

''भाग गई कुतिया। रंडी अपने आशिक छैलबिहारी के साथ भाग गई।''

विष्णु दत्त और जानकी के विलाप में आर्तनाद अथवा चीख़ अथवा हिचकी जैसी कोई चीज़ शामिल हो गई।

छैलबिहारी चौबे गाँव में इन्टरमीडिएट फेल लड़का था। उसकी विशेषता थी कि गाँव में उसके जैसे गोरे रंगवाला कोई न था। दूसरी बात, वह सबसे ज़्यादा बीड़ी पीनेवाला था। अत्यधिक बीड़ी पीने से उसके दाँत काले पड़ने लगे थे और होंठ बैगनी।

सरोज को उससे घोर घृणा थी। यदि वह किसी का हार्दिक रूप से अनिष्ट चाहती थी, तो वह छैलबिहारी ही था। अक्सर वह उसे रास्ते में खड़ा मिलता था। क़रीब आता देखकर वह नाक से धुआँ उड़ाते हुए धीमे क़दमों से सरोज की तरफ़ बढ़ता। निकट आकर कहता, ''तुम मुझको बहुत बढ़िया लगती हो।''

छैलबिहारी की तक़दीर तब पलटी, जब गाँव की नाटक-मंडली में नायक का पार्ट करनेवाला युवक लोहे के कबाड़ का कारोबार करने कलकत्ता चला गया। रामलीला सिर पर थी, बड़ी तेज़ी से नायक के लिए यथोचित की तलाश हुई। अन्ततः अपने रंग-रूप और निखट्टूपन के गुणों के कारण छैलबिहारी सर्वथा उपयुक्त पाया गया।

रामलीला का पहला दिन था। दर्शकों का विशाल समूह इकट्ठा हुआ था। सरोज भी अपनी भाभी के साथ आई हुई थी। कौशल्या ने राम को जन्म दिया, तो बालक राम के अवतार होने की पुष्टि के लिए भगवान विष्णु प्रकट हुए। बड़े ज़ोर के स्वर में शंख, घंटे-घड़ियाल बजने लगे थे। दिव्य भगवान विष्णु कौशल्या माता को दर्शन दे रहे थे। विष्णु भगवान की आरती उतारी जा रही थी। पीछे से किसी ने अपने दोनों हाथ आगे करके उनके चार हाथ कर दिए थे। दर्शकों ने भक्ति से विह्वल होकर हाथ जोड़ दिए। गाना गूँज रहा था—

भए प्रकट कृपाला दीन दयाला कौसल्या हितकारी।
हरषित महतारी मुनि मन हारी अद्भुत रूप निहारी॥
लोचन अभिरामा तनु घनस्यामा निज आयुध भुज धारी।
भूषन बनमाला नयन बिसाला सोभा सिंधु खरारी॥

सरोज की आँखें फटी रह गईं। अरे ! अरे !! यह तो छैलबिहारी है। छैलबिहारी के सिर पर बड़ा-सा सुन्दर मुकुट सुशोभित हो रहा था। अद्भुत रूप था उसका।

उसके वस्त्रों में सलमे-सितारे और शीशे जड़े हुए जगमगा रहे थे। दप-दप कर रहा था उसका मुख-मंडल, गालों पर गेरू और पाउडर मला हुआ था तथा नेत्रों के इर्द-गिर्द मुर्दाशंख की बिन्दियाँ उसकी सुन्दरता को वर्णनातीत बना रही थीं। उसके दो हाथों में चक्र और गदा सरीखे हथियार थे। उसकी बड़ी-बड़ी आँखों में काजल लगा हुआ था और आँखों के किनारों से निकली मेखलाएँ कानों तक खिंची हुई थीं। वह मुस्कराई, ''यह छैलबिहारी है, जो मेरे पीछे पगलाया रहता है।'' वह हँस पड़ी।

अगले दिन जब छैलबिहारी ने बीड़ी फूँकते हुए रास्ते में उससे छेड़छाड़ की, तो उसे पहले की तरह नफ़रत नहीं महसूस हुई। वैसे, छैलबिहारी को तो यह भी लगा कि वह ज़रा-सी हँसी है। यह उसका वहम भी हो सकता था, मगर इतना तो हुआ ही कि इसके बाद से छैलबिहारी के अभिनय का उस पर अन्य दर्शकों की तुलना में कुछ ज़्यादा असर होने लगा था। राम के वन-गमन के अवसर पर वह फूट-फूटकर रो पड़ी थी। हालाँकि लक्ष्मण भी नंगे बदन वन को जा रहे थे, पर सरोज के दुख की वजह यह थी कि जाड़े की रात में नंगे बदन छैलबिहारी को कितना जाड़ा लग रहा होगा।

इसी तरह लक्ष्मण को मूर्छा लगने पर विलाप करता छैलबिहारी तेज़-तेज़ अपने बाल नोचने लगा, तो सरोज ने चिहुँक कर बगल में बैठी सहेली की कलाई पकड़ ली थी, जैसे वह अपने ही बाल नोच रहे छैलबिहारी का हाथ वैसा करने से रोक रही हो, लेकिन जब छैलबिहारी ने सीता-स्वयंवर में शिवजी का धनुष तोड़ा था और शेष राजाओं की सूरतें खिसियाई हुई हो गई थीं, तब सरोज को बड़ी प्रसन्नता हुई थी। हाँ, छैलबिहारी के गले में जयमाला डालने के लिए ठिठक-ठिठक कर आती हुई सीता जी पर उसे एक पल के लिए ग़ुस्सा आया था, किन्तु अगले ही क्षण वह यह देखकर प्रफुल्लित हो गई थी कि सीता का पार्ट गाँव का लड़का विनोद कुमार श्रीवास्तव कर रहा था, जिसे कि उन्नीस साल का हो जाने के बावजूद अभी दाढ़ी-मूँछ नहीं आई थी। इसी प्रकार जब सीता-हरण के दिन छैलबिहारी ने अचानक अपना सिर रंगमंच बने तख़्ते पर ज़ोर से पटका, तो आवाज़ सरोज के वक्ष में हुई। वह व्याकुल हो गई, कितनी चोट लगी होगी छैलबिहारी को। इसके बाद दो बार छैलबिहारी सीता के वियोग में तख़्ते पर खड़े-खड़े गिरा और कई बार माथा पटका, तो रुलाई से सरोज की हिचकियाँ बँध गईं। उस रात घर लौट आने पर वह सोई नहीं।

सुबह जब वह दिशा-मैदान से लौट रही थी, तो देखा, छैलबिहारी तहमद लपेटे दातौन कर रहा है, उसे देखते ही उसने मुँह का थूक उगला और दातौन तहमद में खोंस ली। उसने कहा :

इन्तज़ार में खड़ा हूँ अब हुस्न का दीदार होने जा रहा है।
सदियों से तड़पने के बाद अब प्यार होने जा रहा है॥

इसके बाद उसने कुछ अन्य शेर सुनाए, जो क्रमशः इस प्रकार हैं :

बाल तुम्हारे नागिन जैसे, गाल गुलाबी नैन शराबी।
मतवाला हो उठता हूँ, जब कमर तेरी बल खाती॥
हसीनाएँ पहले गुस्सा करती हैं
फिर नखरे, फिर मान जाती हैं।
शुरू में आशिक से बेरूखी करती हैं
और फिर पहचान जाती हैं॥
इश्क में अगर और मगर कैसा।
प्यार कर लिया है तो डर कैसा॥
ओ मेरी दिल की धड़कन तेरा चेहरा है नूरानी।
देर भले ही लग जाए पर तुम्हीं बनोगी मेरे प्यार की रानी॥

उपर्युक्त पंक्तियों को सुनकर सरोज मुस्कराती जा रही थी कि एकाएक रुकी और पलटकर बोली, "हे छैलबिहारी, तख़्ता पर इतनी ज़ोर-ज़ोर से न गिरा करो रामलीला में, और कभी यदि गिरना बहुत ज़रूरी हुआ, तो गिर जाओ, मगर तख़्ता पर अपना सिर तो क़तई न पटका करो।"

"क्यों न गिरें हम तख़्ता पर ? क्यूँ न सिर पटकें हम तख़्ता पर ?" छैलाबिहारी ने पूछा।

सरोज ने मुँह चिढ़ाकर कहा, "क्यूँ क्या, हमको अच्छा नहीं लगता, इसलिए।" वह हँसती हुई तेज़-तेज़ चलती हुई ओझल हो गई।

छैलबिहारी ने उसे गया हुआ देखकर आह भरी और गुनगुनाया :

जानम जो तुम इस तरह से यूँ हँसकर जा रही हो।
देख दुनिया कहेगी कि दीवाने से फँसकर आ रही हो।।

इस तरह सरोज और छैलबिहारी का प्रेम प्रारम्भ हुआ था, जो थोड़े ही दिनों के बाद बहुचर्चित होने लगा था।

सरोज ने चलते-चलते छैलबिहारी की शायरी सुन ली थी और डर गई थी, "क्या वाकई मुझको देखकर लोग जान जाएँगे कि मैं प्रेम करने लगी हूँ ? क्या वाकई ऐसा होता है कि इश्क में डूबे पहचान लिए जाते हैं।" घर पहुँची, तो उसे रुलाई आने लगी। उसने मुँह में दुपट्टा ठूँस लिया। फिर न जाने क्या हुआ कि माँ के गले से लगकर फूट-फूट कर रोने लगी। घरवाले हैरत में पड़ गए कि क्या हुआ सरोज को। तुरंत माँ-पिता-भाई-भाभी की धड़कनें बढ़ गईं कि सरोज के साथ

कुछ उल्टा-सीधा तो नहीं हो गया। सिर के बालों से लेकर पैर की एड़ियों तक, सरोज का मुआयना किया गया। जब हर प्रकार से दरियाफ़्त करके जान लिया गया कि वैसा कुछ नहीं घटित हुआ है, तब उन लोगों ने तसल्ली का अनुभव करते हुए लम्बी साँस छोड़ी, मगर उन्हें इस बात की हैरत तो थी ही कि सरोज इस तरह जार-जार रो क्यों रही है।

बहरहाल, सरोज ने जिस दुपट्टे को थोड़ी देर पहले मुँह में ठूँसा था, उसी से आँसू पोंछा और सुबकना भी बन्द कर दिया। पानी पीने के बाद वह मन में ठान रही थी कि ज़िन्दगी में कभी भी छैलबिहारी की तरफ़ आँखें उठाकर देखेगी तक नहीं, लेकिन उसका यह दृढ़ निश्चय उस समय अधमरा हो गया था, जब रात में बिस्तर पर लेटी हुई करवटें बदल रही थी। उसके मन में बार-बार छैलबिहारी की मोहिनी मूरत आती और वह फ़िदा हो जाती। वह मौन ही मौन में फुसफुसाई, ''छैलबिहारी।'' और उसकी बड़ी-बड़ी आँखें भर आईं। यह दुख नहीं, प्रेम की उत्कटता का द्रव था। वह फिर फुसफुसाई, ''छैलबिहारी, तुमने हम पर क्या किया है। जाने क्यों मेरा मन चाहता है, छैलबिहारी कि मैं तुम्हारे सीने पर चेहरा टिकाकर ख़ूब रोऊँ–ख़ूब रोऊँ। मुझको अपनी बाँहों में भर लो, छैल।''

मगर जब दो दिनों बाद छैलबिहारी ने अँधेरे में उसकी कलाई पकड़कर खींचा था, तो वह काँपकर दूर हट गई थी, ''देखो छैलबिहारी, हमारा प्यार दो आत्माओं का मिलन है, न कि दो शरीरों का।''

छैलबिहारी को शारीरिक मिलन-विरोधी विचारों से घनघोर चिढ़ थी, क्योंकि अन्य लड़कियों की तुलना में सरोज उसकी दृष्टि में महज इसलिए श्रेष्ठ थी कि सरोज के वक्ष और नितम्ब उनसे भारी थे तथा शेष शरीर उनसे बहुत हल्का। अन्य लड़कियाँ आभूषण पहनने से अधिक सुन्दर हो जाती थीं, जबकि सरोज द्वारा आभूषण धारण किए जाने पर स्वयं आभूषणों की सुन्दरता में वृद्धि होती थी। कान का बाला दूसरी लड़कियों के कानों में लटकता रहता था, किन्तु जब सरोज पहनती थी, तो दोनों कानों के बाले जगमग-जगमग करने लगते थे। हवा चलने पर या सरोज का चेहरा जब चंचल होता था, तो वे बाले हिलते थे और उन हिलते हुए दो बालों को देखकर छैलबिहारी को ऐसा अनुभव होता था कि पेड़, पौधे, घर, आसमान, सब गति कर रहे हैं। वे दोनों जैसे कामदेव के प्रक्षेपास्त्र हों कि देखनेवाला छैलबिहारी कामातुर हो जाता था।

हालाँकि वह लोगों के बीच प्रतिक्रिया बिल्कुल उलटे तरीके से देता था। बतलाता था कि सरोज में कौन सुर्ख़ाव के पर लगे हुए हैं। उस जैसी बीसियों को वह खेल-खा चुका है। पर क्या करे, सरोज ससुरी खुद ही उसके पीछे लग गई।

गाँव के लुच्चे-लफंगे और अनेक सम्भ्रान्त भी उसकी बातों को बड़े ध्यान से सुनते। उसने कहा, "एक दिन मुझसे सरोज बोली कि हे...हे छैलबिहारी, हमारा चुम्मा ले लो न। अब मैं क्या करता ? लिया चुम्मा।"

कुछ लोगों ने छैलबिहारी-सरोज को अकेले में मिलते-जुलते, हँसते-बोलते हुए देख भी लिया था और यह भी देखा था कि सायँकाल के धुँधलके में या भोर के कोहरे में छैलबिहारी इन्तज़ार में खड़ा-खड़ा, बीड़ी फूँक रहा है और सरोज सहमी-चौकन्नी-सी दबे पाँवों, उससे मिलने आ रही है। कुछ लोगों ने यहाँ तक सुन लिया था कि वह कह रही है, "छैलबिहारी, मैं तुम्हारे लिए स्वेटर बुनना चाहती हूँ, तुम्हें कढ़ाई करके रूमाल देना चाहती हूँ, पर क्या करूँ, घरवालों के सामने कैसे करूँ ?" अतः जब छैलबिहारी ने इस बात को कहा कि सरोज खुद उसके पीछे लग गई है, उसने उससे चूमने के लिए कहा, तो श्रोताओं को सत्य अनुभव हुआ।

गाँव में छैलबिहारी के दो ख़ास दोस्त थे, भोला और परमू। तीनों की गहरी मित्रता का अन्दाजा इससे लगाया जा सकता है कि एक समय में तीनों साथ-साथ पेशाब करते थे और अपनी-अपनी पेशाब की धारों को आपस में लड़ाते थे। परमू और भोला के अलग जीवन-स्थितियों में चले जाने के बावजूद उनकी दोस्ती में फ़र्क़ नहीं आया था। परमू प्रदेश में सत्तारूढ़ पार्टी के अध्यक्ष गोरखनाथ का कृपापात्र था। बम फेंकने और चाक़ू चलाने में उसे दक्षता थी। कई बार इस विद्या का निपुण प्रदर्शन करने के कारण गोरखनाथ की मंडली में जल्द ही उसे प्रमुखता प्राप्त हो गई थी। उसी ने अध्यक्ष जी से फ़रियाद करके अपने मित्र भोला को बिजली विभाग का सफल ठेकेदार बनवा दिया था। बाद में भोला और परमू ने संयुक्त रूप से एक जीप ख़रीदी, जो अध्यक्ष जी के सौजन्य से वन-विभाग में किराए पर चल रही थी। इस प्रकार दोनों ने ही जीवन में सफलता प्राप्त कर ली थी और उनके आगे भी सफल होते जाने की सम्भावनाएँ थीं।

वे दोनों अक्सर गाँव आते और छैलबिहारी को साथ लेकर मटरगश्ती करते। परमू-भोला छैलबिहारी को बढ़-चढ़कर शहर के क़िस्से सुनाते। वे अध्यक्ष जी की ताक़त और उनके दरबार में अपने विशेष स्थान का रोमांचक बखान करते थे। उनके द्वारा जब शहर के वैभव, ऐश्वर्य और सुख की चर्चा की जाती, तो छैलबिहारी चकित तथा उदास हो जाता था। कहता था, "तुम लोग वहाँ गुलछर्रे उड़ा रहे हो और तुम्हारा यह दोस्त यहाँ गाँव में पड़ा-पड़ा सड़ रहा है।" परमू और भोला सान्त्वना देते, "अध्यक्ष जी से बात हो चुकी है। जल्दी ही तुमको किसी ऑफ़िस

में फिट करा देंगे।'' छैलबिहारी नाराज़ हो जाता, ''फिट नहीं, घंटा करा देंगे। करा तो रहे हैं एक साल से फिट।''

''सही बात यह है कि तुम ख़ुद गाँव छोड़ना नहीं चाहते। सरोज जैसी जिससे फँसी हो, वह नौकरी की फ़िक्र क्यों करने लगे।'' परमू बोला था।

भोला ने प्रश्न किया, ''अच्छा छैलबिहारी, यह बताओ कि सरोज के साथ तुमने क्या-क्या किया अब तक ?''

छैलबिहारी उत्साहित हो गया। बीड़ी जलाकर क़श खींचा और मुस्कराया, ''क्या करूँ, वह प्यासी है, तो मुझे ध्यान देना ही पड़ता है।''

भोला और परमू ने जुगलबन्दी की, ''कुछ हमारा भी ख़्याल रखो, छैलबिहारी।''

छैलबिहारी बोला, ''हो जाएगा काम, मगर तब, जब मेरी नौकरी लगवा दोगे, जिस दिन पहली तनख़्वाह पाऊँगा, उस रात सरोज तुम लोगों को न हो, तो मेरा नाम छैलबिहारी नहीं।

''नौकरी तो समझो, पक्की। रही बात पहली तनख़्वाह की, तो ये लो, अभी देता हूँ।'' भोला ने रुपए छैलबिहारी के सामने रख दिए, ''लो रख लो।''

छैलबिहारी ने रुपए ले लिए, लेकिन जब वह बाहर खुले आसमान, खुली हवा में आया और कुछ दूर चला, तो हैरत में पड़ गया, ''मैंने यह क्या किया। कैसे मुमकिन है यह। वह साली तो सीता-सावित्री की अवतार बनी फिरती है। दुनिया को मारो गोली, मैं तो उसके गाल तक नहीं छू पाया हूँ।'' वह अपने भाग्य की विडम्बना पर हँसा, ''गाल छूने की पड़ी है मुझे। कलाई तक तो पकड़ने नहीं दिया उसने कभी। छटपटाकर छुडा लेती है।''

वह निराश-सा लौट आया, ''दोस्तो, मुझको माफ़ कर दो।'' उसने रुपए निकालकर ज़मीन पर रख दिए। हाथ जोड़ा, ''अपने पैसे रख लो। दरअसल वे बातें मैं झोंक में बोल गया था।''

''बहाना मत बनाओ, छैलबिहारी। मैं कहता हूँ कि इसी बात पर दोस्ती टूट जाएगी।'' परमू ने धमकी दी।

छैलबिहारी गिड़गिड़ाया, ''माँ क़सम, सही कह रहा हूँ कि मैंने सरोज के बारे में जो कुछ कहा था, झूठ था, हक़ीक़त यह है कि हरामजादी कहती है कि प्यार दो आत्माओं का मिलन होता है।''

उसकी आँखों में आँसू आ गए, ''वह बदचलन यह भी कहती है कि विवाह से पहले वासना, पाप है। कुँआरी कन्या की दुम हत्थे नहीं चढ़ती। मैं तो कहता हूँ कि कोई ऐसी तरकीब भिड़ाओ कि हम तीनों ही क़ामयाब हो सकें...''

तीनों मित्रों ने सम्मिलित रूप से एक व्यूहरचना की, जिसके कई चरण थे, जो क्रमशः इस प्रकार थे–

छैलबिहारी द्वारा सरोज से विवाह का प्रस्ताव और इसके लिए उसे राज़ी करना–गाँव में विवाह सम्भव नहीं, इसलिए गाँव से भागना–शहर पहुँचकर मन्दिर में छैलबिहारी-सरोज की शादी–रुकने के लिए अध्यक्ष जी की कोठी में व्यवस्था–कोठी पर ही रात में सरोज को इस बात के लिए धन-दौलत–ख़ौफ़ के जरिए सहमत करना कि वह तीनों को अपना शरीर सुपुर्द करे–सहमत न हुई, तो उसके साथ सामूहिक बलात्कार।

इस व्यूह-रचना पर छैलबिहारी ने कुछ आपत्तियाँ कीं। उसने कहा कि उसका सरोज से शादी करना ठीक नहीं रहेगा। कहीं माँ-बाप तय करेंगे, तो टी.वी., स्कूटर, भैंस और थोड़ा नक़द मिलेगा। इस रंडी से शादी करके क्या पाऊँगा। दूसरी बात, अपनी बीवी को पराए मर्दों के हाथ कैसे सौंपा जा सकता है। इसी को इस तरह भी कहा जा सकता है कि दो पराए मर्दों द्वारा गन्दी की गई औरत को वह कैसे पत्नी के रूप में स्वीकार करेगा।

"तुम पक्के घोंघाबसन्त हो, छैलबिहारी।" भोला बोला, "मन्दिर की शादी के गवाह कौन होंगे। हम लोग न ! हम लोग क्यों कहने जाएँगे कि तुम्हारी शादी हुई है। उस ससुरी को भी इज़्ज़त प्यारी होगी, तो किसी से कुछ बताएगी नहीं।"

"मान लो, वह कहीं न जाए, कहे कि इस सबके बाद भी पत्नी बनकर मेरे साथ रहने के लिए तैयार है। तब ?"

"तब हम उसको नदी में डुबोकर मार देंगे। या मारकर रेल की पटरी पर फेंक देंगे।" परमू ने जवाब दिया।

अब जाकर छैलबिहारी सन्तुष्ट हुआ और उसका भरोसा बना कि उसके दोनों मित्र पर्याप्त सामर्थ्यवान और समझदार हैं। वह भावुक हो गया। करुण स्वर में बोला, "भैया, तुम लोगों के हाथों में अपनी नैया की पतवार सौंप रहा हूँ।"

सरोज ने 'हाँ' कह दी। वह गाँव से भाग चलने के लिए तैयार हो गई। वह जानती थी कि गाँव में रहते किसी भी प्रकार छैलबिहारी से उसकी शादी नहीं हो सकती। और वह छैलबिहारी के बिना हक़ीक़त या सपना–कुछ भी नहीं बुनती थी। वह नींद, सपनों और विचारों में हमेशा छैलबिहारी को साथ रखती थी, लेकिन उसमें प्राचीन समय से स्त्री के भीतर मौजूद रहनेवाला अज्ञात भय भी स्वाभाविक रूप से था। इसलिए छैलबिहारी के प्रस्ताव की उस पर पहली प्रतिक्रिया यह हुई कि

वह थरथराने लगी और उसके चेहरे की चपलता को जैसे ग्रहण लग गया। देर तक उसकी आँखें ज़मीन पर टहलती रहीं और भर आईं। उसने आँसुओं से डूबी अपनी बड़ी-बड़ी आँखों को उठाकर छैलबिहारी को देखा। वह रो पड़ी, "छैलबिहारी ! मैं तुमको बहुत चाहती हूँ।" उसका सिर छैलबिहारी की छाती पर टिक गया। सरोज का इस प्रकार का स्पर्श छैलबिहारी को पहली बार हासिल हुआ था, वह पुलकित हो गया। सरोज रोती हुई बोली, "छैलबिहारी, मैं अपने माँ, बाप, भाई, भाभी और उनके पेट में पल रहे भतीजे को, ये घर, ये गाँव, ये खेत, ये खलिहान, ये भुतहा खण्डहर, जिसमें हम खड़े हैं, सब छोड़कर तुम्हारे साथ चलूँगी। मेरा साथ निभाना। मुझे धोखा मत देना, छैलबिहारी ! नहीं तो तुम्हारी क़सम, ज़िन्दा नहीं पाओगे अपनी सरोज को।"

छैलबिहारी ने इस अवसर पर एक कवित्त सुनाया :

मर जाऊँगा, मिट जाऊँगा, चाक-चाक हो जाऊँगा।
मेरे प्रियतम अन्तिम दम तेरा साथ निभाऊँगा।

उक्त कवित्त पूरा होने पर सरोज ने उसके सीने पर रखे अपने चेहरे को हल्का-सा दबाया और फिर उठाकर उसे देखा, "अच्छा, अब मैं चलती हूँ।"

वह घर आई, तो घर उसे पराया-सा महसूस हुआ। ऐसा लग रहा था कि जैसे घर थोड़ा बड़ा हो गया हो। चूल्हे का मुँह घूम गया हो। अलगनी अधिक नीचे हो गई हो। उसे घर हल्का-सा हिलता हुआ भी अनुभव हो रहा था। उसे समझ में नहीं आया कि इस समय वह घर में क्या करे। वह जाकर बिस्तर पर आराम से लेट गई, मगर जल्दी ही बिस्तर पर पालथी मारकर बैठ गई। ऐसे भी नहीं रहा गया, तो उठ खड़ी हुई। तभी न जाने क्या हुआ कि तकिए में चेहरा धँसाकर रोने लगी। जल्दी ही रोना बन्द करके मुस्कराने लगी। भाभी के पास आकर मज़ाक किया, "भाभी, तैयारी करती जाओ, भतीजा होने पर कंगन लूँगी।" भाभी अपने पेट पर हाथ फेरते हुए, बोलीं, "आपके भइया और बाबूजी कोशिश में लगे हैं। जल्दी ही आप भी ससुराल जाएँगी, तब कुछ दिनों बाद आपको भी वहाँ कंगन बनवाकर ननदों को देने पड़ेंगे।"

सरोज सोच में डूब गई, "छैलबिहारी को तो कोई बहन है नहीं, वह किसे कंगन देगी।" वह उदास हो गई। तभी न जाने उसके भीतर क्या रासायनिक क्रिया हुई कि वह उत्साहित होकर उठी और बाबू-भाई के सारे गन्दे कपड़े लेकर धोने लगी। बाद में इस काम से फ़ुर्सत मिलने पर उसने घोषणा की, "आज घर का पूरा खाना मैं बनाऊँगी।" उसने रोज़ से ज़्यादा घी-तेल-मसालों का प्रयोग करके भोजन को सुस्वादु बनाया। भइया से दो रोटी अधिक खाने के लिए इसरार

करने लगी। बीच में पड़ोस में जाकर वह बच्चों को चिढ़ा आई। कुल मिलाकर बहुत ख़ुश दिख रही थी, लेकिन बीच-बीच में सोचती, "मैं क्यों इतना ख़ुश हूँ ? क्या यह छैलबिहारी के साथ ज़िन्दगी की शुरुआत करने की उमंग है ? या यह घर त्यागने के पहले घरवालों पर उमड़ पड़ा प्यार है ? या कहीं वह इतना ख़ुश दिखकर घरवालों को चकमा दे रही है ?" उसकी समझ में कुछ भी नहीं आया, न ही वह किसी नतीजे पर पहुँची। उसे तीनों ही बातें थोड़ी-थोड़ी सही लग रही थीं मगर वह यक़ीन नहीं कर पा रही थी कि कैसे तीनों बातें एक साथ सही हो सकती हैं।

उसकी दशा अजीब हो गई थी। ख़ुश होकर चहकती रहती कि अचानक किसी सुरक्षित एकान्त में जाकर रोने लगती, पर कुछ ही वक़्त बाद आँखें पोंछकर हँसती हुई बाहर आती। वह कभी अतिरेक में आकर माँ के गले लगकर झूल जाती, तो कभी भाभी के पेट पर कान सटाकर चुहल करती, "भाभी...भाभी..सुनो, बच्चा बुआ...बुआ...कह रहा है।"

घर के लोगों को उसका यह बदला हुआ रंग-ढंग अनोखा तो लग रहा था। किन्तु इतना अस्वाभाविक नहीं कि वे उस पर सन्देह करने लगें। या उस पर निगाह रखने की आवश्यकता महसूस करें। बस, केवल माँ जानकी देवी थीं, जो बीच-बीच में उसको ग़ौर से देखने लगती थीं। बेटी जब भी उनसे अधिक प्रेम जताती, तो वह चिन्तित हो उठती थीं। उन्हें लगने लगता था कि बेटी के मन में कुछ और है, वह कपट कर रही है। रात को सरोज अपने बिस्तर से उठकर माँ के पास चली आई और बच्चों की तरह सटकर लेट गई, "माँ, अब से मैं तुम्हारे साथ सोया करूँगी।" माँ आहिस्ता-आहिस्ता सरोज के बाल सहलाती रही, फिर बुदबुदाई, "बिटिया, इधर-उधर का क़दम मत उठा लेना।"

माँ का वाक्य सुनकर सरोज काँप गई। शव की तरह निस्पन्द हो उठी, मगर मामूली-से अन्तराल के बाद खिल गई।

उस दिन अँधेरा भी हो गया, लेकिन सरोज स्कूल से नहीं लौटी, तो सबसे पहले जानकी देवी ने ही अपनी चिन्ता प्रकट की, "सरोज नहीं आई अभी तक, मेरा दिल बहुत घबरा रहा है राधेश्याम के बाबू।" सभी के चेहरे पर भय, चिन्ता और अपशकुन के पंजे मँडराने लगे। ऐसा लगा कि विष्णु दत्त जैसे अभी-अभी और बूढ़े हो गए हों। वह कराहते हुए से बोले, "बेटा, राधेश्याम ! चलो, हम ढूँढते हैं।"

दोनों जब लौटकर वापस आए, तो घर में बहू और सास थीं। अँधेरा था, तण्ता था। बहू के गर्भ में शिशु था। और भय, चिन्ता, अपशकुन के मँडराते पंजे थे।

घर में घुसते ही विष्णु दत्त अचानक रोने लगे थे।

गाँव में विष्णु दत्त को सलाह मिली कि फ़ौरन थाने चलकर बेटी की गुमशुदगी की रिपोर्ट लिखानी चाहिए, लेकिन दूसरे प्रकार के लोगों का मत था कि ऐसा नितान्त अनुचित होगा। कन्या की गुमशुदगी की रिपोर्ट लिखा दी गई, बात थाना-कचहरी तक गई तो इज़्ज़त विष्णु दत्त की डूबेगी—इस गाँव की डूबेगी—सबसे बड़ी बात—बरामदगी के बाद सरोज का जीवन नरक हो जाएगा।

''लेकिन समस्या यह है।'' पहले पक्ष के लोगों ने कहा कि सरोज के आसानी से मिल सकने के आसार नहीं दिख रहे हैं। जहाँ-जहाँ मुमकिन था, ढूँढा गया। अब वह आसमान से तो टपक नहीं पड़ेगी। नहीं मिल रही है, तो यही अच्छा होगा कि पुलिस में रिपोर्ट लिखाई जाए।

सबसे भिन्न तीसरी धारा राधेश्याम की थी। उसका कथन था, ''सरोज दो घंटे में मिल सकती है।'' इसके लिए उसने उपाय बताया कि छैलबिहारी की माँ को तथा परमू और भोला की बहनों को निर्वस्त्र करके गाँव में घसीटा जाए।'' लेकिन किसी ने उसके विचारों को गम्भीरतापर्वूक ग्रहण नहीं किया।

अन्ततः यही निश्चय किया गया कि दो-तीन दिन इन्तज़ार कर लिया जाए। फिर भी सरोज न मिली, तो रिपोर्ट लिखाने में हर्ज नहीं। हालाँकि विष्णु दत्त यह समझ रहे थे कि रिपोर्ट के लिए ज़ोर देनेवालों में कुछ ऐसे भी थे जो चाहते थे कि थाना-कचहरी के चलते उनकी और उनकी बेटी की फ़जीहत हो। इसी तरह कुछ लोगों द्वारा रिपोर्ट न लिखाने के लिए दबाव डालने की वजह थी कि वह चाहते थे कि सरोज हमेशा ग़ायब रहे और उनको राय-मशविरा देने का अवसर प्राप्त होता रहे।

तीन दिन बीत गए थे, रिपोर्ट दर्ज कराने के अतिरिक्त दूसरा कुछ सूझ नहीं रहा था विष्णु दत्त को। अगले दिन शाम को वह और राधेश्याम तीन-चार ग्रामवासियों को लेकर थाना पहुँच गए। इन ग्रामवासियों का कहना था कि रिपोर्ट में अभियुक्तों द्वारा सरोज को ले जाने की बात के साथ यह भी दर्ज कराया जाए कि वे उनके घर से चार हज़ार नक़द और क़रीब 25,000 के जेवरात भी ले भागे हैं। इस पर विष्णु दत्त ने दबी ज़बान से प्रतिवाद किया, ''पर यह हक़ीक़त नहीं है।'' राधेश्याम भड़क गया, ''बड़े हक़ीक़त के बाप बनने चले हैं आप ! हक़ीक़त तो यह है कि वह रंडी ख़ुद भागी है, तो क्या ऐसे ही रिपोर्ट में कहा जाए ?''

थाने का दरोगा कहीं तफ़्तीश पर गया था और हेड मुहर्रिर जूस पीने, लेकिन संयोग ही था कि ज़्यादा इन्तज़ार नहीं करना पड़ा, जल्द ही हेड मुहर्रिर मुँह पोंछता हुआ ड्यूटी पर बैठ गया, ''क्या हुआ, लौंडिया भाग गई न ?''

वे इस भाव से कि, 'उसको कैसे मालूम' हेड मुहर्रिर को देखने लगे। तभी वह कड़क उठा, "लानत है तुम लोगों पर कि रिपोर्ट लिखाने आए हो। अरे, मेरी बहन-बेटी होती, तो आकाश-पाताल जहाँ भी होती, ढूँढकर लाता और इस करतूत पर उसकी बोटी-बोटी करके चील-कौवों के सामने फेंक देता।" बहरहाल, विष्णु दत्त ऐसे पराक्रमी नहीं थे, इसलिए वह दो काग़ज़ों के बीच क़ार्बन लगाकर प्राथमिक सूचना रिपोर्ट का लेखन करने लगे। वह नामज़द प्राथमिक सूचना रिपोर्ट लिख रहे थे। उन्होंने अभियुक्तों के रूप में छैलबिहारी, परमू और भोला को नामांकित किया।

थाने से लौटते-लौटते अँधेरा होने लगा। सभी चुपचाप चल रहे थे। जैसे उनके साथ-साथ मौन भी चल रहा हो। वे गाँव में आ गए, तब भी चुप थे। एकदम ख़ामोश। लेकिन जैसे ही रास्ते में छैलबिहारी का घर पड़ा, राधेश्याम बड़ी तेज़ आवाज़ में चिल्लाने लगा, "मैं प्रतिज्ञा कर रहा हूँ...मैं प्रतिज्ञा नहीं, भीष्म प्रतिज्ञा कर रहा हूँ कि यदि मैंने छैलबिहारी की माँ की इज़्ज़त न लूटी, तो राधेश्याम मेरा नाम नहीं।" इतना कहकर उसने चारों तरफ़ अभिमान से देखा, जिस प्रकार नौटंकी में कोई अभिनेता कड़क संवाद बोलकर वाहवाही के लिए दर्शकों पर निगाह डालता है।

विष्णु और राधेश्याम घर आए, तो विष्णु बहुत थके थे, राधेश्याम बहुत उद्वेलित। बहू ने जल्दी ही खाना परोस दिया। दोनों खाने लगे।

बहू ने ससुर की थाली में रोटी डालते हुए कहा, "हमारे चाचा के लड़का श्याम नारायण नेता हैं, वो किसी काम आ सकते हों तो बुला लिया जाए।" राधेश्याम गरजा, "चोप्प साली। अब नेतागिरी नहीं होगी, ख़ून बहेगा। मैं कह रहा हूँ लाशें गिरेंगी !" इसके बाद खाना छोड़कर वह कूद-फाँद करने लगा। विष्णु और जानकी देवी उसे परेशानी और कोफ़्त से देखने लगे। जब वह चौकड़ी भरता हुआ बाहर निकल गया, तो विष्णु बहू से बोले। बहू घूँघट थोड़ा-सा आगे खिसकाकर सुनने लगी, "ऐसा है दुलहिन, अभी रुक जाओ, बात दूर-दूर तक फैले, क्या फ़ायदा। कुछ रोज़ देखते हैं। सरोज हमें तब तक न मिली, तो नेता श्याम नारायण को बुलवाएँगे।"

श्याम नारायण नेता, एक पार्टी की युवा शाखा के जुझारू सदस्य थे। अभाव और विपन्नता उनके व्यक्तित्व से टपकती रहती थी, किन्तु दो मामलों में वह शानदार थे। एक नारा लगाने में, पता नहीं कहाँ से उनके कृशकाय शरीर में बहुत ज़ोर से बहुत देर तक गर्जना करने की शक्ति थी। उनके शानदार होने का दूसरा क्षेत्र था प्रेमातुरता। वह प्रायः किसी कन्या को देखकर रीझ जाते थे और प्रणय-

निवेदन कर बैठते थे। एक बार उनकी प्रेमातुरता कामातुरता में परिवर्तित हो गई थी। समक्ष खड़ी लड़की पर संकट के मेघ मँडराने लगे थे। वह तो ईश्वर उसका रक्षक था कि श्याम नारायण के पायजामे के इजारबन्द में उल्टी गाँठ लग गई, जो उनके लाख प्रयत्न करने पर भी उस समय नहीं खुली थी, पर कामातुरता उनकी मूल प्रवृत्ति नहीं थी। अमूमन वह रीझते भर थे। सरोज पर भी कुछ बार रीझ चुके थे। जब-जब वह अपनी भाभी के मायके में आई थी, तब-तब नेता उसे देखकर व्याकुल हुए थे। उनके द्वारा भाँति-भाँति से प्रेम-भाव को प्रगट किए जाने के बाद भी जब सरोज ने अनुकूल प्रतिक्रिया न दिखलाई थी तो उन्होंने एक दिन उसकी कलाई पकड़ ली थी। सरोज उनकी कलाई पर दाँत काटकर अपनी कलाई छुड़ाने के बाद धमकाते हुए जाने लगी कि उनकी करतूत वह सभी को बता देगी। इस पर नेता श्याम नारायण ने पहले विनती की कि सरोज ऐसा क़तई न करे, पर सरोज को सहमत होता न देखकर वह हँसने लगे, "अरे, मेरा तो तुमसे हँसी-मज़ाक का रिश्ता है और तुमने मेरे मज़ाक को भी सच मान लिया क्या..."

श्याम नारायण को जब छैलबिहारी के साथ सरोज के भाग जाने की सूचना प्राप्त हुई, तो उनके हृदय में तीन तरह के विचार उठे। एक विचार हैरत का था कि अरे, यह क्या हो गया। दूसरा विचार था विचारधारा का, जिसके अनुसार उन्होंने इस प्रकरण को रूढ़ियों के ख़िलाफ़ एक लड़की की बग़ावत माना और सोचा कि हर युवक-युवती को अपनी पसन्द से प्रेमी अथवा जीवन-साथी चुनने का अधिकार है। अन्त में जाकर तीसरा विचार उठा। यह विचार अपेक्षाकृत अधिक तीव्र, मर्मांतक, असरकारी और संश्लिष्ट था। इसके उठने पर उन्होंने अपनी कलाई को सहलाया, "यहीं पर दांत गड़ाए थे उसने।" उन्हें लगा कि छैलबिहारी के साथ भागकर सरोज ने उनको अपमानित, आहत और दुखी किया है। वह दुखी हुए, "सरोज ने यह क्या कर डाला। उसकी जैसी सुन्दर लड़की को किसी योग्य व्यक्ति से प्रेम करना चाहिए था।" उन्होंने विश्लेषण किया और इस नतीजे पर पहुँचे कि सरोज को छैलबिहारी से प्रेम नहीं करना चाहिए था। वस्तुतः यह प्रेम था ही नहीं। अर्द्धसामन्ती, अर्द्धपूँजीवादी समाज में जिस प्रकार मज़दूर-किसान शोषक शक्तियों के झाँसे में आकर उन्हीं को अपना उद्धारक मान लेते हैं, उसी तरह सरोज छैलबिहारी को अपना मुक्ति-दाता मानकर प्रेम कर बैठी। अतः उसका यह कृत्य प्रेम और सामन्ती मूल्यों को चोट पहुँचाने का प्रयास नहीं, बल्कि शोषित-पीड़ित स्त्री की दिग्भ्रमित चेतना की त्रासदी का मामला है। उन्हें महसूस हुआ कि विपत्ति में निहत्थी फँसी सरोज चीत्कार कर रही है और संघर्ष का एक अन्य क्षेत्र उन्हें आहूत कर रहा है। उन्होंने झोला उठाया और विष्णु दत्त-राधेश्याम से मिलने चल दिए।

उनको सामने खड़ा देखकर विष्णु दत्त चकित हुए। जब श्याम नारायण ने बताया कि उन्हें मुसीबत में फँसा सुनकर वह दौड़े चले आए हैं, तो विष्णु दत्त के मन में उनके लिए अत्यन्त आदर का भाव पैदा हुआ। चटपट राधे की औरत से बोले, "अरे, अपने भइया के लिए कुछ चाय-वाय बनाओ जल्दी।"

चाय पीने के बाद श्याम नारायण ने बिलकुल विलम्ब नहीं किया, मुँह पोंछते हुए कहा, "तो बाउजी, आप और जीजा तैयार हो जाएँ और चलें मेरे साथ।"

नेता श्याम नारायण, विष्णु और राधेश्याम को लेकर ज़िला मुख्यालय में पुलिस अधीक्षक के बँगले पर पहुँचे। उन्होंने विष्णु दत्त की तरफ़ से एक प्रार्थना-पत्र पुलिस अधीक्षक के नाम लिख रखा था, पुलिस अधीक्षक को दिया। उक्त प्रार्थना-पत्र में निवेदन किया गया था कि माननीय महोदय, अपनी बेटी सरोज के अपहरण की प्राथमिक सूचना रिपोर्ट मैंने गत 15 जनवरी, 95 को थाना श्याम सराय में लिखाई थी। उसमें मैंने अभियुक्तों के नाम का भी उल्लेख किया था। छैलबिहारी, परमू और भोला। माननीय महोदय जी से निवेदन है कि पुलिस अभी तक अभियुक्तों को पकड़कर इस अभागे पिता को उसकी पुत्री वापस दिलाने में नाकाम रही है। हमें इस बात की भी आशंका है कि स्थानीय पुलिस जाँच-कार्य में शिथिलता बरत रही है। अतः आपसे अनुरोध है कि, आप उचित कार्रवाई हेतु अविलम्ब आवश्यक दिशा-निर्देश देकर इस परम दुखी पिता को न्याय दिलाने की कृपा करें।

पुलिस अधीक्षक को लिखे पत्र में ही थोड़ा फेरबदल करके नेता श्याम नारायण ने एक पत्र प्रदेश के गृहमन्त्री के नाम और एक पत्र देश के गृहमंत्री के नाम भेजा। उन्होंने एक पत्र देश के लोकसभा अध्यक्ष के नाम भी प्रेषित किया। श्याम नारायण के इन क्रियाकलापों से विष्णु तथा राधेश्याम अभिभूत थे। उन्हें अपने इस रिश्तेदार पर गर्व हो रहा था। दोनों ने ही श्रद्धावनत होकर हाथ जोड़ लिए, "धन्य हैं आप भइया श्याम नारायण ईश्वर आपको दीर्घायु करें।" दोनों ने ही पूछा, "अब आगे क्या किया जाए ?" श्याम नारायण बोले, "आगे यह किया जाए कि आप लोग घर लौट जाएँ और मुझको अब अपने तरीके से खोज-बीन करने दें। हमारे हाथ पुलिस से भी ज़्यादा लम्बे हैं, आप सब फ़िक्र न करें। हाँ, कुछ रुपए हों तो देते जाइए, क्योंकि दौड़-भाग में ख़र्चा तो होगा ही।"

पिता-पुत्र के जाने और ज़ेब में कुछ धन आने के बाद नेता श्याम नारायण में एक भारतीय जेम्स बॉण्ड का अभ्युदय होने लगा। उन्होंने एक पैकेट सिगरेट ख़रीदी। एक सिगरेट जलाकर क़श लिया, "कहाँ से शुरू की जाए तफ़्तीश।" उनकी उँगलियाँ दूसरे हाथ की कलाई पर चली गईं और अचानक उनके सामने

सरोज का चेहरा जगमगा उठा। वह कल्पना-लोक में देखने लगे कि सरोज आँसुओं में डूबी हुई सिसक रही है। 'मुझे हर हाल में ठोस कुछ करना पड़ेगा।' उन्होंने सोचा और सिगरेट चप्पल से कुचलकर आगे बढ़ गए। इस वक़्त उनके अन्दर फ़ुर्तीला जेम्स बॉण्ड, भावुकविरही, जोशीला कॉमरेड एक साथ सक्रिय हो चुके थे। उनके कन्धे से लटका हुआ झोला एक दृष्टि से देखने पर लगता था कि वह कोई सिद्धहस्त अय्यार या जासूस हैं, जिसके इस पोटले में अनेक हैरतअंगेज़ चीज़ें भरी हुई हैं, तो दूसरी दृष्टि से देखने पर लगता था कि वह आदिकाल के कोई योद्धा हैं, जिसके झोले में जानलेवा आयुध भरे हुए हों। तीसरी दृष्टि से देखने पर लगता, वह सन्त विनोबा भावे अथवा जयप्रकाश जी की परम्परा के सर्वोदयी हैं, जिनके व्यक्तित्व से प्रभावित होकर भूमि माफिया भूदान कर देंगे और डकैत आत्मसमर्पण। चप्पल फटकारते चले जा रहे थे श्याम नारायण, जो इस समय शरीर से दुबले पर भावनाओं से बली थे। वह दृढ़प्रतिज्ञ थे कि सरोज कांड की एक-एक बात, राई-रत्ती, छोटी-बड़ी सारी चीज़ें ज्ञात करके रहेंगे।

नेता श्याम नारायण ने दौड़-भाग के बाद पाया कि सरोज के ग़ायब होने को लेकर कई तरह की कहानियाँ थीं, जो परस्पर एक-दूसरे से ज़ुदा थीं और कुछ मायनों में आपस में समानता भी रखती थीं। गाँव से सरोज, छैलबिहारी, परमू, भोला सफ़ेद रंग की कार से भागे थे। यह कार किसकी थी, इसके बारे में उसे कोई एक पहुँचे हुए रईस की बताता था, तो कोई कहता था कि एक बहुत बड़े ठेकेदार ने कुछ ही दिन पहले ख़रीदी थी। यह भी चर्चा थी कि कार हीरों के एक व्यापारी का लड़का चलाता था, जिसे भोला ने धमकाकर छीन ली थी। कहीं-कहीं सुनाई देता कि यह कार किसी अन्य की नहीं, स्वयं परमू की है, जिसे उसने अफ़ीम की तस्करी से प्राप्त धन से ख़रीदा था और शहर में ही चलाता था। वैसे, कुछ अनुमान यह भी था कि कार गोरखनाथ की है, परमू और भोला उनसे माँगकर लाए थे।

बहरहाल, कार से जब सरोज सहित चारों लोग जा रहे थे, तो कार बड़ी तेज़ दौड़ रही थी। उसकी स्पीड के बारे में लेकर 80 किलोमीटर से लेकर 110 किलोमीटर प्रति घंटा तक के अनुमान लगाए जा रहे थे। बीच में कार दुर्गापुर क़स्बे में रुकी थी, जहाँ उन लोगों ने कोकाकोला पिया था, लेकिन एक हिस्से को एतराज था कि कोकाकोला पीने की बात सच नहीं है, जनवरी महीने में, वह भी रात को वे कोकाकोला क्यों पीने लगेंगे। दरअसल वे चाय पी रहे होंगे। इस पर कोकाकोला वालों का कहना था कि देखनेवालों की आँखें अंधी नहीं थीं कि चाय के गिलास या कुल्हड़ को कोकाकोला की बोतल समझ लें। इस वाद-विवाद में

एक तीसरी धारणा सामने आई, जिस पर कमोबेश सभी ने विश्वास किया। इसके अनुसार वे न चाय पी रहे थे, न कोकाकोला। वे कोकाकोला की बोतल में शराब पी रहे थे। किसी ने पुष्टि करते हुए बताया कि उसे पता है कि दुकान पर सरोज की आँखें लाल थीं और वह झूम रही थी। इसकी भी काट प्रस्तुत की गई कि आँखें लाल होने का कारण सरोज का रोना हो सकता है। रही बात झूमने की, तो कौन-सी शराब थी कि चखते ही झूमाने लगी थी।

उपरोक्त बिन्दु तक जानकारों की सूचनाओं में मामूली भिन्नताएँ थीं, किन्तु मोटे तौर पर सादृश्य भी था। जैसे कि कार किसकी थी, कार किस स्पीड में चल रही थी या दुकान पर वे चारों क्या पी रहे थे, इन मुद्दों पर तीव्र मतभेद थे, लेकिन वे कार से गए, कार बहुत तेज़ दौड़ रही थी और बीच में दुर्गापुर क़स्बे की दुकान पर रुककर उन लोगों ने कुछ पिया, इन बातों पर जानकारों के बीच पूरी सहमति थी।

मुश्किल यह आ पड़ी कि दुर्गापुर क़स्बे की दुकान के बाद क्या-क्या हुआ, इसको लेकर एकदम से अलग-अलग क़िस्से सामने आने लगे। इन क़िस्सों में सरोज के घर से भागने और कोकाकोला की बोतल से कुछ पीकर चल देने के बाद की रामकहानी भिन्न-भिन्न तरीके से बयान की गई थी। घटनाएँ, वातावरण, कथोपकथन, मनोरथ और परिणतियों तक में अन्तर था। अब चूँकि उक्त समस्त स्वरूपों को स्वतन्त्र ढंग से प्रस्तुत करने का स्थान और अवसर नहीं है, अतः उन सभी का अवलोकन करके उनके विश्वसनीय अंशों को पहले अलग-अलग किया गया, फिर सभी के उन चुने गए विश्वसनीय लगनेवाले अंशों को आपस में सुसंगत तरीके से यथायोग्य जोड़ दिया गया। फलस्वरूप एक अधिक प्रामाणिक वृत्तान्त सामने आया जो इस प्रकार है :

कार जब गोरखनाथ के आलीशान मकान के सामने रुकी, तो रात के नौ बज रहे थे। वैसे, इस समय यहाँ चहल-पहल रहती थी, लेकिन इत्तेफ़ाक़ की बात है कि उस दिन सन्नाटा था, क्योंकि गोरखनाथ शराब किंग माताराम जायसवाल के घर रात्रि-भोज पर गए थे। शायद इसलिए कि मार्च का महीना आनेवाला था और किंग को ख़तरा था कि अबकी बार कहीं उसके हाथ से ठेके निकल न जाएँ।

सन्नाटा देखकर वे चारों उतरे और भीतर पहुँचकर सीढ़ियाँ चढ़ गए। ऊपर एक कमरे में पहुँचकर ही उन्होंने इत्मीनान की साँस ली।

परमू और भोला खाने-पीने के इन्तज़ाम के लिए बाहर निकल पड़े। उनके जाते ही छैलबिहारी सरोज पर लुढ़ककर कहने लगा, ''हाय मेरी प्राणप्यारी, अब तो न तड़पाओ।''

सरोज ने उसे ठेलकर आराम से बिठाया और खुद खड़ी हो गई, "देखो छैलबिहारी, जब तक मैं तुम्हारी सुहागन नहीं बन जाती, मुझे छूना मत। नहीं तो जान दे दूँगी, अम्मा की क़सम।" अम्मा की क़सम खाते ही उसे अम्मा की याद आ गई। वह सुबकने लगी। छैलबिहारी भुनभुनाता हुआ बाहर निकलकर नीचे आ गया। नीचे आकर देखा कि अध्यक्ष जी आ गए हैं और भोला-परमू को डाँट रहे हैं। वह वहीं छिपकर डाँट वार्ता सुनने लगा। अध्यक्ष जी बोले, "अरे हरामियो मेरे घर लेकर आने की क्या ज़रूरत थी।" उन्होंने कुछ अन्य फूहड़ क़िस्म की गालियाँ दी और अन्त में कहा, "ऐसा करो, महन्त जी के यहाँ चले जाओ, मैं फ़ोन कर देता हूँ।" दोनों जाने के लिए मुड़े कि अध्यक्ष जी फिर बोले, "अरे हाँ, लौंडिया की उम्र कितनी है ?"

"सोलह साल।" परमू ने जवाब दिया।

"सोलह साल की दुम, मरोगे ससुरो। अबे, बालिग़ तो हो जाने दिया होता। अच्छा कल मेरे साथ कचहरी चलना। मैं एक फ़र्ज़ी बालिग प्रमाण-पत्र बनवा दूँगा। बाद में कोई लफड़ा होने पर काम देगा।"

छैलबिहारी उलटे पाँव लौट गया और कमरे के बाहर खड़ा हो गया। उन दोनों को देखते ही नकनकाते हुए कहा, "सरोज कुमारी से दिक़्क़तें आएँगी। सती सावित्री लच्छन दिखा रही है। कह रही है कि शादी के पहले छुआ, तो खुदकुशी कर लेगी।" उनकी नकनकाहट कुछ कम हुई, "एक बात मुझे पक्की लगने लगी है कि यह समझाने से समझनेवाली नहीं है।"

"चुप साले बड़बड़ किए जा रहा है।" परमू ग़ुस्सा गया, "साले तुमको उल्टा ही सूझता है। ख़ैर, अभी तो इसको लेकर महन्त जी के यहाँ चलना है।"

छैलबिहारी रुआँसा हो गया, "पर तुम लोगों ने तो अध्यक्ष जी के यहाँ के लिए कहा था। ये महन्त-साधू के यहाँ पुलिस पहुँच गई, तो क्या होगा ?"

"अबे, तुम रहोगे देहाती भुच्चड़।" भोला समझाने लगा, "अध्यक्ष जी के यहाँ तो फिर भी एक बार पुलिस आ सकती है, पर महन्त जी के यहाँ किसकी हिम्मत है। अध्यक्ष जी जैसे बाईस उनकी ज़ेब में है।"

महन्त जी का आवास एक विशाल मन्दिर था। जिसके नीचे की मंज़िल में पूजा-पाठ होता था। मन्दिर का गर्भगृह था, कीर्तन मंडप था, यज्ञशाला थी और क़रीब दो दर्जन रिहायशी कोठरियाँ थीं, जिनमें ज़्यादातर तीर्थयात्री और मन्दिर के सेवक रहते थे।

ऊपर की मंज़िल महात्मा जी का आवास था और यह भव्य था। कई कमरे वातानुकूलित थे। सभी में रंगीन टी.वी.था। कुछ में वी.सी.आर. भी था। फ़र्श पर

बढ़िया कालीन बिछी हुई, महँगे पर्दे और आरामदेह फ़र्नीचर। दीवारों पर देवी-देवताओं की तस्वीरों के अतिरिक्त शेष सितारा होटल जैसा था।

ऐसे ही एक कमरे में सरोज, परमू, भोला, छैलबिहारी पहुँचाए गए, तो आनन्दातिरेक और आश्चर्य के कारण उनकी वाणी मूक हो चली। उनमें से हर कोई कमरे को देखता, फिर अपने लोगों को देखने लगता था। जैसे वे परस्पर एक-दूसरे के भाग्य की सराहना कर रहे हों। वे विभोर थे। उन्हें कक्ष सुखद सपना लग रहा था। वह खड़े ही थे, बैठ नहीं रहे थे कि सपना टूट न जाए।

सरोज चमत्कृत थी। टी.वी. के धारावाहिकों में जैसा कमरा देखा करती थी, वैसा ही था यह। वह अपनी क़िस्मत को सराह रही थी और भगवान को धन्यवाद दे रही थी कि छैलबिहारी जैसा क़ाबिल वर मिला उसको, जिसके इतनी पहुँचवाले दोस्त थे। उसने प्यार से छैलबिहारी को देखा। उसकी चितवन में प्यार, प्रशंसा, धन्यवाद, शुभकामना आदि कई तत्त्व शामिल थे। एक क्षण के लिए उसके मन में यह ख़्याल भी कौंधा कि बेचारा मेरे लिए इतना आतुर है, तो क्यों न आज ही खुद को समर्पित करके इसे खुश कर दूँ। आख़िर कल तो शादी हो ही जाएगी। पर यह ख़्याल क्षणों में ही था। जल्दी ही वह चौंककर सिहर उठी और सामान्य हो गई।

छैलबिहारी बीड़ी निकालकर सुलगाने लगा तो परमू ने हाथ के इशारे से मना किया और भोला ने बताया, ''ये ए.सी. कमरा है। इसमें बीड़ी-सिगरेट पीना मना है। चलो बाहर चलकर पीते हैं।''

बाहर नाक से धुँआ उगलते हुए वे तीनों सोचने लगे थे कुछ। थोड़ी देर बाद परमू ने भोला से पूछा, ''टाइम क्या हुआ ?''

''दस बजे हैं।'' भोला ने बताया।

परमू ने अपनी सिगरेट को बुझा दिया, ''तो दोस्तो ! नीचे ही मन्दिर है। चलो दोनों की शादी वहीं करा देते हैं।''

भोला बोला, ''ठीक है, पर पहले पता कर लिया जाए कि इतनी रात में शादी हो पाएगी या नहीं।''

''अरे, करना क्या है।'' छैलबिहारी उत्साह में आ गया, ''उसकी माँग में सिन्दुर लगा दूँगा और माला वह पहना देगी, एक मैं उसको पहना दूँगा। फेरे और मन्त्र-वन्त्र के चक्कर में न पड़ना है, भोला भइया।''

मगर जब वह भीतर आए, तो योजना गड्डमड्ड हो गई, क्योंकि फ़ोन की घंटी बजने लगी थी। परमू ने फ़ोन उठाया, तो उधर अध्यक्ष जी थे। कह रहे थे, ''साले, तुम लोग आज कोई हरक़त न करना, वरना महन्त जी तुम लोगों की लाशें

बिछा देंगे। इसके लिए खुद मुझको उनसे मिलकर परमीशन दिलानी होगी।''

सुबह होने पर परमू ने दिशा-निर्देश हेतु अध्यक्ष जी को फ़ोन मिलाया और विनयपूर्वक आवेदन किया, ''बालिग प्रमाण-पत्र का झमेला यदि छोड़ दिया जाए, तो कोई ख़ास नुक़सान हो जाएगा क्या ?'' इस पर अध्यक्ष जी ने उसे बहन की गाली दी और डाँटा, ''मरना चाहते हो, तो मरो ! अरे, सर्टीफिकेट रहेगा, तो काटेगा नहीं। मान लो, बाद में वह ससुरी कोर्ट चली गई तुम सबके ख़िलाफ़। तब यही कहोगे न, वह छैलबिहारी की ब्याहता है और प्रस्तुत साक्ष्य बलात्कार के नहीं, छैलबिहारी द्वारा उसके पति की हैसियत से किए गए सहवास के हैं और तुम सब बेग़ुनाह हो।''

''हमको मालूम नहीं था कि इसमें इतना लफड़ा होगा, कहाँ फँसे हम। वैसे अध्यक्ष जी, आपसे कह रहा हूँ कि कार्यक्रम करने के बाद उसको मार डालें या कलकत्ता, बम्बई में रंडी के चकले में छोड़ आएँ तो हर्ज है ?''

''साले, जो कह रहा हूँ, उसको करो। ग्यारह बजे कचहरी पहुँचो डी.एम. ऑफ़िस के सामने।''

''मगर अध्यक्ष जी, कचहरी में हमारे गाँव-ज्वार के लोग भी आए होंगे। बड़ा ख़तरा है वहाँ। कहीं धर न लिए जाएँ।'' वह बड़बड़ाया, ''एक छोकरी के झमेले में कहाँ फँस गए, भगवान !''

अध्यक्ष जी का दिमाग़ भन्ना गया। फ़ोन पर ही चिल्लाए, ''रोओ मत छिनरो, गाड़ी भेज रहे हैं। उसमें बैठ के पहले मेरे यहाँ आ जाओ।''

लगभग दो घंटे बाद कार अध्यक्ष जी के बँगले के मैदान में खड़ी थी। अध्यक्ष जी लोगों से घिरे हुए चलते जा रहे थे। कार के भीतर बैठी सरोज के मुँह से निकल गया, ''वही अध्यक्ष जी हैं न।''

तीनों चौंक पड़े, ''तुमको कैसे मालूम ?''

''इलेक्शन में उनकी फ़ोटोवाले पोस्टर जो लगे थे गाँव में, हमारे कॉलेज की दीवारों पर। हमारे बाबू-भइया सब इनकी ही पार्टी को वोट दिए थे।''

अनेक लोग अध्यक्ष जी का पैर छू रहे थे। पुलिस का एक बड़ा अधिकारी, दो वकील भी अपनी वर्दियों में अध्यक्ष जी के चरणों में झुक रहे थे। इस दृश्य को देखकर सरोज कृत-कृत्य हो रही थी। उसे महसूस हो रहा था कि वह सुरक्षित हाथों में पहुँच गई है। उसने बगल में बैठे छैलबिहारी के कंधे पर सिर रख दिया। उसके केश छैलबिहारी के चेहरे को स्पर्श करने लगे।

अध्यक्ष जी अपनी कार में आकर बैठे। उनकी कार के पीछे इन लोगों की कार चल दी। कचहरी पहुँचने पर दोनों कारें रुकीं और सब बाहर निकले। सबसे

अन्त में सरोज निकली। अध्यक्ष जी ने उसे देखा, तो भौंचक्का रह गए। उनके मन में विचार उभरा, "यह तो पूरी अप्सरा है।" उन्होंने बिना वक़्त गँवाए सरोज के चेहरे को, वक्ष को, कटि को, जंघाओं को देखा और सोचा, 'बला की खूबसूरत यह, कहाँ चूतियों के चक्कर में फँसी है। इसके लिए सर्वथा उपयुक्त तो मैं ही हूँ।"

वह उत्साह में आ गए थे। अपने प्रभाव का इस्तेमाल करके उन्होंने जल्द ही सरोज का बालिग प्रमाण-पत्र बनवा दिया। बोले, "चलो, झटपट शादी भी सम्पन्न कराओ।"

आख़िर सरोज का प्रतीक्षित अवसर आ ही गया। लाल जोड़ा, जेवर, मेंहदी वगैरह से वह वंचित रही थी, किन्तु हाथों में उसने चूड़ियाँ ख़ूब पहनी थीं। चटख लाल रंग की साड़ी पहनकर उसने बड़ा-सा गोल जूड़ा बनाया था। उसके मस्तक पर गोल बिन्दी थी और माँग में सिन्दूर भरा था। मन्दिर के कमरे में बैठी वह बार-बार दरवाज़े को देखने लगती थी कि छैलबिहारी आया क्या !

और जब दरवाज़ा खुला, तो छैलबिहारी नहीं, अध्यक्ष जी अन्दर आए। वह पान खाए हुए थे। सरोज के पास बैठकर उन्होंने हँसते हुए रोमांटिक कथन किया, "देखो, मेरा मुँह कितना लाल हो गया है।" उन्होंने अपनी जीभ निकालकर अन्दर की, "जिसको पान बहुत चढ़ता है, जानती हो, औरतें उसको बहुत चाहती हैं।" वह थोड़ी देर सरोज को देखते रहे, फिर बात आगे बढ़ाई, "तुम भी मुझको बहुत चाहती हो न ?"

सरोज चौंक पड़ी और बिस्तर से उतरकर खड़ी हो गई। अध्यक्ष जी ने कहा, "बैठो...बैठो न। हमारी बात का बुरा नहीं माना जाता। हम बहुत बड़े आदमी हैं। कोई ठीक नहीं कि मुझे किसी दिन प्रदेश का मुख्यमन्त्री बना दिया जाए। मुख्यमन्त्री लॉबी का वरदहस्त है मुझ पर।" इतना कह चुकने के बाद उन्होंने अत्यन्त इत्मीनान से सरोज के कंधों को पकड़ा। तभी दरवाज़े पर थपथपाने की आवाज़ें आईं। गोरखनाथ ने उठकर किवाड़ खोले। महन्त जी कमरे में आए। सरोज ने विपत्ति की घड़ी में देवदूत की तरह पहुँचे आगंतुक को देखा। वह लँगोट पहने थे और सोने की मूठवाली छड़ी लिए हुए खड़े थे। उनकी दाढ़ी उनके ढेर सारा निकल आए पेट पर टिकी हुई थी। जटा-जूट खिचड़ी थे। लँगोट मात्र पहने हुए उनका व्यक्तित्व भीषण रूप से रौद्र लग रहा था। चारों तरफ़ देखने के बाद वह अध्यक्ष जी से बोले, "व्यवस्था टनाटन्न है न ?"

"सब आपकी कृपा है, प्रभु !"

"बाहर हम हैं, चिन्ता मत करिएगा।"

"आपके क़िले में हम, क्यों चिन्ता करें भगवन्।"

महन्त जी ने हँसकर आँख मारी, "मौज करो।"

और वह संस्कृत का कोई श्लोक कहते हुए बाहर निकल गए।

मौक़ा देखकर सरोज ने भी बाहर निकलना चाहा। वह बीच दरवाज़े में ही थी कि गोरखनाथ ने पीछे से उसके बालों को पकड़ लिया और खींचकर उसे बिस्तर पर पटक दिया, "साली चवन्नी छाप रंडी, चली है हमसे नखरे करने।"

सरोज ने उसके पैर पकड़ लिए, "मुझ पर दया करिए। मैं आपके ही आदमी छैलबिहारी की ब्याहता हूँ।"

वह हँसने लगे, "तुम तो बड़ी भोली लग रही हो।" उन्होंने फ़ोन उठाया।

पाँच मिनट बाद ही छैलबिहारी, भोला और परमू कमरे में थे। छैलबिहारी ने पुचकारा, "नाहक रो रही है। एक बार की ही तो बात है। फिर रहना मेरे साथ।"

सरोज ने इतना दुख, घृणा, जुगुप्सा और क्रोध कभी नहीं अनुभव किया था। वह फूट-फूटकर रोने लगी। रोते हुए ही उसने छैलबिहारी को गाली दी और चिल्लाने लगी। परमू ने लपककर उसका मुँह बन्द कर दिया, "चुप्प छिनाल। परमू के हाथ में पिस्तौल एवं फालवाला चाक़ू था, जिसकी नोक सरोज की सुडौल गर्दन पर हल्की-सी दबी हुई थी।

रो वह अभी भी रही थी, लेकिन उसके रुदन की आवाज़ बदल गई थी। कुछ-कुछ घिघियाने जैसी। थोड़ी-सी मर्दानी आवाज़। ऐसी ध्वनियाँ उसके कंठ से पहले कभी नहीं निकली थीं। उसने उसी तरह रोते और घिघियाते हुए आँखें उठाकर छैलबिहारी को देखा। छैलबिहारी भाँप न सका कि सरोज की आँखों में क्या था—नफ़रत, लाचारी, मदद की पुकार या अन्य कुछ। वह बड़े प्यार से बोला, "तुमने तो देखी थी नौटंकी। द्रौपदी के पाँच पति थे कि नहीं। आंय ! फिर तुम्हारे तो चार ही होंगे। दूसरे, जब राजा दशरथ की तीन रानियाँ थीं, तो तुम्हारे चार पति क्यों नहीं ? यही समझ लो कि अध्यक्ष जी तुम्हारे सबसे बड़े पति हैं..."

सरोज ने दुबारा गोरखनाथ के पाँव पकड़ लिए और ज़ोर-ज़ोर से रोने लगी, "ऐसा ज़ुल्म मत करिए हुजूर...मुझे जाने दें मालिक...मैं शादीशुदा हूँ, रहम करिए।"

भोला ने पिस्तौल सरोज की तरफ़ तान दी। सरोज चिल्लाने लगी, "मारो...मुझे मार डालो..."

"तू अनायास ताव खा रही है।" छैलबिहारी ने उसे शान्त करने का एक प्रयत्न और किया, "कुन्ती ने नहीं सूर्य से सम्बन्ध बनाया था। अहिल्या को नहीं इन्द्र ने हासिल किया था। फिर सबसे बड़ी बात, तुम्हारा तो पति तुमको ऐसा करने की आज्ञा दे रहा है।"

सरोज की आँखों में आँसू और ख़ून एक साथ उतरे, वह छैलबिहारी की तरफ़ झपटी। परमू का चाक़ू उसकी गर्दन में हल्का-सा धँस गया, ख़ून छलक आया। भोला सरोज के पीछे गया और उसकी बाँहें मरोड़कर मुश्कें कस दीं।

छैलबिहारी आवेश में गरजा, "अध्यक्ष जी, इस हरामजादी के हाथ-पाँव बाँध दें।

श्याम नारायण को जब पूर्वलिखित वास्तविकता, सूचनाओं और जानकारियों की शक्ल में इधर-उधर से, अपने और पराए स्रोतों से उपलब्ध हुई, तो उनके हृदय में दुख तथा ग़ुस्से का तेज़ जलजला पैदा हुआ। उनके भीतर सरोज के लिए हमदर्दी का समुद्र उफ़नने लगा। पराक्रम दिखाने की इच्छा से उनके दाँत किटकिटाने लगे। उन्होंने निश्चय किया—"मैं गोरखनाथ की ईंट से ईंट बजा दूँगा।" वह यह भी बुदबुदाए, "जब तक मैं गोरखनाथ को जेल नहीं भिजवा दूँगा, चैन की साँस हराम है। मैं आकाश-पाताल एक कर दूँगा।"

आकाश-पाताल एक करने के लिए यानी दौड़-धूप करने के लिए, यहाँ-वहाँ सम्पर्क करने के लिए ज़ेब में पैसे होने चाहिए थे, जबकि विष्णु दत्त से मिले रुपए भी अब समाप्त हो चुके थे। फिर भी उन्होंने धनाभाव की परवाह नहीं की और प्रदेश की राजधानी जानेवाली ट्रेन पर बेटिकट सवार हो गए। जैसा कि कई बार हुआ था, बेटिकट होते हुए भी वह सही-सलामत सुरक्षित अपने वांछित रेलवे स्टेशन लखनऊ पहुँच गए। स्टेशन से बाहर आ जाने पर उन्हें महसूस हुआ कि बड़ी तेज़ भूख लगी है। हल्की प्यास भी लगी थी, लेकिन एक तो उनकी ज़ेब में मुद्रा का अभाव था, दूसरे—उन पर धुन सवार थी। वह बिना कुछ खाए-कुछ पिए पैदल ही चल पड़े। चार किलोमीटर की दूरी पर स्थित पार्टी ऑफ़िस में जब वह प्रदेश सचिव के कमरे में घुसे, तो हाँफ़ रहे थे।

सचिव उस वक़्त खटिया पर लेटे चाय सुड़क रहे थे। चाय ख़त्म करके वह श्याम नारायण की तरफ़ मुख़ातिब होकर बोले, "क्या बात है, बहुत परेशान दिख रहे हो।"

श्याम नारायण के फेफड़ों को अब थोड़ा आराम मिल चुका था, फिर भी श्याम नारायण उत्तेजित थे। उन्होंने प्रदेश सचिव के अधिक निकट होते हुए कहा, "आन्दोलन का बहुत बड़ा मुद्दा लेकर आया हूँ।" उन्होंने सरोज पांडेय के साथ घटित हुए अत्याचार की पूरी कथा कही और निवेदन किया, "सत्तारूढ़ पार्टी के अध्यक्ष गोरखनाथ के विरुद्ध हमें प्रदेश-व्यापी आन्दोलन छेड़ना चाहिए। इससे हम

सत्ताधारी पार्टी के ख़िलाफ़ जनसंघर्ष खड़ा कर सकेंगे, जिसमें जनता पूरी तरह लामबन्द होगी।''

सचिव दियासलाई की तीली से दाँत खोदने लगे, जिससे यह पता चलता था कि चाय पीने के पहले उन्होंने कुछ खाया भी था। दाँत से कुछ निकाल चुकने के बाद वह सोचते रहे, फिर रुक-रुककर कहने लगे, ''इस मुद्दे पर आन्दोलन नहीं खड़ा किया जा सकता। आख़िर इसका जनता की बुनियादी समस्याओं से क्या वास्ता है। सरोज के साथ बलात्कार का हादसा कोई राजनैतिक सन्दर्भ भी नहीं रखता है। एक समझदार कार्यकर्ता होने के नाते आपको मालूम होना चाहिए कि आर्थिक या बहुत अहम राजनैतिक मसलों पर ही बड़ी लड़ाइयाँ लड़ी जाती हैं, जबकि सरोज पांडेय के प्रसंग में दोनों ही बातें नहीं हैं।''

श्याम नारायण प्रत्युत्तर में कुछ कहते कि सचिव अपनी पार्टी का मुखपत्र उनके और अपने सामने करके पढ़ने लगे।

श्याम नारायण क्या करते ? पार्टी ऑफ़िस के बाहर निकल आए। बाहर परिसर में नीम का एक पुराना पेड़ था, उसी के नीचे खड़े हो गए, सोचने लगे कि अब क्या किया जाए। उनकी चेतना में पुनः सरोज आकर सिसकने लगी। वह विह्वल हो गए। उनकी तीव्र इच्छा हो रही थी कि उनकी कलाई पर सरोज ने जहाँ दाँत गड़ाया था, उस स्थान को कुचल डालें। उनमें ज़ोर की हिलोर उठी कि सरोज के चरणों पर गिरकर रोएँ। खैर, किसी तरह सम्भाला, वैसे, उनको शर्म भी आ रही थी कि राजनैतिक व्यक्ति होने के बावजूद वह अभी तक आँसुओं को नहीं जीत सके थे। बीड़ी जलाकर वह विचारमग्न हो गए। विचार करते-करते इस उधेड़बुन में उलझ गए कि सरोज को कैसे आज़ाद कराएँ। पार्टी सचिव ने तो फलसफ़ा बघार दिया।

अचानक उनके दिमाग़ में मीरा यादव का नाम कौंधा। वह उनके ही ज़िले की थीं और प्रदेश की प्रमुख विपक्षी पार्टी से विधान परिषद् की सदस्य थीं। श्याम नारायण उनसे कभी न चुकानेवाला उधार तथा संगठन-कार्य हेतु चन्दा पहले कई बार प्राप्त कर चुके थे। उन्हें उम्मीद की अच्छी-खासी किरणें दिखीं, क्योंकि वह गोरखनाथ की पार्टी को तगड़ी टक्कर देनेवाली विपक्षी पार्टी की नेता थीं, दूसरे—औरत थीं। श्याम नारायण का विश्वास मज़बूत हुआ कि मीरा यादव सरोज की मदद के लिए निश्चय ही आगे बढ़ेंगी और संघर्ष में उनका साथ देंगी।

अब जाकर उन्हें भयंकर भूख महसूस हुई और प्यास भी। वह दुखी हुए कि वह पार्टी के जुझारू कार्यकर्ता हैं, इतनी दूर से चलकर आए हैं और पार्टी के नेता ने एक गिलास पानी के लिए भी नहीं पूछा। फिर यह दलील देकर अपने को

तसल्ली दी कि उनको क्या पता रहा होगा कि मुझे प्यास लगी है, कौन प्रचंड गर्मी का सीजन है।

उन्होंने समय बर्बाद नहीं किया, मीरा यादव के बँगले की तरफ़ चल पड़े, वह सड़क पर बीच-बीच में घड़ीवालों से टाइम पूछते जाते थे, चलते जाते थे। अन्ततः 45 मिनट की यात्रा के बाद मीरा यादव के सरकारी आवास में नमूदार हुए।

उस समय मीरा यादव अपनी पार्टी की मुखिया के यहाँ हाज़िरी देने गई थीं। इन दिनों मुसीबत में थीं, दो महीने बाद उनकी विधान परिषद् की सदस्यता का कार्यकाल समाप्त होनेवाला था, जबकि राजनीति के गलियारों में चर्चा थी कि मुखिया इस बार उनको प्रत्याशी नहीं बनाएँगे। उनकी जगह पर एक मशहूर बिल्डर को टिकट देंगे। इस बात से मीरा यादव की नींद उड़ गई थी और वह रोज़ मुखिया के दरबार में हाज़िरी देने जाती थीं। यहाँ तक कि मुखिया न रहते, तब भी। आज भी ऐसा था। मुखिया नहीं थे, तब भी मीरा यादव उनकी ड्योढ़ी पर मत्था टेकने गई थीं।

श्याम नारायण को लम्बा इन्तज़ार नहीं करना पड़ा। मीरा यादव आ गईं। वह काफ़ी थकी हुई दिख रही थीं। श्याम नारायण को देखकर जल-भुन गईं, अब यह भुक्खड़ सौ-पचास लिए बिना पिंड नहीं छोड़ेगा। उन्होंने बेरूख़ी से श्याम नारायण को देखा, मगर वह इस प्रकार के अनादर के अभ्यस्त थे। परवाह नहीं करते हुए बोले, ‘‘आपसे सहयोग की ज़रूरत है।’’

‘‘हो नहीं सकेगा। मैं भूल गई थी। आज शनिवार है, बारह बजे ही बैंक बन्द हो गया था। मैं पैसा नहीं निकाल सकी।’’

‘‘मैं पैसे नहीं माँग रहा हूँ, वह तो कल ले लूँगा। दरअसल मैं आपके पास गोरखनाथ के ख़िलाफ़ आन्दोलन छेड़ने में मदद के लिए आया हूँ।’’

‘‘क्या किया गोरखनाथ ने ?’’

‘‘बलात्कार ! मेरी रिश्तेदार सरोज के साथ गोरखनाथ और उसके तीन साथियों ने बलात्कार किया है। बल्कि दो महीनों से उसके साथ बलात्कार किया जा रहा है। वह अभी भी उनके क़ब्ज़े में है।’’

मीरा यादव की बाँछें खिल गईं। उनके बुझे-बुझे चेहरे पर अब प्रसन्नता की तरंगें नाच-कूद रही थीं, ‘‘पर आपके पास जानकारी पक्की है न ?’’

श्याम नारायण आहत हुए। अत्यन्त आर्त स्वर में उन्होंने कहा, ‘‘इतने दिनों से जानकारी ही तो इकट्ठी कर रहा हूँ। खाने-पीने-सोने की चिन्ता नहीं की, जगह-जगह की ख़ाक़ छानता रहा। अब तो मुझे यह भी मालूम हो गया है कि कहाँ पर क़ैद की गई है सरोज।’’

"कहाँ पर ?" चौंक पड़ी मीरा यादव।

"वह जौनपुर के ख़ैराबाद मुहल्ले के 1426 नम्बर मकान में छैलबिहारी नाम के आदमी के साथ है। गोरखनाथ के दूसरे दो आदमी परमू और भोला बाहर गए हैं। ऐसी सूचना है कि वह सरोज की बिक्री का सौदा करने गए हैं। ऐसी भी आशंका प्रकट की जा रही है कि यदि वे सरोज को बेच न पाए, तो उसका क़त्ल कर देंगे।"

"तो आप गए क्यों नहीं जौनपुर उसे छुड़ाने के लिए ?"

"गया था, पर लौट आया। वहाँ गोरखनाथ के पन्द्रह-बीस गुंडे असलहों के साथ पहरा दे रहे हैं।"

"पन्द्रह-बीस।" मीरा यादव मुस्कराई, फिर श्याम नारायण से कहा, "अच्छा, आप कुछ खाइए-पीजिए और फिर चले जाइए सरोज के गाँव। वहाँ से उसके पिता वगैरह को लेकर आइए। तब तक हम चलते हैं जौनपुर और देखते हैं, ज़ोर कितना गोरखनाथ के बाजुओं में है।"

खाद्य सामग्री आई, तो श्याम नारायण टूट पड़े। वह कुछ बोल भी रहे थे। वह खाते हुए बोल रहे थे कि बोलते हुए खा रहे थे, ठीक-ठीक अन्दाज़ा नहीं लगाया जा सकता था। इस सन्दर्भ में निश्चयपूर्वक कहा जा सकता था, तो यही कि उनका बोलना और खाना दोनों ही बेहद मार्मिक था। वह पानी पीने लगे, तो लगा कि जैसे शंकर जी गरल पी रहे हैं।

वह कुर्ते की बाँह से मुँह पोंछकर जाने के लिए खड़े हुए, तो मीरा यादव ने उनको एक हज़ार रुपए दिए, "रख लीजिए, काम आएँगे।"

प्रदेश की राजधानी से प्रकाशित होनेवाले समाचार-पत्र 'लोक-जागरण' में संवाददाता ललित जोशी के हवाले से विस्फोटक समाचार छपा कि सत्तारूढ़ पार्टी के प्रदेश अध्यक्ष गोरखनाथ ने जनपद हरदोई के थाना श्याम सराय की किशोरी सरोज पांडेय का अपहरण किया और क़रीब दो माह तक बन्धक बनाकर उसके साथ अपने तीन साथियों सहित बलात्कार किया। इस सन्दर्भ में विश्वस्त सूत्रों से प्राप्त अदालत में दिए गए सरोज पांडेय के 164 के बयान का भी हवाला था, जिसमें उसने उपर्युक्त तथ्य न्यायाधीश के समक्ष स्वीकार किए थे। वैसे, संवाददाता सरोज पांडेय से मिल चुका था और उसने स्वयं सरोज से बातचीत की थी।

समाचार में तीन लोगों के वक्तव्यों को प्रमुखता दी गई थी—

1. सरोज पांडेय—सरोज पांडेय के अनुसार गोरखनाथ, दियरा चौकी के दरोगा एम.पी. सिंह, छैलबिहारी, परमू और भोला ने उसके साथ बलात्कार किया। सरोज ने बताया, "मैं गोरखनाथ के सामने रोई, गिड़गिड़ाई, चीख़ी, चिल्लाई, उनके पैरों पर गिर पड़ी, कि मुझे छोड़ दिया जाए, मगर वह ग़ुस्सा होकर यही कहते कि चुप हो जाओ, नहीं तो गोली मार दूँगा।"
2. दूसरा वक़्तव्य गोरखनाथ का था, जिनका कथन था, "यह विरोधी पार्टियों का घिनौना षड्यन्त्र है। जनता के बीच तथा मेरी पार्टी की बढ़ती लोकप्रियता से घबराकर उन्होंने यह जाल बुना है। इसके पीछे पाकिस्तान का हाथ होने की सम्भावना से इन्कार नहीं किया जा सकता है। सरोज पांडेय अन्य कुछ नहीं, बस राष्ट्रप्रेमी शक्तियों से घबरा जानेवाली ताक़तों के हाथों खेलनेवाली कठपुतली है।"

तीसरे वक़्तव्य पर आने से पूर्व प्रदेश के सर्वाधिक महत्त्वपूर्ण व्यक्ति मुख्यमन्त्री के विचारों से अवगत होना दिलचस्प होगा। मुख्यमन्त्री ने विचार व्यक्त किया, "मुझे इस ख़बर पर सहसा विश्वास नहीं हो रहा है। आदर्श व्यक्तित्व के धनी गोरखनाथ के बारे में ऐसा कल्पना में भी नहीं सोचा जा सकता। वैसे, मुख्यमन्त्री होने के नाते सारे मामले की जाँच-पड़ताल के बाद ही कोई मत दे सकूँगा।"

मुख्यमन्त्री के उक्त कथन का भाष्य यह किया जा रहा था कि वह गोरखनाथ पर पड़ी वर्तमान विपत्ति से खुश हैं, क्योंकि उद्दण्ड-आक्रामक शैली के चलते गोरखनाथ की लोकप्रियता बढ़ी थी और जैसा कि चर्चा में था, केन्द्रीय नेतृत्व में मुख्यमन्त्री-विरोधी लॉबी गोरखनाथ को उनकी जगह मुख्यमन्त्री बनाने की गुपचुप मुहिम चलाए हुए थी। अतः मुख्यमन्त्री के लिए यह वरदान ही था कि उनके प्रतिद्वन्द्वी गोरखनाथ का राजनैतिक भविष्य सरोज पांडेय के साथ बलात्कार के आरोप में फँसकर बर्बाद हो रहा था।

वक़्तव्य देनेवाली अगली शख़्सियत मीरा यादव केन्द्र बिन्दु बनी थीं। क्योंकि वही सरोज को आज़ाद कराकर ले आई थीं और सरोज इस समय राजधानी स्थित उनके ही आवास में ठहरी थी। मीरा यादव का कहना था, "गोरखनाथ बलात्कारी है, उनको इस जघन्य कृत्य के लिए कड़ी से कड़ी सज़ा मिलनी चाहिए। उनकी इस क़रतूत पर उनकी पार्टी की ख़ामोशी बताती है कि इस कांड में उसकी भी मिलीभगत है।" अख़बार में 'मीरा यादव की भीष्म प्रतिज्ञा' सुर्ख़ी के अन्तर्गत यह भी छपा था कि मीरा यादव ने प्रतिज्ञा की है कि सरोज पांडेय के न्याय की लड़ाई

को अन्तिम दम तक लड़ेंगी और अपराधियों को उनके गुनाह की सज़ा दिलाकर ही मानेंगी।

उसी सुबह शहर के प्रमुख मार्गों, विशेष रूप से विधानसभा तथा उसके आस-पास के क्षेत्रों में दीवारों पर नारे और पोस्टर चिपके हुए देखे गए। उनकी इबारत थी, 'गोरखनाथ बलात्कारी है,' 'गोरखनाथ को फ़ाँसी दो ! फ़ाँसी दो !!' 'नारी का यह अपमान नहीं सहेगा हिन्दुस्तान,' 'सरोज तुम संघर्ष करो हम तुम्हारे साथ हैं।'

अख़बार 'लोक जागरण' की प्रतियाँ दो घंटे के भीतर ही ग़ायब हो गई थीं। शहर में ढेर सारे लोग 'लोक जागरण' को खोज रहे थे। उसका संवाददाता ललित जोशी अन्य अख़बारों के संवाददाताओं को फ़ोन करके कहता, "बॉस, कैसी लगी बलात्कारवाली रिपोर्ट ? मैं गोरखनाथ को जेल भिजवाकर मानूँगा। उसकी राजनीति के ताबूत में आख़िरी कील सिद्ध होगी मेरी रिपोर्ट।" दरअसल वह अपना रोब ग़ालिब करने के साथ-साथ अन्य संवाददाताओं को चिढ़ा रहा था कि वे और उनके अख़बार नाकारा हैं, जो इस ख़बर को नहीं छाप सके। इससे निश्चय ही वे स्वयं को बेइज़्ज़त अनुभव कर रहे थे। कुछ इसलिए भी कि उनके अपने सम्पादक ने आज सुबह की मीटिंग में 'लोक-जागरण' की प्रति पटककर तमतमाते हुए फटकारा था, "आप लोग क्या कर रहे थे कल।" एक सम्पादक तो इतना क्रुद्ध हो गया कि कहने लगा, "प्रेस क्लब में दारू पीने और मुर्ग़े की टाँग ठूँसने से फ़ुर्सत ही नहीं मिलेगी, ख़बर क्या लिखेंगे।"

जिन्हें इस प्रकरण पर फॉलोअप की ज़िम्मेदारी सौंपी गई, वे झुंझलाए हुए सम्पादक के केबिन से निकले और विधान परिषद् की सदस्य मीरा यादव को फ़ोन मिला दिया, "क्या विधायिका जी, यही करेंगी आप। आख़िर हमको आपने यह ख़बर क्यों नहीं दी।"

"बुरा मत मानिए...बुरा मत मानिए। दरअसल हुआ यह कि कल जब सरोज पांडेय हमारे घर पहुँची, तो किसी दूसरे काम से आए ललित जोशी पहले से मौजूद थे, मगर आप फ़िक्र मत करें, आपको भी मिलेगा मैटर। आज शाम को मेरे घर पर सरोज की प्रेस कॉन्फ्रेंस है, आपको ज़रूर पहुँचना है। बहुत धमाकेदार मसाला मिलेगा।"

"पर मुझको अलग से कुछ स्पेशल भी दीजिए।"

"मिलेगा...सब मिलेगा, पर पहले प्रेस कॉन्फ्रेंस में आइए न !"

शाम को मीरा यादव के घर का ड्राइंग-रूम प्रेस कॉन्फ्रेस के लिए तैयार था। एक तरफ़ दो कुर्सियाँ मीरा यादव और सरोज के लिए थीं। सामने पत्रकारों के लिए बैठने का इन्तज़ाम था।

कुछ पत्रकार आ चुके थे। वे बाहर खड़े होकर मीरा यादव के साथ अनौपचारिक वार्ता कर रहे थे। इस तरह थोड़ी देर बीता होगा कि उनमें से कई ने घड़ी देखते हुए कहा, "अब शुरू कीजिए।"

"अभी आपके दो-चार साथी नहीं आए हैं। उनका थोड़ा इन्तज़ार कर लिया जाए न!"

"अच्छा, तब तक मोहतरमा को बुलाइए, उनका दीदार तो करें।"

मीरा यादव बाईं आँख दबाकर वीभत्स तरीके से हँसने लगीं, "ज़रा सब्र करें, सब्र करें..." वह भीतर चली गईं।

जब कुछ और पत्रकार भी आ गए, तब मीरा यादव बाहर निकलीं। इस बार वह अकेली नहीं थीं, साथ में सरोज भी थी।

सरोज हल्के हरे रंग का सलवार-कुर्ता पहनी हुई थी। दुपट्टा सफ़ेद था। उसके लम्बे घने काले बाल तेल पुते थे। उसका शरीर सूजा हुआ था। सीप की तरह सुन्दर-विशाल उसकी आँखें लाल थीं और छुपती फिर रही थीं। गौर वर्ण के उसके चेहरे पर जगह-जगह आँसुओं के धब्बे थे।

मीरा यादव ने उसे एक कुर्सी पर बैठाया और बगल में स्वयं बैठ गईं। वह सामने बैठे पत्रकारों को सम्बोधित करने लगीं। वह बतलाने लगीं कि किस प्रकार हरदोई जनपद के गाँव परसपट्टी से सरोज अपहृत की गई। कहाँ-कहाँ ले जाई गई। वहाँ उसके साथ क्या-क्या सलूक हुआ।

बोलते-बोलते मीरा यादव ने कई बार आँसू पोंछे। दो-चार बार नाक सुड़की। सरोज का सिर सहलाकर 'बेचारी,' 'अभागिन' कहा। भाषण समाप्त करने के बाद नौकर को नाश्ता-पानी ले आने का इशारा किया।

नाश्ते की व्यवस्था एक तरह से इन्टरवल थी, जिसके बाद पत्रकार-वार्ता को क्लाइमेक्स की तरफ़ आगे बढ़ना था।

पत्रकार नाश्ता समाप्त करने के बाद मुँह पोंछकर तैयार हुए। मीरा यादव ने सरोज की पीठ पर हाथ रखकर उसका हौसला बढ़ाया।

एक पत्रकार ने पूछा, "सबसे पहली बार गोरखनाथ ने आपके साथ बलात्कार कब और कहाँ किया?"

सरोज का चेहरा जैसे रास्ता भटक गया। कुर्सी के हत्थों पर पड़े उसके हाथ इस तरह काँपने लगे, जैसे थाप दे रहे हों। उसके होंठ बोलने के लिए खुलते, लेकिन आवाज़ निकलने के पहले ही ऐंठ जाते।

पत्रकार ने अपना प्रश्न दुबारा दागा। मीरा यादव सरोज को ढ़ाँढ़स देने लगीं, "घबराओ मत सरोज। हिम्मत करके सारी बातें बता दो। डॉक्टर और

पत्रकार से बात छुपाने पर अपना ही नुक़सान होता है...हाँ...सरोज..."

"28 जनवरी को गोरखनाथ ने पहली बार मेरे साथ गन्दा काम किया था, अयोध्या के एक मन्दिर की ऊपरवाली मंज़िल के कमरे में। यह किसी बहुत बड़े महन्त का डेरा है। महन्त की दाढ़ी उनके पेट पर लटकी रहती है।"

"आपने गोरखनाथ जी को कैसे पहचाना ? कैसे जाना कि वह गोरखनाथ ही हैं।"

"हम उनको पहचानते थे अच्छी तरह से। इलेक्शन में उनकी फ़ोटोवाले पोस्टर हमारे गाँव में लगे थे। एक पोस्टर तो हमारे घर की दीवार पर भी चिपका था। बाबू ने, अम्मा ने...भाभी ने उनकी पार्टी को ही वोट दिया था...भइया भी उनको वोट देने गए थे। पर उनका वोट पहले ही पड़ गया था...हम तभी से गोरखनाथ को पहचानते थे।"

"आपने कुछ और लोगों पर भी बलात्कार का आरोप लगाया है और कहा है कि वे गोरखनाथ के ख़ास आदमी हैं। इसका क्या कोई सबूत है आपके पास ?"

"हाँ, परमू और भोला ने भी मेरे साथ बदमाशी की...ये दोनों पहले मेरे मुँह में कपड़ा ठूँस देते थे। ये गोरखनाथ के ख़ास आदमी हैं--यह इससे पता लगा कि यही हमको ले आए गोरखनाथ के यहाँ। इसके अलावा ये इलेक्शन में गोरखनाथ की पार्टी की पर्ची काट रहे थे।"

"और दरोगा एम.पी. सिंह के बारे में क्या कहना है आपका ?"

"वो तो मुझको मारे भी थे...बाल पकड़कर थाने में घसीटा था, फिर बन्दूक़ के कुन्दे से ठेलते हुए भीतर ले गए और गन्दा काम किया। अगर वह गोरखनाथ के आदमी न होते, तो मुझको बचाते, लेकिन उन्होंने तो फिर हमें उन्हीं जालिमों के हवाले कर दिया था...उन्हीं भोला, परमू, छलिया के हवाले।"

"हाँ, छैलबिहारी। उसके बारे में कुछ नहीं बताया आपने ?"

सरोज चुप रही। उसे लगा, उसके भीतर बहुत सारी साँस भर गई है। वह साँस को बाहर नहीं निकाल पा रही है। मत्थे पर पसीना उभरने लगा था।

पत्रकार दहाड़ा, "मेरा सवाल है कि छैलबिहारी के बारे में आपके क्या अनुभव हैं ?"

सरोज की पलकें फड़फड़ाईं। वह चिल्ला पड़ी, "हाँ, छैलबिहारी ने भी मेरे साथ बलात्कार किया है..." वह फूट-फूटकर रोने लगी। रोते हुए ही भीतर चली गई।

मीरा यादव ने हाथ जोड़े, "आज के लिए बस, इतना ही।"

एक पत्रकार ने नाराज़गी प्रकट की, "पर हमको डिटेल्स नहीं मिले अभी।"

"सब मिलेगा। प्रेस कॉन्फ्रेंस का सिलसिला तो अभी आगे भी चलना है।" मीरा यादव पत्रकारों के बीच में आ गईं और धीरे-धीरे चलने लगीं, कमरे से बाहर निकलने पर एक पत्रकार ने कहा, "पर आप पत्रकारों की सेवा करना नहीं जानती हैं। ये शाम-रात का वक़्त और आपने बस, समोसा-कॉफी से टरका दिया।"

"तो जो चाहिए, बताइए।" मीरा यादव हौसले से बोलीं।

"जो चाहेंगे, आप देंगी ?" यह एक समाचार एजेन्सी का वरिष्ठ संवाददाता था।

"हाँ, बिल्कुल दूँगी।" वह मुस्कराई, "पर सरोज पांडेय को नहीं दूँगी।"

सभी हँस पड़े। एक पाक्षिक का ब्यूरो चीफ़ हँसते हुए बोला, "बहुत ख़लीफा हैं आप विधायिका जी।"

मीरा यादव के यहाँ उनकी पार्टी के मुखिया के निजी सचिव गोवर्धन लाल का फ़ोन आया, "नेताजी ने तुरंत बुलाया है।"

वह ख़ुश हो गईं, "इसी समय का तो मैं इन्तज़ार कर रही थी।" उन्होंने चटपट खादी सिल्क की साड़ी पहन ली और बाहर निकलने से पहले सरोज से मिलने दूसरे कमरे में चली गईं।

वहाँ बिस्तर पर लेटी सरोज दुपट्टे से मुँह ढँके रो रही थी। मीरा यादव ने आवाज़ दी, "सरोज !" सरोज रोती हुई उठी, "मुझको मेरे घर क्यों नहीं भेज रही हैं आप ?"

"मान लो, तुम घर जाओ और तुम्हें वहाँ घुसने न दिया जाए। घरवाले तुम्हें धक्के देकर खदेड़ दें, तब ! आख़िर इज़्ज़त लुटा चुकी लड़की का बोझ उठाना आसान है क्या ! इसीलिए मैंने तुम्हारे पिताजी को यहीं बुलाया है कि देखूँ, उनका रुख़ क्या है। मैंने तुमको अपनी छोटी बहन बनाया है, ऐसे कैसे नरक भोगने के लिए वहाँ भेज दूँ।"

"पर दीदी, आप ख़ुद चलकर मुझे छोड़ आइए गाँव। वहाँ अगर मेरे अम्मा-बाबू, भइया-भाभी ने मुझे स्वीकार नहीं किया, तो मैं आपके साथ लौट आऊँगी।"

"जिन्दा बचोगी, तब लौटोगी न। समझती क्या हो, गोरखनाथ और उसके आदमी हाथ में मेंहदी लगाकर बैठे हैं ! देखो, तुम बाहर निकली नहीं कि हमला हुआ। तुम्हारे 164 के बयान के बाद गोरखनाथ पगला गया है। उसके गुण्डे तुमको ट्रक से कुचलकर मार सकते हैं। बम से उड़ा सकते हैं। चाक़ू घोंपकर

तुम्हारा क़त्ल कर सकते हैं। देखो सरोज, यदि ज़िन्दगी की सलामती प्यारी है, तो फ़िलहाल यहाँ से बाहर निकलने का नाम मत लो।"

सरोज के आँसू अभी सूखे नहीं थे कि वह फिर रोने लगी।

मीरा यादव ने उसका सिर सहलाया और बाहर आ गईं। ड्राइवर से बोलीं, "नेताजी के यहाँ।" ड्राइवर ने गाड़ी स्टार्ट कर दी। गाड़ी के स्पीड पकड़ते ही वह मुस्कराईं, "लगता है, सरोज का तीर निशाने पर लगा है। नेताजी मुझे विधान-परिषद का उम्मीदवार दुबारा बनाने का मन बना चुके हैं शायद। तभी तो खुद फ़ोन कराकर बुलाया है। नहीं तो कहाँ मुलाक़ात का टाइम पाने के लिए गिड़गिड़ाती रहती थी, लेकिन महोदय के कान पर जूँ नहीं रेंगती थी।" वह हल्का-सा हँस पड़ीं, "अब देखती हूँ उस उद्योगपति और बिल्डर मादर...को।" ड्राइवर ने पीछे मुड़कर देखा, "जी, आपने कुछ कहा।"

"अबे, मुझे क्या देख रहा है, सामने देख।" वह बिगड़ उठीं, लेकिन जल्द ही मन्द-मन्द मुस्कराने लगीं, "यह सरोज भी ससुरी क्या चीज़ मिली है।" वह उस दिन को धन्यवाद देने लगीं, जब वह सरोज को जौनपुर से लेकर आई थीं। खैराबाद मुहल्ले के मकान नम्बर 1426 को उनके आदमियों ने घेर लिया था। वहाँ पहरा दे रहे गोरखनाथ के पक्ष के गुण्डों को बुरी तरह मारा गया और भीतर घुस लिया गया था।

छैलबिहारी कहीं गया हुआ था। भीतर सरोज सिल पर मसाला पीस रही थी। मीरा यादव उसके पास पहुँची, "घबराओ मत। मैं तुम्हें इस नरक से आज़ाद कराने आई हूँ। मुझको अपनी बड़ी बहन समझो।"

सरोज हड़बड़ाकर खड़ी हो गई थी। वह सुहागिन के बाने में थी, माँग में सिन्दूर भरा हुआ था। कलाइयों में गझिन चूड़ियाँ थीं। पैर में मोटी पायलें थीं। मकान में बहुत-से राइफल, रिवॉल्वरवाले लोगों को घुस आया देखकर कि या कोई और बात थी, सरोज को चक्कर आ गया, वह बेहोश होकर गिर पड़ी, लेकिन यह वक़्त बर्बाद करने का नहीं था। उसे उठाकर गाड़ी में लाद दिया गया था। फिर तो मीरा यादव का काफ़िला राजधानी स्थित उनके आवास पर ही आकर रुका था।

बाद में होश आने पर सरोज ने बताया था कि लोगों को शक़ न हो, इसलिए उसे सुहागिन बनाकर छैलबिहारी की बीवी के रूप में रखा गया था। यहीं पर थोड़ी दूर के एक धर्मशाले में परमू और भोला भी छिपे थे, जो अँधेरा होने पर आ जाते थे। वे दोनों तथा छैलबिहारी उसे निचोड़ते रहते रात भर। अब तो वह विरोध भी नहीं करती थी। सरोज ने यह भी बताया था कि महन्त जी के मन्दिर में वह क़रीब एक हफ़्ता रखी गई थी। उतने दिन उसे गोरखनाथ को सहना पड़ा था। बीच में

एक दिन वह मुँह अँधेरे भाग निकली थी। दौड़ते-भागते-छिपते वह किसी तरह थाना पहुँची। उस समय दरोगा एम.पी. सिंह नहा-धोकर अलगनी पर अपनी लँगोट टाँग रहे थे। वह उनके पास जाकर अपनी आप-बीती सुनाने लगी। अभी भी अँधेरा पूरी तरह छँटा नहीं था और वह दरोगा का चेहरा ठीक से देख नहीं पा रही थी। दरोगा उसे भीतर ले जाकर बैठने के लिए बोले और ख़ुद फ़ोन मिलाने लगे। वह गोरखनाथ से बात कर रहे थे। उसी बातचीत में सरोज ने दरोगा का नाम जाना था। रिसीवर रखने के बाद एम.पी. सिंह ने लाइट जलाई और सरोज को देखकर मुस्कराए। उनकी आँखों के भाव को देखकर सरोज डर गई। वह आगे बढ़े तो डरकर बाहर भागी। लेकिन वह स्त्री थी और थकी हुई थी। बाहर थोड़ी ही दूर पर दरोगा ने पीछे से उसके बालों को पकड़ा। वह गिर पड़ी। दरोगा उसके बालों को पकड़े हुए ही पूरे मैदान में घसीटने लगे। वह दर्द से और डर से बिलबिला रही थी। घसीटी जाती हुई वह जब पहरा दे रहे सिपाही के पास पहुँची, तो झपटकर उसके पैरों को पकड़ लिया। दरोगा ने उसके बाल छोड़कर पहरेवाले सिपाही की बन्दूक़ ले ली और उसकी मूठ से उसकी पीठ पर, वक्षों पर, नितम्ब पर मारने लगे। वह तड़प कर छिटक गई, तो उसने मूठ का तेज़ प्रहार उसकी योनि पर किया। वह बन्दूक़ की मूठ से मारते हुए उसे भीतर ले गए थे।

ड्राइवर ने गाड़ी रोक दी। सामने पार्टी के मुखिया का बँगला था। मीरा यादव गाड़ी से उतरीं और रौब से चलने लगीं। वह निजी सचिव गोवर्धन लाल के कमरे में पहुँचीं, तो देखा कि कई अख़बारों के संवाददाता वहाँ मौजूद थे। सभी ने हँस-हँसकर उन्हें अग्रिम में मुबारकबाद दी और ताना कसा, "टिकट पाने के बाद भी क्या आप सरोज के मामले में अपनी लड़ाई जारी रखेंगी ?"

"सरोज की लड़ाई को कृपया राजनीति से मत जोड़िए। मैं हज़ार बार कह चुकी हूँ कि उस मुद्दे का मेरे टिकट से कोई लेना-देना नहीं है। सरोज की लड़ाई को मैं एक धर्मयुद्ध की तरह लड़ रही हूँ।"

अब तक निजी सचिव ने नेताजी से इन्टरकॉम पर बात कर ली थी। उधर से मीरा यादव को भेजने का हुक्म हुआ था।

कमरे में नेताजी अकेले बैठ थे। वह अभिवादन करके मुस्कराईं, पर तुरंत सहम गईं, नेताजी का मूड ठीक नहीं लग रहा था, क्योंकि उनका चेहरा फूला हुआ और लटका, दोनों लग रहा था। मीरा यादव ने सोचा, 'अब क्या करूँ ? यहाँ रुकने पर मामला गड़बड़ हो सकता है और लौटा जा नहीं सकता।' उन्होंने अपने वक्ष

से आँचल सरका दिया और हल्का-सा होंठ काटकर हँसते हुए नेताजी की तरफ़ बढ़ीं।

नेताजी जहाँ बैठे थे, वहीं खड़े हो गए। नाटकीय तरीके से दोनों हाथों से इशारा करके मीरा यादव को इस प्रकार बुलाने लगे, "आ...आ...रंडी...आ... जा..रंडी।" उन्होंने चुमकार कर पुनः पुकारा, "ऐ रंडी...आ...आ..."

मीरा यादव को लग गया कि उनके साथ कुछ बहुत ही बुरा होनेवाला है, लेकिन वह समझ नहीं पा रही थीं कि ऐसा क्यों हो रहा है।

वह नेताजी के पास आ गईं, तो बोलीं, "मुझसे क्या ग़लती हुई ? मैं तो तन-मन-धन से आपकी सेवा में हाजिर रहती हूँ।"

"हरामजादी, तू ये सरोज नाम की कौन-सी छिनाल लिए घूम रही है ?"

"नेताजी, वह छिनाल नहीं है। ज़ुल्म की मारी हुई एक असहाय लड़की है। दूसरे, वह हमारे काम की है। उसके प्रकरण को उछालकर हम गोरखनाथ की पार्टी के वोट बैंक में कमी ला सकेंगे।"

नेताजी ने अजीब तरह से मुँह बिचकाते हुए विभिन्न प्रकार की आवाज़ें निकालकर मीरा यादव को चिढ़ाया और बिफर पड़े, "तुम, एक तो चूतिया हो, दूसरे मेहरारू। मुझे वोट का गणित सिखाने चली हो। अरे, पता है, प्रदेश में गोरखनाथ की जाति के कितने वोट हैं। खुद मेरे चुनावी क्षेत्र में उसकी जाति के पैंतालीस हज़ार वोटर हैं। तुम्हारी इस करतूत से हम ये सारे के सारे वोट गँवा देंगे।"

वह कमरे में चहलक़दमी करने लगे। मीरा यादव ने कुछ कहना चाहा, तो उसे मना करते हुए वह रुक गए, "सफ़ाई मत दे सूअरी। तुझे मालूम नहीं था क्या कि गोरखनाथ अपनी पार्टी में मुख्यमन्त्री का विरोधी है और चुनावों में मुख्यमन्त्री के उम्मीदवारों को हराने की कोशिश करता है।"

मीरा यादव गिड़गिड़ा पड़ी, "नेताजी, मुझको ये सब बारीकी नहीं पता थी। मुझको माफ़ कर दीजिए और आदेश करिए कि मैं क्या करूँ ?"

"यही कि तू जल्दी भाग यहाँ से।" नेताजी मटककर बोले, "पूछ रही है कि मैं क्या करूँ।" वह फिर मीरा यादव की तरफ़ मुख़ातिब हुए, "भाग...चल निकल यहाँ से...।"

मीरा यादव डरीं कि नेताजी कहीं मार न बैठें। दरअसल उनकी जो शोहरत थी, उसको देखते हुए यह असम्भव कार्य नहीं था। मीरा यादव डरी-दबी-सशंकित दरवाज़ा खोलकर बाहर निकलीं।

कार में बैठते ही वह रो पड़ीं। ड्राइवर कौतूहल से शीशे में उनका प्रतिबिम्ब देखने लगा था।

मीरा यादव के बह रहे थे आँसू, लेकिन वह रूमाल से पोंछ रही थीं नाक। वह कार की खिड़की से बाहर देखती हुई ख़ामोश रोती जा रही थीं। उनका राजनैतिक भविष्य रसातल में चला गया था। जिस चीज़ को पाने के लिए उन्होंने इज़्ज़त-अस्मत तक की परवाह नहीं की, जिन लोगों की शक्ल देखकर घिन आती थी, उनसे भी लिपट-सिपट गईं और मीठा-मीठा बोलीं। राजनीति में गहरा रसूख़ रखनेवाले एक नेता के कहने पर मुर्ग़ा भी खा ली थीं और भ्रष्ट हो गई थीं, वह चीज़ आज नेताजी के कमरे में उनके पास से निकलकर दूर चली गई। वह सिसकीं, "सरोज मादर...ये सब तुम्हारे कारण हुआ।" इस बार ड्राइवर ने पीछे मुड़कर नहीं देखा, बल्कि बौख़लाहट में गाड़ी की रफ्तार तेज़ कर दी।

यह कोरा संयोग ही था कि इधर अपने मुखिया के दरबार में मीरा यादव अपमानित और आहत हुई थीं, तो दूसरी तरफ़ लगभग उसी वक़्त जब मुखिया मीरा यादव को 'रंडी आ...आ...' कह-कहकर बुला रहे थे, मुख्यमन्त्री प्रदेश शासन के प्रमुख गृह सचिव और पुलिस महानिदेशक को डाँट पिला रहे थे।

हुआ यह था कि मुख्यमन्त्री के पास केन्द्रीय नेतृत्व के दो बड़े नेताओं ने नाराज़गी ज़ाहिर की थी कि वह अपनी राजनैतिक प्रतिद्वंद्विता के चलते गोरखनाथ को फँसाकर ठीक नहीं कर रहे हैं। इससे पार्टी की उज्ज्वल छवि को धक्का पहुँच रहा है। अगर हालात दो दिनों के भीतर न सम्भले, तो केन्द्रीय नेतृत्व चुप नहीं बैठेगा। मुख्यमन्त्री इस धमकी से दुबले हो रहे थे, कि उन्हें यह भनक भी लगी कि उनकी पार्टी के गोरखनाथ समर्थक 38 विधायक गोरखनाथ को नैतिक समर्थन देने के इरादे से सामूहिक इस्तीफ़ा देने का मन बना रहे हैं। वह इतना विचलित हुए कि स्वयं फ़ोन पर प्रमुख गृह सचिव और पुलिस महानिदेशक को, चाहे जिस स्थिति में हों, फ़ौरन हाजिर होने का हुक्म दिया।

और अब, जब दोनों सामने आए, तो वह भन्ना पड़े, "आपलोग एकदम निक्म्मे हैं क्या ?"

"सर...सर..." दोनों अफ़सरों ने समवेत कहा।

"हमारी पार्टी के अत्यन्त महत्त्वपूर्ण नेता गोरखनाथ जी पर शरारती तत्त्व इस तरह प्रहार कर रहे हैं और आपलोग हाथ पर हाथ धरे चुप बैठे हैं। शर्म आनी चाहिए। उनकी मनोदशा का अनुमान लगाइए आपलोग। सोचिए, उस बेक़सूर इंसान पर क्या गुज़र रही होगी इन दिनों।"

"सर...सर...आप निश्चिन्त रहिए...सब ठीक हो जाएगा...आज ही ठीक हो जाएगा सब...।"

"मैं आप लोगों से चापलूसी नहीं, नतीजे चाहता हूँ...जाइए, जुट जाइए जल्दी

से। समय मत बर्बाद करिए, अपना और मेरा भी...जाइए...''

यह भी संयोग की बात है कि उसी तिथि में एक अन्य महत्त्वपूर्ण वाकया हुआ। वह यह कि प्रदेश मन्त्रिमंडल में गोरखनाथ के कट्टर समर्थक माने जानेवाले सूचना मन्त्री ने अपने आवास पर दैनिक समाचार-पत्रों, पत्रिकाओं, समाचार एजेन्सियों के सम्पादकों-संवाददाताओं को रात्रिभोज पर बुलाया। ऐसा कहा जा रहा था कि सूचना मन्त्री के गोरखनाथ समर्थक होने के बावजूद रात्रिभोज मुख्यमन्त्री के निर्देश पर दिया जा रहा था। दावत में सूचना मन्त्री ने समस्त अतिथियों को शराब में डुबो दिया था। वह उन्हें अधिक से अधिक शराब पीने के लिए प्रेरित कर रहा था। इसका अनुरोध था कि आज यहाँ उपस्थित प्रत्येक व्यक्ति इतना अधिक पिए कि इस पीने को उसके जीवन में सबसे ज़्यादा पीने के कीर्तिमान के रूप में याद किया जाए। 'ख़ूब पियो, बेफ़िक्री से पियो' के आह्वान के साथ वह और उसके अभिन्न जन बीच-बीच में 'गोरखनाथ को निरपराध फँसाए जा रहे' विषय पर संक्षिप्त, किन्तु सारगर्भित भाषण भी कर रहे थे।

रात्रिभोज को लेकर सुबह से ही चर्चा का बाज़ार गर्म था। एक तो यही हवा थी कि सूचना मन्त्री की दावत में अफ़गानिस्तान से आए एक कूक के नेतृत्व में मांसाहारी व्यंजन तैयार किया जाएगा। सब कुछ इतना बेहतरीन और लजीज होगा कि सरोज कांड में गोरखनाथ का पलड़ा भारी हो जाएगा। मीरा यादव और सरोज को क़ोई ठिकाना नहीं मिलेगा। दूसरी बात, जिसको लेकर विशेष सनसनी थी कि सुना जा रहा था कि रात्रिभोज में सम्मिलित होनेवाले प्रत्येक पत्रकार को रंगीन टी.वी सेट दिए जाएँगे, जो राज्य सरकार के उपक्रम 'वीडियो विश्व' के उत्पाद होंगे। हालाँकि कुछ पत्रकारों ने मन्त्री जी को यह इशारा भिजवाया था कि टी.वी सेट दिए जाने की बात सच है, तो वह यह कहना चाहते हैं कि उनके घर में रंगीन टी.वी है। अतः उन्हें यदि राज्य सरकार के ही उपक्रम 'स्कूटर लैण्ड' का स्कूटर दे दिया जाए, तो कुछ गल़त तो नहीं होगा। कुछ वरिष्ठ पत्रकारों ने नाराज़गी भी प्रकट कर दी थी। उनका कहना था कि पब्लिक सेक्टर के उत्पाद उन्हें फूटी आँख नहीं सुहाते हैं। उनके बच्चे तो ऐसे सामान देखते ही तोड़ डालेंगे।

संवाददाताओं को पता चला कि तीन दैनिक-पत्रों तथा एक समाचार एजेंसी के सम्पादकों को मारुति-1000 भेंट की जाएगी। अतः संवाददाता अपनी उपेक्षा से अप्रसन्न थे। वैसे, सम्पादक भी ख़ास ख़ुश नहीं थे। उनका मानना था कि मारुति-1000 मॉडल पुराना पड़ चुका है। राजधानी की सड़कों पर जब सेलो और स्टीम गाड़ियाँ धड़ल्ले से दौड़ रही हैं, तब मारुति-1000 से कैसी ख़ुशी।

लेकिन रात्रिभोज में सूचना मन्त्री ने न जाने कौन-सा खाद्य खिलाया था, या कौन-सा पेय पिलाया था, या कौन-सा मन्त्र पढ़ा था कि सभी लोग लौटते समय सन्तुष्ट, बेखुदी और हर्षातिरेक में डूबे हुए थे। सभी की बाँछें खिली थीं और सभी सूचना मन्त्री को धन्यवाद देते हुए ज़ोर-ज़ोर से हाथ मिला रहे थे। हाथ मिलाते हुए ज़ोर-ज़ोर से हाथ हिला रहे थे...

तो इस प्रकार पार्टी के मुखिया द्वारा मीरा यादव को फटकार, मुख्यमन्त्री द्वारा गोरखनाथ से वैर-भाव समाप्त करना और उनके समर्थन में खुलकर आना तथा मीडिया को अनुकूल करने के लिए सूचना मन्त्री द्वारा आयोजित दावत—ये तीनों अचम्भे में डाल देनेवाली ऐसी चीज़ें थीं, जिसकी कल्पना भी इस मामले में दिलचस्पी ले रहे लोगों ने नहीं की थी। और यह तो सपने में भी नहीं सोचा जा सकता था कि इतनी अकल्पनीय तीन-तीन घटनाएँ एक ही दिनांक में घटित हो जाएँगी।

हालाँकि श्याम नारायण मीरा यादव पर कुपित थे कि अख़बारबाजी कराकर सरोज प्रकरण का सारा श्रेय वह ले रही है। इसीलिए उन्होंने मन-ही-मन मीरा यादव को 'बदज़ात कुतिया' और 'राजनीति की पतुरिया' भी कहा था, किन्तु उनके पास इसके अलावा कोई विकल्प नहीं बचा था कि वह सरोज के पिता विष्णु दत्त को लेकर मीरा यादव के यहाँ जाएँ, क्योंकि जहाँ तक उनकी पार्टी का सवाल है, तो वह सरोज के साथ हुए ज़ुल्म को आम जनता को जुझारू संघर्ष के लिए लामबन्द करनेवाला मुद्दा नहीं मानती थी। दूसरी, सबसे बड़ी बात कि सरोज मीरा यादव के ही पास थी। ऐसे में श्याम नारायण क्या करते, विष्णु दत्त को लेकर पहुँचे उसी मीरा यादव के घर, जिसके प्रति वह भयानक घृणा से ओत-प्रोत थे, और जैसा कि ऊपर कहा जा चुका है, इस महिला बुर्जुआ नेता को वह बदजात कुतिया और राजनीति की पतुरिया से ज़्यादा कुछ नहीं समझते थे।

मीरा यादव के घर श्याम नारायण और विष्णु दत्त पहुँचे, तो पता चला कि मीरा यादव हैं नहीं। पार्टी के मुखिया से उनकी मीटिंग है और मीटिंग कितनी देर चलेगी, इस बारे में कुछ कहा नहीं जा सकता। घर के चारों तरफ़ मीरा यादव के आदमियों का पहरा था। इतनी रात आए इन दो आगंतुकों को पहरेदारों ने घूरा।

श्याम नारायण बोले, "सरोज मेरे जीजा जी की बहन है और ये सरोज के पिता हैं। हमलोगों को सरोज के पास ले चलिए।"

पर पहरेदारों को यह स्वीकार्य नहीं था। उनका कथन था कि "विधायिका

जी की आज्ञा के बिना सरोज के कमरे तक परिन्दा भी पर नहीं मार सकता।"

"भइया, हम परिन्दा नहीं, सरोज के पिताजी हैं। हमको अपनी बेटी से मिलने दिया जाए।"

"पिता हो या कोई, जब तक हमें विधायिका जी की इजाज़त नहीं मिलेगी, हम किसी को अन्दर नहीं जाने देंगे।" एक पहरेदार ने सारे पहरेदारों की तरफ़ से कहा। दूसरे ने थोड़ी उदारता दिखाई, "तब तक आप ड्राइंगरूम में बैठें। बस, विधायिका जी आती होंगी।"

वे दोनों ड्राइंगरूम में आए और बैठ गए। श्याम नारायण विष्णु दत्त के कान में फुसफुसाए, "हमलोग खूब ज़ोर-ज़ोर से बोलें, जिससे आवाज़ पहचानकर सरोज खुद ही बाहर आ जाए।"

वे ज़ोर-ज़ोर से बोलने लगे। ख़ासतौर पर विष्णु दत्त तो लगभग चिल्लाकर अपने को व्यक्त कर रहे थे। रात के ग्यारह बजे थे। दोनों की आवाज़ें बाहर जाकर रात के अँधेरे में मँडरा रही थीं।

फिर भी जब सरोज नहीं आई, तो वे निराश हुए। श्याम नारायण में निराशा फैल ही रही थी कि उन्हें मेज़ पर रखी एक पत्रिका के आवरण पर इन्सेट में सरोज की फ़ोटो दिख गई। द्रुत गति से उनके हाथ ने पत्रिका उठा ली। सरोज प्रकरण पर विस्तृत रिपोर्ट थी, लेकिन रिपार्ट में नया कुछ ज़्यादा नहीं था। अख़बारों में छप चुकी चीज़ों का संकलन थी यह रिपोर्ट। हाँ, गोरखनाथ का एक इन्टरव्यू और मामले के क़ानूनी पहलुओं पर एक बॉक्स ज़रूर विचारोत्तेजक और सनसनीखेज थे। बॉक्स लेखक ने अपनी टिप्पणी में गोरखनाथ के इन्टरव्यू में कही गई कुछ बातों को भी शामिल करके टीका-टिप्पणी की थी।

जैसे कि गोरखनाथ ने बयान दिया था कि सरोज पांडेय ने 164 का बयान मीरा यादव के उकसाने पर दिया है। मीरा यादव ने सरोज के पिता विष्णु दत्त को ख़ामोश रहने के लिए अच्छी-ख़ासी रक़म मुहैया कराई है। इस पर बॉक्स लेखक का कहना था कि भारतीय समाज में कोई लड़की कभी भी अपने साथ चार लोगों द्वारा बलात्कार का आरोप नहीं लगाएगी, क्योंकि उसे और सभी को ज्ञात है कि इस बात से उसकी इतनी बदनामी होगी कि उसका समूचा जीवन बर्बाद हो जाएगा। और जहाँ तक विष्णु दत्त को अच्छी-ख़ासी रक़म देकर अनुकूल करने का प्रश्न है, तो यह अविश्वसनीय है—इसलिए कि विष्णु दत्त के पास सोलह बीघे पक्के उपजाऊ खेत हैं और पक्का मकान है। यानी वह आर्थिक रूप से प्रताड़ित ऐसे विवश व्यक्ति नहीं हैं कि कुछ पैसों के लिए अपनी इज़्ज़त और बेटी के भविष्य को सूली पर चढ़ा दें। लेखक ने उदाहरण दिया था कि बलात्कार के इसी

प्रकार के मामले (दण्ड संहिता 1860, सेक्शन 376) में आन्ध्र प्रदेश के तत्कालीन माननीय न्यायाधीश वी.जे. राजू ने कहा था, "पार्टीबन्दी के कारण कोई भी व्यक्ति अपनी युवा पुत्री को बलात्कार के मुक़दमे में डालकर उसके भविष्य को बर्बाद कर देगा, यह विश्वसनीय नहीं है।" (पैरा 8)। इस मुक़दमे में बलात्कारी को सात साल के कारावास की सज़ा हुई थी।

लेखक ने बेहद भावपूर्ण ढंग से लिखा था, "कुछ लोग कह रहे हैं कि सरोज के साथ बलात्कार नहीं हुआ है। अगर वैसा कुछ हुआ है, तो सरोज की मर्जी से हुआ है और उसे सम्भोग कहा जाना चाहिए, बलात्कार नहीं, क्योंकि बलात्कार के विरुद्ध तो स्त्री लड़ती है, संघर्ष करती है, किन्तु सरोज के शरीर पर चोट या घाव के निशान नहीं है। इसके जवाब में मैं कहना चाहता हूँ कि कोई भी स्त्री दो माह तक लगातार कई-कई पुरुषों से लड़ती नहीं रह सकती। ऐसे लोगों से निवेदन है कि वे जान लें कि उड़ीसा उच्च न्यायालय में संहिता 1860 सेक्शन 376 के अन्तर्गत लड़की की सहमति और शरीर पर किसी चोट की गैर-हाजिरी का मामला आया था, जिस पर विद्वान न्यायाधीश ने 'सहमति' शब्द की व्याख्या करते हुए कहा था कि सहमति का अर्थ है—समुचित करार, विचारों और भावनाओं की समरूपता, प्रेम की उपस्थिति से होनेवाले कार्य, व्यापार के प्रति स्वेच्छापूर्ण भागीदारी, किसी भी तरह का प्रतिरोध नहीं, कैसा भी इन्कार नहीं। यह 'सहमति' शब्द असहायता का समानार्थी क़तई नहीं है (पैरा 6)।

गोरखनाथ के प्रचार-तन्त्र ने एक चर्चा यह चलाई थी कि सरोज तो स्वयं संदिग्ध चरित्रवाली है, नहीं तो वह अपने गाँव के तीन-तीन युवकों के साथ क्यों भाग निकलती। इसके जवाब में टिप्पणी में तर्क था कि यदि मान भी लिया जाए कि सरोज का चरित्र संदिग्ध है, तो क्या समाज के पुरुषों को संदिग्ध चरित्रवाली स्त्रियों-लड़कियों से बलात्कार करने का क़ानूनी हक़ हासिल हो गया है ?

लेखक ने एक पृष्ठ के आलेख में अत्यन्त निपुणता के साथ सरोज की पैरवी की थी। पढ़कर श्याम नारायण का हौसला बढ़ गया। उन्हें लगा कि वह अकेले नहीं हैं। और लोग भी हैं, जो सरोज के साथ लड़ाई में शामिल हैं। एक क्षण के लिए तो उनको इतना जोश चढ़ा कि मन हुआ, खड़े होकर 'इन्क़लाब ज़िन्दाबाद' लगाने लगें, मगर कुछ देशकाल के संकोच ने, कुछ इस भावना ने कि भीतर मौजूद सरोज को कहीं उनकी यह चिल्ल-पों अच्छी न लगे, उनको नारेबाजी करने से रोका।

उन्होंने विष्णु दत्त को वह लेख दिखाकर उसका भाव समझाया और कहा, "इस लड़ाई में सरोज की जीत निश्चित है।"

विष्णु दत्त बोले, "भगवान हमारी मदद करे।" उनका यह उद्‌गार श्याम नारायण को नागवार लगा।

भगवान, यानी सरोज के लिए उनके परिश्रम, भाग-दौड़ का कोई मतलब नहीं है। विष्णु दत्त को मुँहतोड़ जवाब देने में वह पूर्णतया सक्षम थे, लेकिन सरोज का पिता होने के नाते उन्होंने उनको बख़्श दिया और चुप रह गए।

थोड़ी देर तक चुप रहने की वजह से या कोई दूसरी वजह रही कि उनमें एकाएक आत्मालोचन का सिलसिला शुरू हो गया। जैसे उनमें पार्टी सचिव की आत्मा उतरने लगी, वह विचार करने लगे, "मैं स्वयं कहाँ सच्चा कार्यकर्ता होने का परिचय दे रहा हूँ। सरोज शोषित वर्ग की है नहीं, दलित भी नहीं है कि उसकी पक्षधरता को व्यापक सामाजिक परिवर्तन के आलोक में देखा जा सके। फिर मैं क्यों इतने दिनों से मारा-मारा फिर रहा हूँ ? आख़िर मुझे हुआ क्या है, जो मैं इतना हलकान हुआ जा रहा हूँ।"

वह आकंठ शर्म में डूब गए। उनको महसूस हुआ कि कहीं वह सरोज के प्रति अपनी पुरानी आसक्ति के चलते तो ये सब नहीं कर रहे हैं। उन्होंने कलाई की वह जगह छुई, जहाँ सरोज ने दाँत गड़ाए थे और सोचने लगे, "मैं सरोज की मदद सरोज को अपमानित करने के लिए कर रहा हूँ क्या, कि एक तुम थी, जिसने मुझे दाँत काट लिया था और देखो, मैं हूँ और मेरा प्रेम कितना महान है कि तुमसे चार-चार लोगों द्वारा बलात्कार करने के बाद भी तुम्हारे लिए हमदर्दी रखता हूँ।"

"कब आएँगी विधायिका जी ?" विष्णु दत्त ने ऊबकर पूछा और दीवार पर टँगी घड़ी देखने लगे, "इतनी देर तक यह कौन मीटिंग कर रही हैं।"

इसी समय बाहर कार आने और रुकने की आवाज़ हुई। मीरा यादव कार से उतरीं और आगे बढ़ीं।

वह भीतर आईं, तो देखा कि उनके ड्राइंगरूम में श्याम नारायण एक अधेड़ देहाती के साथ बैठे हैं। वह तुरंत समझ गईं। कोई और नहीं, सरोज पांडेय का बाप है। वह क़रीब पहुँचकर विष्णु दत्त के पाँव छूने लगीं। विष्णु दत्त इस आदर-प्रेम से विह्वल हो गए और मूसलधार रोने लगे। अजीब दृश्य था, ड्राइंगरूम में विष्णु दत्त रो रहे थे, मीरा यादव उन्हें दिलासा दे रही थीं और श्याम नारायण उजबक की तरह कभी विष्णु दत्त को और कभी मीरा यादव को देखे जा रहे थे।

विष्णु दत्त रोते हुए ही बोले, "आप इतनी बड़ी नेता और मुझ ग़रीब का पैर छू लीं।"

"मुझे नेता मत कहें बाबूजी, मैं सरोज की बड़ी बहन हूँ। मुझको आप अपनी बिटिया समझें। मेरे लायक कोई सेवा हो, तो कहें।"

"इतने ही उपकार तुम्हारे क्या कम हैं। बस, अब मुझको सरोज से मिला दो।"

"सरोज !" मीरा यादव चौंक पड़ी, "यहाँ किसी ने बताया नहीं ? वह तो गाँव गई, आप लोगों के पास।"

"मेरे ख़्याल से, उधर आपलोग आए और इधर वह गई। लगातार इन बाबूजी की, अपनी माँ, भाई-भाभी का नाम ले-लेकर रोती रहती थी। मैंने सोचा कि वहीं रहे, कोई दिक़्क़त नहीं।"

श्याम नारायण मीरा यादव को घूरने लगे। अब विष्णु दत्त कभी श्याम नारायण को तो कभी मीरा यादव को उजबक की तरह देखे जा रहे थे।

मीरा यादव श्याम नारायण के कंधे पर हाथ रखकर मुस्कराईं, "चिन्ता मत करिए भाई, मैंने व्यवस्था से भिजवाया है अपनी छोटी बहन सरोज को। पूरी सुरक्षा के साथ। हमारे चार आदमी तो बाक़ायदा ए.के.-47 के साथ हैं।"

'देखिए, साफ़ कहता हूँ, हमको आपकी बात पर यक़ीन नहीं आ रहा है। मुझे लग रहा है कि सरोज इस समय इसी मकान में कहीं है।"

"आइए आप दोनों मेरे साथ।" वह चलने लगीं। विष्णु दत्त और श्याम नारायण भी उनके पीछे-पीछे हो लिए।

पूरे घर का कोना-कोना देख लिया, कहीं नहीं थी सरोज। अब मीरा यादव एक आलमारी के सामने रुककर हँसी, "यक़ीन आया अब।" उन्होंने अलमारी खोली, "लीजिए, इसमें भी देख लीजिए।" वहाँ भी नहीं मिली सरोज। मीरा यादव ने अलमारी का लॉकर खोला, दस हज़ार रुपए की एक गड्डी निकालकर विष्णु दत्त को दिया, "बाबूजी, यह छोटी बहन के लिए बड़ी बहन की तरफ़ से एक तुच्छ भेंट है।"

विष्णु दत्त भकुआए खड़े थे, गड्डी को हाथ में पकड़े।

"देर न करें आप। सरोज वहाँ राह देखेगी। मेरी गाड़ी आप लोगों को स्टेशन तक छोड़ देगी। आइए।" उन्होंने विष्णु दत्त को और श्याम नारायण को घर से बाहर निकलने का इशारा किया। वह खुद भी बाहर निकलकर कार तक आईं।

कार में बैठकर विष्णु दत्त ने मीरा यादव के प्रति कृतज्ञता में हाथ जोड़े, "हमलोगों पर आप अपनी कृपा सदैव बनाए रखिएगा।"

मीरा यादव श्याम नारायण की तरफ़ देखीं, "फिर आइएगा, तो मिलिएगा।"

श्याम नारायण ने उपेक्षा से चेहरा मोड़ लिया। वह ख़ासे नाराज़ और उदास लग रहे थे।

सरोज-गोरखनाथ प्रकरण एकाएक इस तरह का मोड़ ले लेगा, ऐसा अन्दाज़ नहीं था। अभी कल तक जनता सरोज पर हुए अत्याचार से द्रवित थी और यह विश्वास कर रही थी कि गोरखनाथ की गिरफ़्तारी यदि न भी हुई, तो इतना निश्चित है कि उनका राजनैतिक भविष्य चौपट होने से बच नहीं सकता है। विशेष रूप से कॉलेज में पढ़नेवाली लड़कियों में गोरखनाथ के ख़िलाफ़ भयंकर घृणा और ग़ुस्सा था। वे पारस्परिक बातचीत में गोरखनाथ के लिए फ़ाँसी से कम की सज़ा की पैरवी नहीं करती थीं। और असम्भव नहीं था कि ये लड़कियाँ जल्दी ही सड़कों पर निकल आतीं।

लेकिन इस ख़बर ने लोगों को हैरत में डाल दिया कि सरोज पांडेय राजधानी छोड़कर अपने गाँव चली गई। इस बारे में मीरा यादव का वक़्तव्य था कि उन्होंने सरोज को बार-बार समझाया कि उसकी लड़ाई, अकेली उसकी न होकर समाज की लड़ाई बन गई है, इसलिए मामले को इस तरह अधर में छोड़कर उसका जाना उचित नहीं रहेगा, पर सरोज ने एक न सुनी और अपने परिवारवालों के पास जाने की ज़िद पर अड़ी रही। उसने यहाँ तक कहा कि यदि उसे घर नहीं पहुँचाया गया, तो वह दुपट्टे को गले में कसकर मर जाएगी। अतः इन परिस्थितियों के मद्देनज़र सरोज को उसके गाँव पहुँचा देने के अलावा मीरा यादव के पास कोई चारा न था। मीरा यादव ने यह उम्मीद प्रकट की थी कि जल्दी ही सरोज अपने परिवारवालों से मिलकर आ जाएगी। उसके आते ही गोरखनाथ के ख़िलाफ़ संघर्ष को फिर तेज़ किया जाएगा। कहने का मतलब मीरा यादव का संघर्ष रुका भर है, ख़त्म नहीं हुआ है।

एक अख़बार ने अपने सम्पादकीय में सरोज पांडेय के पलायन पर अफ़सोस ज़ाहिर किया था और लिखा था कि सरोज द्वारा इस तरह एकाएक, बिना प्रेस को विश्वास में लिए चले जाने से सन्देह की सूई उसकी तरफ़ भी घूमती है। उसके इस क़दम से उन लोगों को मज़बूती मिलेगी, जिनकी धारणा थी कि गोरखनाथ पर बलात्कार का आरोप बेबुनियाद है और सरोज किसी लोभ या मज़बूरी के तहत तोहमत मढ़ रही है।

अब सरोज ने अख़बारवालों को मौक़ा दे दिया था या अख़बारवालों के विचारों में ही अकस्मात परिवर्तन आ गया था अथवा सूचना मन्त्री के आवास पर हुई

दावत का प्रभाव था, इस बारे में स्पष्ट रूप से कुछ नहीं कहा जा सकता है, लेकिन इतना तय है कि सरोज-गोरखनाथ प्रकरण में समाचार-तन्त्र की धुरी बदल गई थी।

'लोक-जागरण' के संवाददाता ललित जोशी जो इस कांड का प्रथम उद्‌घाटनकर्ता था, से एन.टी.वी. ने एक विशेष भेंट प्रसारित की थी, जिसमें उसने कहा, "यह सच है कि सरोज बलात्कार कांड को सबसे पहले प्रेस के जरिए सामने लाने का सौभाग्य मुझे ही प्राप्त है। और आज भी मैं अपनी रिपोर्ट पर क़ायम हूँ, लेकिन एक सवाल ज़रूर रह-रहकर मेरे भीतर कौंधता है कि गोरखनाथ को सरोज के साथ बलात्कार करने की क्या ज़रूरत थी, क्योंकि गोरखनाथ की जो हैसियत है, उनके पास जो धन, मान, प्रतिष्ठा और शक्ति है, उसको देखते हुए यदि गोरखनाथ चाहें, तो उन्हें वैसी ही लड़कियों की क्या कमी हो सकती है।"

मीडिया जगत में सरगर्मी थी। प्रदेश के सबसे अधिक प्रसार-संख्यावाले समाचार-पत्र ने सम्पादकीय पृष्ठ पर 'बलात्कार कांड : कुछ प्रश्न' शीर्षक से अग्रलेख छापा, जिसमें कई शंकाएँ उठाई गई थीं। प्रमुख शंकाएँ इस प्रकार थीं :

(क) सरोज के पिता विष्णु दत्त ने सरोज के ग़ायब होने के तीन दिन बाद क्यों प्राथमिक सूचना रिपोर्ट दर्ज कराई, इस अवधि में वह क्या करते रहे ?

(ख) प्राथमिक सूचना रिपोर्ट में कहा गया था कि सरोज स्कूल जाने के बाद नहीं लौटी यानी रास्ते में ही उसका अपहरण हो गया, मगर ध्यान देने की बात है कि रिपोर्ट में यह भी लिखाया गया है कि अभियुक्त विष्णु दत्त के घर से चार हज़ार नकद और पच्चीस हज़ार के जेवरात भी लेकर भागे हैं। तो यदि स्कूल के रास्ते में अपहरण हुआ, तो फिर घर से चोरी कैसे हुई ? इससे ऐसा संकेत मिलता है कि हो न हो, सरोज ही नक़द तथा ज़ेवर ले गई हो और मामला अपहरण का न होकर सरोज द्वारा किसी अन्य कारणों से घर छोड़ जाने का हो।

(ग) प्राथमिक सूचना रिपोर्ट में जिन तीन लोगों का बतौर अभियुक्त उल्लेख किया गया है, उसमें गोरखनाथ का नाम नहीं है। गौरतलब है कि गोरखनाथ का नाम इस केस में तब जुड़ता है, जब सरोज प्रमुख विपक्षी दल की नेता मीरा यादव के पास पहुँच जाती है। हम यह नहीं कहते, क़तई नहीं कहते कि सरोज की ज़बानी सरोज की कहानी असत्य है। यहाँ हम केवल इस बात की तरफ़ इशारा कर रहे हैं कि प्राथमिक सूचना रिपोर्ट में मौजूद उपर्युक्त गड़बड़ियाँ सरोज के बारे में यदि किसी के भीतर शुबहा पैदा करें, तो आश्चर्य नहीं होना चाहिए।

प्रदेश के सबसे पढ़े-लिखे और प्रखर संवाददाता ने अपने अख़बार के प्रथम पृष्ठ पर लिखा, "सरोज कहती है कि क़ैद की अवधि में उसके साथ भयानक ज़ुल्म किए जाते थे और उसे ठीक से खाना नहीं दिया जाता था। कभी-कभी उसे बिस्कुट जैसे मामूली खाद्य पदार्थों से ही सन्तोष करना पड़ता था, पर यह समझ से परे है कि जैसा कि सरोज के पूर्व परिचित भी कहते हैं कि फिर वह मोटी कैसे हो गई। हालाँकि इस सन्दर्भ में प्रश्न किए जाने पर सरोज ने कहा कि उसकी भी समझ में यह बात नहीं आ रही है। उसका कहना था कि हो सकता है कि ऐसा उन गर्भ-निरोधक गोलियों की वजह से हुआ हो, जो उसे उन दिनों खिलाई गई थीं।"

उक्त संवाददाता की समझ में यह बात भी नहीं आती थी कि जब सरोज को जौनपुर के ख़ैराबाद मुहल्ले से मीरा यादव ले आईं, तो उसके हाथों में रंग-बिरंगी गझिन चूड़ियाँ और पैरों में पायल क्यों थीं। सरोज की दलील है कि उसे ज़बरन विवाहित के बाने में रखा गया था। ताकि लोगों को शक़ न हो, पर सवाल है कि वह क्यों चाहती थी कि लोगों को शक़ न हो, वह कम से कम अपनी चूड़ियाँ तो तोड़ सकती थी। या कम-से-कम आज़ाद होने के बाद वह चूड़ियाँ और पायल की बेड़ियों को उतार फेंक सकती थी।

ललित जोशी ने अपने अख़बार के मुखपृष्ठ पर पुनः ऐसी ख़बर दी, जो अन्य अख़बारों में नहीं थी। उसने लिखा कि सरोज पांडेय कथित बलात्कार के समय बालिग थी या नाबालिग—इसको लेकर विवाद है, क्योंकि जहाँ सरोज की अवस्था स्कूल के और उसकी जन्मपत्री के हिसाब से 16 साल ठहरती है, वहीं मेडिकल रिपार्ट के मुताबिक यह क़रीब 'अठारह वर्ष' की है। द्रष्टव्य है कि मेडिकल रिपोर्ट की उम्र को दो साल आगे-पीछे खिसकाया जा सकता है। अतः सरोज बकौल मेडिकल रिपोर्ट, 20 वर्ष की हो सकती है यानी बालिग। और ऐसी स्थिति में यदि यह सिद्ध हो गया कि वह घर से स्वेच्छा से भागी थी, तो उसका मुक़दमा कमज़ोर हो जाएगा, क्योंकि क़ानून के अनुसार नाबालिक लड़की को उसकी इच्छा होते हुए भी भगाना ज़ुर्म है, किन्तु बालिग होने पर ऐसा नहीं है। अतः क़ानूनविदों की राय में मुक़दमे में मेडिकल रिपोर्ट की अहम भूमिका हो सकती है। उस स्थिति में तो और भी, जब शुरू-शुरू की मेडिकल रिपोर्ट में सरोज को 'पुरुष सहवास की अभ्यस्त' बताया जा चुका है। उसके बाद ललित जोशी ने कुछ विधि विशेषज्ञों के विचार प्रस्तुत किए थे, जो ललित जोशी की राय से लगभग इत्तिफ़ाक़ रखते थे।

एक नए, किन्तु विचारोत्तेजक और निर्भीक राष्ट्रीय हिन्दी दैनिक ने 'मुद्दा'

स्तम्भ के अन्तर्गत लगभग पूरा पृष्ठ सरोज बलात्कार कांड पर केन्द्रित किया। उसके केन्द्रीय आलेख में बार-बार यह सवाल उठाया गया कि आख़िर सरोज के बारे में सूचनाएँ मीरा यादव तक कैसे पहुँचीं। अख़बार के अनुसार, इस गुत्थी को सुलझाए बिना मामले की तह तक पहुँचना मुश्किल है। वैसे, लेखक ने विभिन्न विश्वस्त सूत्रों से कुछ जानकारियाँ हासिल की थीं। एक सूत्र ने बताया था कि सरोज का अपने एक रिश्तेदार श्याम नारायण से गहरा प्रेम चल रहा था, लेकिन एकाएक पासा पलटा और सरोज श्याम नारायण को धता बताकर अपने ही गाँव के युवक छैलबिहारी से प्रेम करने लगी। श्याम नारायण सरोज कें धोखे और बेवफाई से धधकता रहा और उसने बदला लेने की ठानी। वह सरोज को बदनामी के उस मुकाम तक पहुँचा देना चाहता था, जिससे सरोज को कोई भी अपना बना सकने की हिमाक़त न करे। इस बात की पक्की जानकारियाँ हैं कि विधान परिषद् की सदस्य मीरा यादव से श्याम नारायण की निकटता है और यह भी ज्ञात हुआ है कि सरोज जिस दिन मीरा यादव के यहाँ आई, उसके ठीक एक दिन पहले दोपहर में श्याम नारायण ने मीरा यादव से उनके आवास पर गहन मन्त्रणा की थी और यह भी उल्लेखनीय है कि जिस दिन सरोज पांडेय मीरा यादव के आवास से वापस गाँव गई, उस दिन भी श्याम नारायण मीरा यादव के घर पर आए थे और काफ़ी देर तक रहे थे।

सम्भवतः श्याम नारायण वाली ख़बर सरोज के मामले में अन्तिम ख़बर लग रही थी। इसके प्रकाशन के कुछ दिनों बाद ही लोगों की स्मृति से सरोज पांडेय और गोरखनाथ धुँधलाने लगे, बल्कि थोड़े अन्तराल के बाद तो यह भी जानने में आया कि गोरखनाथ ने दो महाविद्यालयों का उद्घाटन किया और कन्या पाठशाला की आधारशिला रखी। यह भी कि प्रदेश के विभिन्न हिस्सों में, यहाँ तक कि सुदूर केरल प्रदेश के कोचीन नगर में भी उन्हें चाँदी के सिक्कों से तौलकर उनका अभिनन्दन किया गया। उक्त अभिनन्दन समारोह के बारे में कई निन्दकों की राय थी कि अपने अभिवादन-कार्यक्रमों के प्रायोजक स्वयं गोरखनाथ थे। यदि नहीं, तो कम-से-कम इतना ज़रूर था कि वह आयोजकों के प्रेरणा-स्रोत निश्चय ही थे।

इसके बाद काफ़ी दिनों तक कुछ सुनने-पढ़ने-जानने में नहीं आया और ऐसा लगने लगा कि पिछले दिनों राष्ट्रीय स्तर पर सनसनी पैदा कर देनेवाला, राजनीति में भारी उथल-पुथल करने की सम्भावनाओं से भरा हुआ यह वाकया अब दम तोड़ चुका है या ज़्यादा-से-ज़्यादा बहुत अल्प प्राणवायु शेष है। और यही हुआ भी। लोगों की स्मृति से सरोज-गोरखनाथ घटनाक्रम का विलोप हो गया और मीडिया

ऐसा कुछ उपस्थित नहीं कर रहा था कि उधर ध्यान जाता।

मगर एक दिन यह ख़बर ज़ोरदार ढंग से आई कि सरोज ने लखनऊ सेशन जज की अदालत में कहा, "माननीय गोरखनाथ जी ने मेरे साथ शीलभंग की कोई हरक़त नहीं की है। मैं तो गोरखनाथ जी को पहचानती तक नहीं।" सरोज अपने 164 के क़लमबन्द बयान से साफ़ मुकर गई थी और अपने मौजूदा दाख़िल हलफनामे में उसने दर्ज कराया था, "मुझे बरगलाकर गोरखनाथ के ख़िलाफ़ बयान दिलवाया गया था। अब मैं अपने उक्त 164 के बयान पर शर्मिंदा हूँ और उसे वापस लेती हूँ।"

कहा जाता है कि सरोज हलफनामा देने अदालत आई, तो वह चॉकलेटी रंग की कन्टेसा कार में सवार थी। उसकी कार के आगे-पीछे कई कारें और दुपहिया वाहन थे। वाहनों पर सवार लोगों के बारे में ऐसा माना जा रहा है कि वे गोरखनाथ के ख़ास सिपहसालार थे। इस सेना का नेतृत्व परमू और भोला कर रहे थे। छैलबिहारी के बारे में कुछ चश्मदीदों का कथन है कि वह भी था और कन्टेसा में सरोज के बगल में बैठा था, लेकिन कुछ का मानना है कि वह छैलबिहारी नहीं था, सरोज का भाई राधेश्याम था।

एक राय यह भी है कि सरोज कन्टेसा में ज़रूर आई थी, लेकिन उसके बग़ल में बैठा शख़्स न छैलबिहारी था न राधेश्याम, दरअसल वह श्याम नारायण था। और शेष सैन्य बल गोरखनाथ नहीं, मीरा यादव का था, लेकिन यह समझ में नहीं आ रहा था कि मीरा यादव को ऐसा करने की ज़रूरत क्यों आ पड़ी।

ऐसा भी सुनने में आया कि इस तरह का कोई बयान सरोज ने दिया ही नहीं। गोरखनाथ ने अदालत में सरोज नहीं, सरोज की एक डुप्लीकेट लड़की भेजी थी और सरोज इस बात का खुलासा करने जल्द ही राजधानी आ रही है।

उपरिलिखित तीन धारणाओं में कौन सही थी, कौन नहीं, इसके बारे में ठोस कुछ कहा नहीं जा सकता है या कहीं ऐसा तो नहीं कि कोई भी सत्य न हो और न ही सत्य के नज़दीक हो या हो सकता है कि तीनों ही सत्य के नज़दीक हों और मिलकर पूरा सच गढ़ती हों। बहरहाल, मामला काफ़ी उलझ चुका था और हक़ीक़त का सामने आना काफ़ी मुश्किल लग रहा था, क्योंकि पत्रकारों ने अब इसमें रुचि लेना बन्द कर दिया था और पुलिस को किसी ने तफ़्तीश का आदेश नहीं दिया था। वैसे भी, सरोज ने हलफनामा दे दिया था, तो वह किसके दबाव से आई और उसके साथ कौन लोग थे, इससे पुलिस क्यों वास्ता रखती ? और व्यक्तिगत तौर पर आर्थिक रूप से समर्थ कोई व्यक्ति इतनी दिलचस्पी ले नहीं

रहा था कि सच्चाई का पता लगाने का कार्य निजी जाँच एजेन्सी अथवा किसी कुशल प्राइवेट डिटेक्टिव को सौंप देता।

हाँ, इतना ज़रूर था कि सरोज इस बात का खण्डन करने राजधानी नहीं आई कि लखनऊ की अदालत में हलफनामा देनेवाली लड़की वह नहीं, उसकी डुप्लीकेट थी।

पर सरोज के न आने के बावजूद उपर्युक्त मत के लोग अपनी बात पर क़ायम थे। उनका कहना था कि वह खण्डन करने नहीं आई, तो क्या फ़र्क़ पड़ जाता है। यह अकाट्य है कि लखनऊ की अदालत में 164 के बयान को ख़ारिज करके गोरखनाथ को निर्दोष करार देनेवाली लड़की सरोज की डुप्लीकेट थी। इनमें से कुछ दावा करते थे कि वे स्वयं वहाँ मौजूद थे और पूरे विश्वास से यह कह सकते हैं कि वह सरोज क़तई नहीं थी। रही बात असली सरोज के राजधानी आकर खण्डन न कर पाने की, तो सोचने की बात है कि जो लोग डुप्लीकेट सरोज पेश करके अदालत की धज्जियाँ उड़ा सकते हैं, उनके लिए सरोज को राजधानी आने से रोक लेना कौन-सी बड़ी बात है।

इस पर विरुद्ध विचारवालों ने मुँहतोड़ उत्तर दिया कि वह सरोज थी या नहीं, इससे कोई समस्या नहीं पैदा होती। असल बात यह है कि सेशन जज ने उसे सरोज मानकर उसके हलफनामे को स्वीकार किया। और उस पूरी क़ानूनी कार्रवाई पर एतराज करते हुए अभी तक किसी ने कोई चुनौती नहीं दी है। अतः फ़िलहाल यही सिद्ध है कि वह सरोज थी और गोरखनाथ पर मँडरा रहे बदनामी के बादल छँट गए हैं और असली सरोज को राजधानी पहुँचने से रोकने की बातें कही जा रही हैं, तो जो शक्ति अदालत को ज़ेब में रख सकती है, सरोज को आने से रोक सकती है, वह क्या सरोज से अपने माफिक बात कहलाने के लिए सरोज को घसीटते हुए अदालत नहीं ले जा सकती थी ? इसलिए यह क़बूल करने में हर्ज क्या है कि अदालत में मौजूद सरोज असली ही थी ! उसके डुप्लीकेट सरोज होने की अफ़वाहें कुछ शरारती तत्त्वों की साज़िश है।

मगर यह विवाद कोई इतना बड़ा मसला नहीं था, जो लम्बे वक़्त तक टिक पाता। सरोज की मृत पड़ चुकी दास्तान में पुनः प्राण-प्रतिष्ठा के लिए संजीवनी बनने की क्षमता नहीं थी इसमें। अतः सरोज-प्रकरण के दूसरे प्रसंगों की तरह यह भी, बल्कि यह अन्य से ज़्यादा ही अल्पजीवी और क्षणभंगुर प्रमाणित हुआ।

वैसे, आगे भी कहने को कुछ चीज़ें हो सकती हैं। आख़िर सरोज और गोरखनाथ या परमू, भोला, छैलबिहारी के जीवन में कुछ-न-कुछ घटित हुआ ही होगा। मीरा यादव और श्याम नारायण भी कहीं-न-कहीं होंगे ही। यानी कहानी

के चरित्र अभी जीवित हैं और कोशिश की जाए, कल्पना तथा गढ़न्त की थोड़ी मदद ली जाए, तो इन प्रमुख पात्रों की मदद से इस कहानी को आगे बढ़ाया जा सकता है, मगर निश्चय ही इससे ज़रा भी फ़ायदा नहीं होगा। फिर वही हश्र होगा, जो अब हुआ है, शायद इससे भी बुरा हो, क्योंकि दिक़्क़त यह है कि जिस केन्द्रीय वस्तु को लेकर कहानी शुरू हुई थी, वह अचानक लड़खड़ाकर ऐसी लुढ़की कि आगे सँभल न सकी और अन्त के पहले ही उसने दम तोड़ दिया। सम्भवतः सुन्दर लड़की, बलात्कार, गाँव, बड़े राजनीतिज्ञ, पुलिस, अदालत आदि तोप मसालों से सम्पन्न विषय-वस्तु वाली कहानी की ऐसी नीरस, निरुद्देश्य, गड़बड़ और अनुत्पादक परिणति विश्व में कभी नहीं हुई होगी। वह भी ऐसी दशा में, जबकि लेखक ने अपनी तरफ़ से विस्फोटक अन्त के लिए कड़ी मशक़्क़त की हो।

विचारणीय बिन्दु है कि एक अत्यन्त रोमांचक सम्भावनाओं वाली कथा का इतना अरुचिकर और फटीचर अन्त क्यों हुआ।

इन सबके अलावा यह दिक़्क़त भी पेश हुई कि कहानी में कई प्रसंगों का समुचित विकास नहीं हो सका था। पढ़ने के बाद कुछ ऐसे प्रश्न जन्म लेते थे, जो अनुत्तरित ही छोड़ दिए गए थे। जैसे मीरा यादव के घर से क्या सरोज वाकई चली गई थी अथवा अपनी पार्टी के मुखिया से डाँट खा लेने के बाद मीरा यादव ने ही उसे अपने घर से भगा दिया था ! और मीरा यादव के घर से निकलने के बाद सरोज पर क्या गुज़री—यह सब कहानी नहीं कह सकी थी। अब इसका भी तो कोई ठिकाना नहीं था कि अदालत में हाजिर होनेवाली सरोज असली थी या नकली। नक़ली थी तो असली सरोज कहाँ है ? किसके शिकंजे में है ? ज़िन्दा है या मुर्दा ? कुल मिलाकर ऐसे अनेक स्थल थे कहानी में, जहाँ पर इस प्रकार की दुविधाएँ घेर लेती थीं, लेकिन आख़िर समाधान भी था, तो क्या था !

अन्ततः बहुत सोच-विचार के बाद एक निर्णायक, किन्तु अद्भुत, बेमिसाल कोशिश की गई। कहानी को सरोज के पास भेज दिया गया। चूँकि सरोज कहाँ पर है, इसका निश्चित संज्ञान नहीं था। अतः कहानी की एक-एक टंकित प्रतिलिपि क्रमशः विष्णु दत्त, मीरा यादव, श्याम नारायण, गोरखनाथ, छैलबिहारी, महन्त जी और कोई कसर न रहे, इस दृष्टिकोण से भोला और परमू को भी पंजीकृत डाक द्वारा भेज दी गई। लिफ़ाफ़े में दो पत्र भी संलग्न थे। एक में सम्बन्धित व्यक्ति से निवेदन था कि वह इस कहानी और उसके नाम लिखे गए पत्र को सरोज तक पहुँचाने का कष्ट करे, अति कृपा होगी। और सरोज के नाम लिखे पत्र का सार यह था कि सबसे पहले उससे कुशल-क्षेम पूछा गया था, फिर कहानी पढ़ने का आग्रह करते हुए प्रार्थना की गई थी कि वह इस कहानी पर

अपनी प्रतिक्रिया अवश्य दे। अन्त में सत्रह प्रश्नों की एक तालिका थी, जिसमें कहानी पढ़कर जन्मनेवाले संशयों, जिज्ञासाओं, कौतूहलों का समाधान करनेवाले उत्तर माँगे गए थे। अन्त में कष्ट देने के लिए क्षमा-याचना की गई थी और हमदर्दी प्रकट करते हुए कहा गया था कि यदि किसी भी प्रकार की मदद की आवश्यकता पड़े, तो वह कहने में बिल्कुल संकोच न करे।

पत्र समाप्त हो जाने के बाद 'पुनश्च' उपशीर्षक के अन्तर्गत एक पंक्ति थी : ''याद दिला रहा हूँ कि कहानी लम्बी है, मगर पढ़िएगा ज़रूर। कहानी पर आपकी प्रतिक्रिया का इन्तज़ार मैंने अभी से शुरू कर दिया है। विश्वास करिए, अपनी कहानी पर आपकी राय पाकर बहुत कृतज्ञ होऊँगा।''

और वाकई बारह दिन बाद सरोज का पत्र आया। कहानी उसे कैसे हासिल हुई, इसके बारे में कुछ नहीं कहा जा सकता। उसने चिट्ठी कहाँ से भेजी, यह भी स्पष्ट नहीं था, क्योंकि लिफ़ाफ़े पर मुहर इतनी चटख थी कि अक्षर रोशनाई से पुत गए थे। अगर यह स्पष्ट होता कि चिट्ठी कहाँ से चली है, तो सरोज कहाँ पर है, इस बात का सुराग़ थोड़ा-ज़्यादा लगाया जा सकता था। ख़ैर, सरोज जहाँ भी हो—अपने गाँव में, गोरखनाथ, महन्त, मीरा यादव जिसके भी क़ब्ज़े में हो, उसका पत्र तो आया ही था। पत्र की हू-ब-हू नक़ल नीचे प्रस्तुत है :

आदरणीय लेखक जी,

सादर प्रणाम !

अत्र कुशलम् तत्रास्तु ! आगे समाचार यह है कि मुझ पर कहानी लिखी, इसके लिए हमारी तरफ़ से कोटिशः धन्यवाद। आपने मेरी राय चाही है कहानी पर, तो मैं यही कहना चाहती हूँ कि मैं कहानी-वहानी के बारे में क्या कह सकती हूँ। न ज़्यादा पढ़ी-लिखी हूँ, न विद्वान हूँ, न समालोचक हूँ। शायद आपने इस प्रकार की मंशा इसलिए ज़ाहिर की है कि चूँकि कहानी मुझे केन्द्र में रखकर लिखी गई है, तो मुझे कैसी लगती है, यह जानना दिलचस्प होगा। अतः आपकी ख़ुशी के लिए यही कह रही हूँ कि कहानी बहुत सुन्दर है। काफ़ी प्रभावशाली है। भाषा बड़ी सशक्त है और शिल्प भी अच्छा है, लेकिन मुझे लगता है कि कहानी में कई जगह आप कन्नी काट गए हैं। या तो उन बातों को आप लिखना नहीं चाहते हैं या उन्हें लिख सकने की क़ाबिलियत आप में नहीं है। जैसे कि गोरखनाथ ने महन्त जी के मकान में जब परमू-भोला-छैलबिहारी को भगाकर मेरे साथ बलात्कार किया, इस अत्याचार का कोई चित्रण आपकी कहानी में नहीं है। अपने को गोरखनाथ से बचाने के लिए मैंने जो संघर्ष किया, वह भी नहीं है। बलात्कार के

बाद मेरी क्या मनःस्थिति थी, मेरे हृदय पर क्या गुज़र रही थी, इन सबको क्या आप सामने ला सके हैं ? ऐसे एक-दो नहीं, पूरे तेईस प्रसंग हैं, जहाँ आप सही बात कहने से चूक गए हैं। यदि आपकी इच्छा है कि आपकी कहानी सच्चाई का दर्पण बने, तो आपको उन तेईस प्रसंगों को सही-सही लिखना होगा। ऐसा करें कि आप मेरे पास आ जाएँ, मैं तेईस प्रसंगों के अतिरिक्त भी ऐसी कई चीज़ें बतलाऊँगी, जिन्हें कहानी में पिरोकर आप उसे अधिक उत्कृष्ट बना सकते हैं। जब आप मिलेंगे, तब मैं उन सत्रह सवालों के जवाब भी आपको दे दूँगी, जिनकी सूची मेरे पास प्रेषित की गई है। हाँ, मैं यह नहीं बताऊँगी कि मैं कहाँ हूँ, क्योंकि यदि मैं अपना पता-ठिकाना लिख देती हूँ तो हो सकता है कि यह ख़त आपके पास पहुँचने से पहले ही दुश्मनों के हाथ लग जाए। या कौन ठीक है कि आप भी हमारे दुश्मनों के साथ हों और कहानी का चक्कर 'मैं कहाँ हूँ' यह जानने के लिए चलाया गया हो। ऐसा भी हो सकता है कि अभी आप हमारे हमदर्द हों, लेकिन पता जान लेने के बाद किसी दबाव या लालच के वशीभूत होकर मेरे दुश्मनों से मिल जाएँ। यह भी तो मुमकिन है कि आप दुश्मन ही हों। अतः आपको स्वयं ढूँढना पड़ेगा कि मैं कहाँ हूँ। हाँ, इतना तय समझिए कि बिना मुझसे मिले आपकी कहानी में कमियाँ बनी रहेंगी। मैं यह भी कहना चाहती हूँ कि आपने अपनी कहानी के फटीचर अन्त का जो रोना रोया है, उस दिशा में भी मिलने पर मैं मदद करूँगी। मैं आपको आगे की ऐसी बहुत-सी बातें बताऊँगी, इसमें आए हुए चरित्रों के बारे में कुछ एकदम नई जानकारियाँ दूँगी, उनके इधर के ऐसे समाचार दूँगी कि आप कहेंगे कि आपकी कहानी में अभी कुछ भी नहीं आया है। आपको निश्चय ही सशक्त अन्त करने के लिए मैटर भी दूँगी मैं, बशर्ते आप मुझे ढूँढ पाएँ और मुझसे मिल सकें।

सधन्यवाद !

सरोज पांडेय

सरोज के पत्र से मामला सुलझने के बजाय अधिक उलझ गया। सरोज ने बार-बार दुश्मनों का ज़िक्र किया है। कौन हैं उसके दुश्मन ? यदि सेशन जज की अदालत में हलफनामा देनेवाली सरोज असली सरोज नहीं, डुप्लीकेट थी, तब तो गोरखनाथ, परमू, भोला और छैलबिहारी ही उसके दुश्मन हैं, लेकिन अगर वह असली सरोज थी, तो फिर कौन हो सकते हैं उसके दुश्मन।

इसके अतिरिक्त कहानी से जुड़े सत्रह प्रश्न पहले की तरह ही अनुत्तरित थे और सरोज ने अपने पत्र में कहानी के अन्य तेईस प्रसंगों को कटघरे में खड़ा कर

दिया था। ऊपर से कहानी के अन्त के फटीचर होने की बात उसने भी स्वीकार की थी। अतः हर दृष्टि से यही उत्तम था कि सरोज से मुलाक़ात की जाए। यह कोई कठिन भी नहीं लग रहा था, क्योंकि जब सरोज तक कहानी और पत्र पहुँच सकते है, तो कोई इंसान क्यों नहीं पहुँच सकता ? ज़्यादा से ज़्यादा उसे उन सभी पतों पर जाना पड़ेगा, जिन पर कहानीवाले लिफ़ाफ़े की रजिस्ट्री की गई थी। ऐसा भी हो सकता है कि पहले या दूसरे सम्पर्क-सूत्र पर ही सरोज मिल जाए।

लेकिन सरोज किसी भी पते पर नहीं मिली। गोरखनाथ और मीरा यादव ने सरोज का नाम सुनते ही गाली बकनी शुरू कर दी। भोला, परमू और छैलबिहारी मिले ही नहीं। उनके ठिकानों पर जाने पर ज्ञात हुआ कि वे वैष्णव देवी का दर्शन करने जम्मू गए हुए हैं। कुछ लोगों ने दबे स्वर में बतलाया कि वे तीनों भारत-नेपाल सीमा पर तस्करी कर रहे हैं। तभी तो छैलाबिहारी के पिताजी ने मकान की एक मंज़िल और बनवा ली और चार बीघा खेत ख़रीद चुके हैं।

श्याम नारायण ने कुछ कहा नहीं, अपना पूरा घर दिखा डाला और तब बोले, "आप ही बताइए, सरोज कहाँ है ? नहीं है न ! लेकिन सरोज है।" उन्होंने अपनी छाती ठोंककर कहा, "सरोज यहाँ है।" उनकी आँखें भर आईं और आवाज़ भर्रा उठी, "कहीं मिले, तो मेरा सलाम कहिएगा।"

महन्त जी ने भी अपना आवास दिखला दिया और मुस्कराए, "मेरा आवास मन्दिर है या समझिए, मन्दिर ही मेरा आवास है, मन्दिर में देवियाँ, देवता और भक्त मिलते हैं, रंडियाँ-छिनालें नहीं।"

सरोज के घरवालों ने भी निराश ही किया। विष्णु दत्त बताने लगे, "अपहरण के बाद से तो हमलोगों ने सरोज को देखा ही नहीं। मीरा यादव के यहाँ उससे मिलने गया था, तो मालूम हुआ कि वह उसी दिन गाँव के लिए चल दी थी। तब से अर्सा बीत गया, लेकिन वह गाँव नहीं आई। नामालूम कहाँ भटक रही है..." आगे उनसे बोलते नहीं बना।

अदालत में 164 के बयान को ख़ारिज करनेवाला हलफनामा देनेवाली सरोज असली थी या नक़ली ? इस प्रश्न के उत्तर में सरोज के भाई राधेश्याम ने जवाब दिया, "जब मैं गया ही नहीं वहाँ, तो कैसे बता दूँ कि असली थी या नक़ली। मैं कोई महाभारत का संजय हूँ, जो यहाँ बैठे-बैठे अदालत का सीन देख लूँ ?"

"लेकिन चर्चा है कि वह जिस कन्टेसा कार में अदालत गई थी, उसमें उसके बगल में आप बैठे थे ?"

"मैं बैठा होता, तो वह कुतिया कार से ज़िन्दा नहीं उतरती। गला दबाकर मार डालता।"

कुछ मिलाकर अन्जाम यह रहा कि लाख कोशिशों के बावजूद सरोज से मुलाक़ात नहीं हो सकी। अब चुप मारकर बैठे रहने के सिवा क्या चारा था।

दो महीने बाद पुनः सरोज का एक ख़त आया, काफ़ी लानत-मलामत के बाद लिखा गया था कि "कैसे वाहियात लेखक हैं आप कि आपकी कहानी का कैरेक्टर आपसे मिलना चाहता है और आप उसको ढूँढ नहीं पा रहे हैं। धिक्कार है आपको।" मुश्किल यह थी कि इस बार भी लिफ़ाफ़े पर डाक विभाग की मुहर इतनी चटख़ लगी थी कि अक्षर पढ़ने में नहीं आ रहे थे।

ग्रहण

विपद राम ने टार्च की रोशनी पेड़ पर डाली, राजकुमार वहाँ भी नहीं था। इसके पहले वह उसको खेतों में ढूँढ आए थे, गाँव में कुछ खण्डहर थे वहाँ ढूँढ आए थे। उन्होंने बाज़ार में तलाश किया। स्कूल की इमारत तक हो आए, उस वन के भी पास जाकर आवाज़ दी जिसमें जाकर लोग रास्ता भूल जाते थे।

रात में भी कोशिश ज़ारी थी। इस वक़्त रात ही थी। वह टार्च लेकर आगे बढ़े। उन्हें लगा, "हो न हो राजकुमार पूरबवाले तालाब के क़रीब चला गया हो।" पूरब के तालाब के पास रात में कोई नहीं जाता था। क्योंकि लोगों का मानना था कि रात को तालाब में कमल के फूल पर खड़े होकर विष्णु जी निकलते हैं। विष्णु जी पूरे नंगे रहते हैं और खड़ाऊँ अपनी हथेली में लिए रहते हैं। उस समय यदि कोई उधर से गुज़रा तो वह खड़ाऊँ फेंककर वार करते हैं और सामनेवाला बाँस बन जाता है। सचमुच उस रास्ते के दोनों तरफ़ बाँसों का लम्बा सिलसिला था। कहते हैं कि ये बाँस कभी मनुष्य थे जिन्होंने विष्णु को नंगा देख लिया था। रात होने पर जब विष्णु जी निकलते हैं तो ये बाँस रूपी मनुष्य बाँस की आवाज़ में रोते हैं, कभी सिसकते हैं तो कभी चिल्लाने लगते हैं।

"राजकुमरवा कहीं बाँस न बन गया हो;" विपद राम ने बेटे के बारे में सोचा और डर गए। घबड़ाए, "कहीं मुझको न विष्णु नंगे दिख जाएँ।" तभी बटुली की पुकार अँधेरे को फाड़ती हुई पहुँची, "राजकुमा...ऽ...र...ऽ...ए के बाबू हो बेटवा मिला कि नाय...ऽ...ऽ...।"

विपद राम ने आवाज़ की दिशा में टार्च की रोशनी फेंकी, पर रोशनी थोड़ी दूर पहुँचकर चुक गई। आवाज़ के पास आवाज़ ही जल्दी पहुँचती है। विपद राम चिल्लाए, "राजकुमारे की माई...अभी मिला नहीं...पर हम ढूँढ रहे हैं...।"

दूसरी तरफ़ की आवाज़ घोर रुदन में बदल गई। शायद विपद राम की तरह बटुली भी बेटे को खोज रही थी। इसलिए ऐसा लग रहा था कि बटुली की रुलाई जैसे यात्रा हो पर। जैसे-जैसे बटुली चल रही थी, उसी तरह उसकी रुलाई भी चल रही थी...।

राजकुमार विपद राम और बटुली की चौथी सन्तान था। इसके पहले तीन बेटियाँ हुई थीं और तीनों ही मर गई थीं। दो मरी पैदा हुई थीं और तीसरी पैदा होने के डेढ़ साल बाद मरी थी। जब चौथी औलाद की बारी आई तो विपद-बटुली ने हर बार की तरह कामना की कि लड़का पैदा हो, साथ में यह भी कि उसे लम्बी उमर मिले। उन्हें लड़के की ज़रूरत इसलिए थी कि लड़का होगा तो उसके पास ज़्यादा जाँगर होगा। ज़्यादा जाँगर होगा तो घर में ज़्यादा मजूरी लाएगा। साथ ही यह मजूरी हमेशा बनी रहेगी। बल्कि शादी-गौना हो जाएगा तो उसकी मेहरारू भी मजूरी लाएगी। जबकि लड़की गौना के बाद ससुराल चली जाएगी और वहीं खटेगी। यही सच था। उनके पास कोई राजपाट या अकूत सम्पत्ति तो थी नहीं कि उसके रखवाले और वारिस के लिए उन्हें पुत्र की दरकार होती। वे तो दरिद्र नारायण थे जो गाँव के सीमान्त पर बसे मिट्टी के घरों, झोपड़ोंवाले इलाक़े के एक घर में रहते थे। घर में दो बँसखटिया, एक बक्सा, एक लाठी, दो हँसिया, दो खुरपी, एक सिकहर, एक-एक ही पहरुआ और जाँत थे। बटुली घरेलू आवश्यकता के लिए पहरुआ से धान कूटती थी और जाँत में गेहूँ पीसती थी। जब वह पहरुआ उठा-उठाकर कड़िया में रखे धान को कूटती थी तो उसका चेहरा गर्म हो जाता था। कई बार ऐसा भी हुआ था कि कड़िया का धान कूट उठा था फिर भी वह पहरुआ चलाए जा रही थी। कभी-कभी उसकी आँखों में ऐसा भाव रहता था कि वह धान नहीं किसी का सिर कूट रही है और होश आने पर जब उसने देखा किसी कि सिर नहीं, धान कूट रही है तो पराजय से अथवा किसी अन्य कारण से वह फूट-फूट कर रो पड़ी। जबकि वह जाँत चलाते समय कभी नहीं रोती थी। अपने घर में तो वह जाँत चलाते समय गाती भी नहीं थी। हाँ जब वह पेशकार साहब की कोठी पर काम करने जाती और जाँत चलाती तो कोठी की बहुएँ कहतीं, ''ऐ बटुली जाँत का गाना गाओ न।''

गाना ख़त्म करने के बाद वह देखती कि कोठी की बहुएँ रो रही हैं, सिसक रही हैं ! छोटी बहू, जिसके रोने पर मुँह से तेज़ आवाज़ निकलती थी वह मुँह में साड़ी का पल्ला ठूँसकर रो रही है। उस स्त्री ने एक बार बटुली से पूछा, ''तेरे गाने से हम रोने लगती हैं पर तू क्यों नहीं रोती है ?''

''हम रोएँगे तो आप सबको गाकर सुनाएगा कौन ?'' बटुली हँसकर बोली।

''नहीं तू बहाना न बना, सच-सच बता।'' छोटी बहू इसरार करने लगी।

''छोटी मालकिन बस ये समझ लो कि हमारे आँसू सुखा गए हैं।''

''तू भी हमसे सच न बोलेगी।'' बहू की आँखें फिर भर आईं। तब बटुली ने कहा, ''छोटी मालकिन अभी हम जो बोले वह भी सही है और जो बोलने जा

रहे हैं वह भी सही है। सही ये है कि हम माई-बाप के यहाँ भी कौन सुख भोगे हैं कि उसको याद करें और रोएँ। फिर हमारे 'वह' इतने सोझ सीधे हैं कि हमको कोई शिक़ायत नहीं।" यह कहकर वह इतना लजाई कि बहू को वहीं छोड़कर भाग गई।

विपद राम का सीधापन बहुचर्चित था। यहाँ तक कि ठाकुर, पंडित लोग जब उसकी बिरादरी में किसी को फटकराते या पिटाई करते तो कहते, "...एक तुम हो महाहरामी और तुम्हारी ही बिरादरी में विपद राम है...सीखो सरऊ...।" एक बार उसकी बिरादरी के एक लड़के ने जमुना प्रसाद के खेत में मजूरी करने से इन्कार कर दिया, कहा "भट्ठे पर ज़्यादा मजूरी मिलती है।" इस पर जमुना प्रसाद और उनके छोटे भाई गंगा प्रसाद और गंगा प्रसाद के लड़के गोमती प्रसाद ने इस लड़के को उछालकर पटक दिया और लगे मारने। तब विपद राम ने उनके पाँव पकड़ लिए थे और कहा था, "दया करें महराज ! इस पातकी को माफ़ करें, इसका दण्ड हमको दे दें।" यह दूसरी बात है कि बाद में उस युवक के घर पर विपद राम दवाई की कटोरी लेकर पहुँचे तो उन्हें देखते ही वह युवक चिल्लाया, "साले...गांधी भाग यहाँ से...।

गाँव में विपद राम का एक नाम गांधी भी था। इस नाम का उपयोग अमूमन ऊँची बिरादरी के लोग करते थे और उसमें हल्के से व्यंग्य और हल्के से आदर का पुट रहता था और जिसका प्रयोग उस लड़के ने अपनी घृणा प्रकट करने के लिए किया था।

विपद राम और गांधी जी में कुछ समानताएँ भी थीं। मसलन गांधी जी ने अपने बचपन में बीड़ी पी थी, विपद राम ने भी। यह अवश्य है कि गांधी जी के जीवन में बीड़ी का सुट्टा मारने का कोई उपयोग नहीं था मगर जब विपद राम बीड़ी पीते थे तो उनकी अँतड़ियों का भूख से कलपना कम हो जाता था। गांधी जी ने बचपन में चोरी की थी, इस क्षेत्र में भी विपद राम गांधी जी से आगे थे, उनके बचपन का खासा वक़्त चोरी में ही ख़र्च हुआ था। वह इधर-उधर देखते, किसी को न पाने पर वह किसी के खेत से गन्ना तोड़ लेते, चना या बथुआ या चौराई का साग खोंट लेते। गंजी, आलू खोद लेने में भी वह सिद्धहस्त थे। इसके अलावा मौक़ा ताड़कर आम, जामुन के फल भी खाते थे। तपती दुपहरी या रात के नीरव अन्धकार में या घोर सन्नाटे में जब विपद राम का कोई ढेला छूटता तो फल ज़मीन पर ज़रूर गिरते। बिजली सी त्वरा के साथ वह फलों को उठाते और सनसनीखेज गति के साथ भागते हुए घर में घुस जाते थे। कई बार उन्होंने चोरी से गेहूँ और धान भी अर्जित किया था। ऐसा अनेक बार होता था कि बालक

विपद राम के उपार्जन से घर का पेट भरा था। माँ-बाप और भाइयों के शरीर में थोड़ा रक्त विपद राम के परिश्रम और ज़ोखिम का भी था। उन दिनों विपद राम का मंसूबा था कि अरहर, मूँग, उर्द, मसूड़ की दालें चुराई जाएँ। उनका परिवार इन दालों से वंचित था। मजूरी में गेहूँ, धान, मक्का, मटर मिलते, दालें कभी नहीं मिलती थीं। इसके अलावा वे इतनी महँगी होतीं कि उन्हें ख़रीदने की कोई गुजांइश न थी। मालिकों के यहाँ न्यौता-दावत होती तो परिवार दाल का स्वाद चख़ लेता था। इस तरह दालें उनकी स्मृति में बची रहती थीं, लेकिन उनके जीवन में न थीं। इसलिए विपद राम में दाल चुराने की इच्छा थी। लेकिन विपद राम के फन की असफलता या दालों को लेकर मालिकों की विशेष चौकसी जो भी माना जाए, कि नतीजा यही था कि दालों की चोरी सम्भव न हुई थी।

विपद राम इस मायने में गांधी जी से भी आगे थे कि गांधी जी ने तो बाद में वस्त्र कम किए लेकिन विपद राम बचपन से ही फटे कपड़ों में अपना हाँड़ दिखाते थे। गांधी जी ने बहुत बाद की उम्र में विदेशी वस्तुओं का बहिष्कार किया था जबकि विपद राम ने विदेशी वस्तुओं को कभी अपनाया ही नहीं था। वह इस अर्थ में भी गांधी जी से आगे थे कि गांधी जी बीमार होने पर प्राकृतिक चिकित्सा करते थे लेकिन विपद राम बीमारी के अपने आप ठीक होने में यक़ीन करते थे।

गांधी जी परदेश दक्षिण अफ्रीका वकालत करने चले गए थे और विपद राम भी परदेस फ़ैज़ाबाद रिक्शा चलाने चले गए। गांधी जी की यात्रा का उद्‌देश्य पैसा कमाना था, विपद राम की यात्रा का उद्‌देश्य भी पैसा कमाना था। गांधी जी जीवन यापन के लिए पैसा कमाना चाहते थे किन्तु यहाँ विपद राम थोड़ा भिन्न थे, वह अपने पुत्र राजकुमार के ऑपरेशन के लिए पैसा कमाने फ़ैज़ाबाद गए थे। गांधी जी ने दक्षिण अफ्रीका में अपमान, लाठी-डंडों की मार सही, विपद राम ने फ़ैज़ाबाद में ये सब गांधी जी से भी ज़्यादा सहा। एक दिन गांधी जी भारत लौट आए थे तो एक दिन विपद राम भी गाँव लौट आए।

राजकुमार पैदा हुआ था तो उसके शरीर में गुदा के स्थान पर गुदा नहीं थी। वह स्थल समतल था। बटुली ने जब इसे दिखाया तो विपद राम ने चकित होकर कहा, ''हो न हो, यह कोई अवतारी बालक हो। तभी इसके गू जैसी गन्दी चीज़ के निकलने का रास्ता नहीं है। हो सकता है कि भगवान ने ही अवतार लिया हो।''

बटुली बोली, ''तो क्या भगवान के गुद्‌दा नहीं थी ?''

"हो सकता है न रही हो। गोस्वामी जी ने श्रीराम की हर बात को लिखा है मगर उनके हगने की बात कहीं नहीं कही है। भगवान हगते होते तो गोस्वामी जी ज़रूर बताते।"

"तो तुम्हारे कहने का मतलब कि भगवान के गुद्दा नहीं थीं ?"

"हाँ।"

"न राम के थी न किसन के ?"

"हाँ।"

"मैं कहती हूँ कि राम, किसन, शंकर जी की फ़ोटू से कपड़ा उतरवा दिया जाए तो देख लेना, शर्तिया उनके भी गुद्दा होगी।"

"तुम धतूरा खाकर बोल रही हो क्या ?"

"हाथ जोड़ती हूँ, बेटवा को अस्पताल ले जाकर दिखलाओ, नहीं तो मैं कुआँ, इनारा में कूदकर मर जाऊँगी और चुड़ैल बनकर तुम्हारी ज़िन्दगी बेकार कर दूँगी।"

विपद राम को भूत, प्रेत, चुड़ैल से जो ख़ौफ़ था, वह था ही, उन्हें इस बात से ज़्यादा डर लगा कि कहीं बटुली सचमुच में जान न दे दे। मन मारकर वह बेटे को अस्पताल ले गए। यह अस्पताल शायद राजकुमार के भाग्य से ही अभी तीन-चार महीना पहले गाँव से कुछ दूर पर बसे क़स्बे में खुला था। यहाँ का डॉक्टर गंजा था और अपनी ज़ेब में गुलाब का फूल लगाता था।

डॉक्टर के सामने राजकुमार को पेश करते हुए विपद राम ने कहा, "ये अवतारी बालक है साहेब पर हमारी मेहरिया की ज़िद है कि ये बीमार है। सही-सही बात तो आप ही बताएँगे।" डॉक्टर ने मरीज़ की पर्ची बनाते हुए पूछा, "बच्चे का क्या नाम है ?"

"आप जो कहो साहेब।" विपद राम का जवाब था।

डॉक्टर ने बोलते हुए लिखा—राजकुमार। उसने बच्चे के गुदा स्थल का निरीक्षण किया और कहा, "ज़्यादा देर करते तो यह बच्चा मर जाता।"

"मगर ये अवतारी बालक है...।"

"ये मरीज़ है।"

"दुनिया में क्या कोई और बच्चा ऐसा हुआ है ?" विपद राम ने चुनौती दी जिसे डॉक्टर ने मुस्कराकर स्वीकार किया "बच्चा कब हुआ ?"

"परसों साँझ को।"

"अगर तुम यहाँ आने में थोड़ी भी देर कर देते तो तुम्हारा यह अवतारी बालक टें कर जाता। तुम यहाँ इसे नहीं इसकी लाश लेकर आते और यदि ज़्यादा

देर करोगे, इसी तरह हुज्जत करते रहोगे तो यहाँ से इसकी लाश लेकर जाओगे।

"पर सरकार क्या कोई और भी ऐसा गदेला पैदा हुआ है आज तक ?"

"एक नहीं लाखों बच्चे इस तरह के हो चुके हैं। उनमें से जिसके बाप ने डॉक्टर का कहा माना वह बच गया, जिसके बाप ने उसे अवतारी बच्चा समझा वह मर गया।"

"कुछ करें सरकार।" विपद राम की आस्था डगमगा गई थी।

राजकुमार के पेट के पास एक सूराख़ बना दिया गया था। जब वह बाहर लाया गया तो विपद राम ने देखा कि उसके पेट में नीचे की तरफ़ एक जगह रुई भरी हुई है। उसने उसे हटा दी और क़रीब-क़रीब चीख़ सा पड़ा, "अरे डॉक्टर साहब ये छेद कैसा ?"

"ये छेद बनाना बहुत ज़रूरी था।" डॉक्टर तौलिया से अपने भीगे हाथ पोछते हुए बोला, "इसी से बच्चा पखाना करेगा फ़िलहाल। बाद में जब यह तीन साल का हो जाएगा, तब एक बड़ा ऑपरेशन करना पड़ेगा। तब इसके पखाने का रास्ता अपनी सही जगह पर बन जाएगा और यह सबकी तरह ज़िन्दगी जी सकेगा।"

राजकुमार को लेकर विपद घर लौटे, तब तक बच्चे के अवतारी होने की उनकी धारणा नेस्तनाबूत हो चुकी थी। अब उनके भीतर चिन्ता और वात्सल्य की धाराएँ बह रही थीं। उधर बटुली कभी बच्चे को देखती और कभी विपद को। कभी वह हँसने लगती और कभी रो पड़ती। जबकि गाँववालों के लिए राजकुमार का प्रसंग वार्ता तथा मनोरंजन का अच्छा माध्यम बन गया। किसी ने कहा कि 'फाड़ के रख दूँगा' मुहावरा ऐसे ही लोगों के लिए बनाया गया है। ज़ाहिर है संकेत राजकुमार की ओर था। पुरोहित जी जो गाँव के हर प्रमुख मसले के मान्य टिप्पणीकार थे और प्रचलित तथा मनगढ़न्त कथाओं से समृद्ध करके अपनी बात कहते थे गम्भीरतापूर्वक बोले, "यह बालक शाप का मारा है।"

"शाप का मारा !" कुछ ने आश्चर्यपूर्वक कहा।

"हाँ शाप का मारा !" पुरोहित जी आगे बढ़े, "कलयुग, त्रेता, द्वापर, सतयुग से भी पहले चार भाई रहते थे। एक दिन उनके घर में एक गाय मर गई। मरी हुई गाय को उठाए कौन ! क्योंकि तब पूरी सृष्टि में मनुष्य जाति में वही चार भाई रहते थे। दोपहर हुई, शाम हुई, रात होनेवाली थी पर मरी हुई गाय वहीं का वहीं पड़ी हुई थी। उसे कौन उठाए, चारों में कोई भी उसे छूने तक को तैयार नहीं था। आख़िर में सबसे बड़े तीन भाइयों ने मिलकर फैसला किया कि सबसे छोटा

भाई मृत गाय को उठाकर बाहर ले जाएगा। पर छोटे ने इन्कार किया, 'मैं अपवित्र हो जाऊँगा।' बड़े भाइयों ने आश्वासन दिया कि ऐसा नहीं होगा। गाय फेंककर जब वह स्नान करके घर आएगा तो वे तीनों उसे स्वीकार कर लेंगे। मगर जब वह नहा-धोकर लौटा तो तीनों भाई मुकर गए...।''

''बड़े दगाबाज निकले साले...।'' ठाकुर साहब ने अपनी राय ज़ाहिर की।

''अमर्यादित शब्दों का प्रयोग न करें ठाकुर साहेब।'' पुरोहित का चेहरा तमतमा गया था, ''वे तीनों भाई ब्राह्मण, क्षत्रिय और वैश्य थे। उनमें दूसरे नम्बर का भाई आपका आदि पुरखा था...।''

एक लड़के ने कहा, ''पंडी जी 'साले'...कौन अमर्यादित शब्द है, ये तो सभी लोग बोलते हैं! आप स्वयं रोज़ 108 बार से कम तो मादर...नहीं कहते होंगे।''

''बहरहाल, महराज कथा आगे बढ़ाएँ...।'' कई जिज्ञासु एक साथ बोल पड़े। पुरोहित जी ने कथा आगे बढ़ाई...।

''तो तीनों भाई मुकर गए। न केवल इतना बल्कि यह भी कहा कि सबसे छोटे को गाँव से बाहर सीमान्त पर रहना पड़ेगा और वह चमार कहा जाएगा। और सचमुच वह चमार बना।''

''पर महराज इस क़िस्से का विपद के लड़के से रिश्ता ? फिर आपकी कहानी में अभी शाप-वाप भी नहीं आया ?''

''अभी कहानी ख़त्म कहाँ हुई है ?'' पुरोहित जी मुस्कराए, ''छोटे भाई के चमार बन जाने के कुछ दिनों बाद तीनों भाइयों के घर में एक भैंस मर गई। तब तीनों ने चमार से कहा कि इसे उठाकर ले जाओ। छोटका बोला, इ भैंस बहुत मोटी है इसको अकेले ले जाना मेरे बस का नहीं। उसकी हेठी से तीनों भाइयों को बहुत ग़ुस्सा आया, वे चमार को लगे लठियाने। लेकिन चमार भी बहुत बेहया था। इतना घूँसा-लात खाकर भी उसकी अकल ठिकाने नहीं हुई। गदहा का सार फिर वही राग अलापा कि न्न, भैंस अकेले नहीं उठाएगा, लेकिन उसकी क़िस्मत कि उधर से शंकर भगवान गुज़रे। उनको लगा कि चमार कहीं तीनों पर हाथ न उठा दे। तब तो प्रलय हो जाएगी। यही सब सोच-विचार कर वह प्रकट भए और चमार से बोले, ''अच्छा तू अकेले भैंस नहीं उठाएगा तो एक काम कर जा आसपास का सब कूड़ा बटोर ला।'' चमार ने वैसा ही किया। तब भगवान ने कहा, 'अब इस पर पेशाब कर।' चमरवा पहिले तो हिचका पर जब शंकर जी ने कहा, 'डर मत, मैं कह रहा हूँ।' तब वह पेशाब करने के लिए तैयार हुआ। जैसे ही उसने पेशाब किया कि तुरन्त उसकी गुदा से एक हट्टा-कट्टा आदमी भैंस ढोने में उसकी मदद के लिए निकला। यह कुरील था।''

"मगर शापवाली बात तो अभी आई नहीं।"

"वह भी सुन लो। बाद में चमार से ढेर सारे चमार हुए और कुरील से ढेर सारे कुरील। चमार लात-घूँसा खाते ही थे, कुरील भी कम नहीं खाते थे। लेकिन कुरीलों में एक कुरील साधू बन गया। साला कहे कि वह भी कथा कराएगा। श्रीमद्‌भागवद्‌ का पाठ कराएगा। तब मनु महराज के कोई वंशज थे, पटक के चढ़ बैठे उसकी छाती पर। अपने नाख़ून से उसकी छाती फाड़ दिए। निकला गन्दे ख़ून का फ़ौव्वारा। अपने कुत्ते से बोले, "पी जा इसका ख़ून।" मरते-मरते उस कुरील ने अपनी अन्तिम इच्छा बताई कि उस चमार को उसके सामने लाया जाए जिसकी गुदा से पहला कुरील पैदा हुआ था। वह चमार हाजिर किया गया तो मर रहा कुरील चिल्लाया, "जो तेरे गुद्‌दा न होती तो हम नरक़ के कीड़े की यह ज़िन्दगी जीने के लिए पैदा नहीं होते। इसलिए जा मैं तुझे शाप देता हूँ कि तेरा एक जन्म ऐसा भी होगा, जब तेरे गुद्‌दा नहीं होगी।" तो श्रोताओं, यह विपद राम का लड़का वही चमार है।"

राजकुमार के जीवन को यदि सूत्रबद्ध किया जाए तो कहा जा सकता है कि उसका पेट और उसकी बीमारी नाभिनालबद्ध थे। यह जितना रूपक के रूप में सत्य था, उसके अधिक व्यावहारिक धरातल पर सत्य था। छोटे ऑपरेशन के बाद उसकी बीमारी के ख़ात्मे के लिए एक बड़े ऑपरेशन की आवश्यकता थी जो सम्भव नहीं दिखाई पड़ रहा था। क्योंकि बड़े ऑपरेशन के लिए काफ़ी पैसों का ख़र्च था और वे पैसे एक साथ एक समय पर चाहिए थे लेकिन ऐसी चमत्कारपूर्व घटना राजकुमार के यहाँ मुमकिन नहीं थी। उसकी परम्परा और आधुनिकता दोनों ऐसे अनहोनेपन से वंचित थी।

जहाँ तक परम्परा की बात है तो राजकुमार के पुरखों को कभी मुद्रा संचय करने का मौक़ा नहीं मिला था। मुद्रा संचय न कर सकने के कारण ही ऐसा कई कल्पों से था कि उनकी चेतना में कभी कुछ ख़र्च करने, ख़रीदने की बात ही नहीं उठती थी। बहुत पहले उनके किसी पूर्वज ने नमक ख़रीदा था। बदले में दो मुट्‌ठी जौ दिया था। तब से नमक के अतिरिक्त भी यदि कोई चीज़ किसी को कभी ख़रीदनी हुई तो उसका मूल्य अन्न से या मेहनत से चुकाया जाता था। मगर विपद और बटुली के पास न इतना अन्न था न श्रम कि उसके विनिमय से वह राजकुमार का ऑपरेशन करा लेते।

विपद तक गनीमत थी, एक बार विपद के बाबा के बाप को मालिक का

मझला पोता अपने शहर इस आशय से ले गया कि गाँव से जा रहा गल्ला पानी वहाँ रखवाकर वह लौट आएँगे। मगर विपद के बाबा के बाबू को वहाँ कालरा हो गया और वहीं वह मर गए। विपद के बाबा को ख़बर भेजी गई थी, मगर वह क्या करते, पास में मालिक के पोते के डेरे तक का किराया चार आना और लौटने का चार आना और चार आना फुटकर व्यय बराबर बारह आना होना चाहिए था। मुश्किल यह भी थी कि टिकट जैसी चीज़ों का अन्न से विनिमय होता नहीं था। अन्ततः विपद के बाबा अपने पिता के अन्तिम दर्शन और अन्तिम संस्कार के दायित्व से विमुख हो गए। हालाँकि इस बात का पश्चाताप और भय उनमें आजीवन बना रहा।

तो ऐसी वंश परम्परा में राजकुमार की गुदा की शल्य क्रिया हेतु धन इकट्ठा हो पाना दुर्भेद्य लक्ष्य था।

नतीजतन समय धीरे-धीरे खिसकने लगा और राजकुमार की बीमारी उसी तरह बरकरार रही। उसके पेट में बना हुआ अस्थायी मलद्वार यथावत् था। उस सूराख़ को बनाने के बाद गंजे सिर और ज़ेब में गुलाब का फूल लगानेवाले डॉक्टर ने उसे थोड़ी सी रुई और पट्टी दी थी कि मल त्याग करने के बाद छेद में रुई ठूँसकर पट्टी बाँध दी जाया करे। किन्तु रुई और पट्टी दोनों ही वस्तुएँ एक माह के भीतर ही ख़त्म हो गईं। उसके बाद विपद-बटुली उसमें पुराने फटे कपड़े का टुकड़ा ठूँसने लगे और फटे-पुराने कपड़े की ही पट्टी बाँधने लगे।

लेकिन समस्या यह थी कि विपद और बटुली ख़ुद फटे-पुराने कपड़े पहनते थे। और इस नमूने के कपड़े भी उनके पास इतने कहाँ थे कि उन्हें फाड़कर वे रोज़-रोज़ राजकुमार के पेट का छेद भरते और पट्टी करते।

परिणाम यह हुआ कि वे फटे-पुराने कपड़ों के लालची हो गए। वे लोगों के सामने रिरियाया करते कि कुछ फटे-पुराने कपड़े उनको दे दिए जाएँ। लोग इस सम्बन्ध में उन पर कृपा भी करते थे। थोड़ी बहुत बेगारी कराते रहने के बाद कोई फटा-पुराना कपड़ा दे देते थे। लेकिन राजकुमार के पेट के छेद को अपनी कुरूपता और बदबू ढँकने के लिए कम से कम प्रतिमाह दो साड़ियों या चार क़मीज़ों की अपेक्षा थी। इतना कौन देता।

तभी एक दिन बटुली को एक उपाय सूझा। उसने विपद को गाँव से कुछ दूर बसे क़स्बे के दर्जी के पास भेजा। क़ादिर नाम था दर्जी था। आसपास के गाँवों के निवासी उसी के यहाँ अपने कपड़े सिलवाते थे। अतः उसके यहाँ कपड़ों की ढेर सारी क़तरनें इकट्ठी हो जाती थीं। विपद ने जाकर क़ादिर से फ़रियाद की कि क़ादिर वे क़तरनें उसको दे दिया करे। क़ादिर एक नेकदिल इंसान था, वैसे

भी वे क़तरनें उसके किस काम की थीं। उसने बिपद से कहा, "तुम हफ़्ते में एक मर्तबा आकर इन्हें उठा ले जाया करो।"

बटुली, विपद और राजकुमार को एक विकट समस्या से छुटकारा मिल गया था। विपद राम हर हफ़्ता क़ादिर के पास जाते और अपने गमछे में ढेर सारी क़तरनें ले आते। घर पर गमछे से लाल, सफ़ेद, नारंगी, हरे, नीले, पीले, केसरिया—तरह-तरह के झण्डों की तरह रंग-बिरंगी क़तरनें निकलतीं जिनसे राजकुमार के पेट का छेद भरा जाता। मगर दिक़्क़त यह थी कि क़ादिर की क़तरनों में छेद पर पट्टी बाँधने लायक लम्बा और चौड़ा टुकड़ा नहीं रहता था। फिर भी काम चल रहा था। माँगे गए फटे पुराने कपड़ों से पट्टी बना ली जाती थी। कई बार पट्टी नहीं भी बाँधी जाती थी। बस पेट के छेद में कपड़े का टुकड़ा खोंस दिया जाता था।

पेट में खोंसा गया टुकड़ा तभी बाहर निकाला जाता जब राजकुमार को मल त्याग करना होता। जब वह बच्चा था, तब बटुली अपने दोनों पैरों की खुड्डी बनाकर उस पर राजकुमार को पेट के बल लिटा देती थी और छेद से उसका मल निकलकर ज़मीन पर गिर जाता था। वह मल त्याग कर लेता उसके बाद भी बटुली उसे कुछ देर लिटाए हुए उसके पेट से मल निकलने की प्रतीक्षा करती थी। फिर भी मल न निकलता तो वह उसे उठाकर पीठ के बल लिटा देती और कपड़े के टुकड़े की बत्ती बनाकर उसके पेट के छेद में डालकर वहाँ फँसे मल को साफ़ करके गीले कपड़े से पोंछ देती और पुनः उसमें कपड़े का टुकड़ा ठूँस देती।

लेकिन जब राजकुमार थोड़ा बड़ा हो गया, क़रीब पाँच साल का, तो कठिनाई होने लगी। क्योंकि जब बटुली पौलियों की खुड्डी बनाकर राजकुमार को पेट के बल लिटाती तो उसका पेट ज़मीन को छूने लगता। छेद से मल निकलता तो वह पेट में लिथड़ जाता। अतः ईंटों की खुड्डी बनाकर उस पर राजकुमार को लिटाया गया। इस विधि से मल निकलकर सुचारु रूप से धरती पर गिर जाता था लेकिन पेट पर ईंटों का दबाव तकलीफ़ देता और त्वचा में खरोंच आ जाती। खरोंच न आती तो भी त्वचा दर्द से लाल हो जाती थी। अतः इस तरीके को ज़्यादा वक़्त तक जारी नहीं रखा जा सकता था। इस बार विपद राम को उपाय सूझा। उन्होंने घर की एकमात्र खटिया के बीच की जगह की रस्सी काटकर छेद बना दिया। राजकुमार उस छेद से अपने पेट के छेद को सटाकर लेट जाता और मल विसर्जन करता।

बटुली कपड़े की कुछ क़तरनें, लोटा भर पानी और खटिया के साथ राजकुमार को बस्ती के पास बने गड़हे तक ले जाती और वहाँ खटिया बिछा देती। जब

राजकुमार पेट हल्का कर लेता तो वह कपड़े के टुकड़ों से उसकी और खटिया की साफ़-सफ़ाई करके घर आ जाती। और चारपाई को खड़ी कर देती। अब वह चारपाई सोने नहीं, राजकुमार के दिशा मैदान के उपयोग में ही इस्तेमाल होती थी। एक तरह से वह राजकुमार का चलता-फिरता शौचालय थी।

उस शौचालय की एक विशेषता थी कि उसके कमोड की जगह बदलती रहती थी। जब राजकुमार कुछ लम्बा हो गया तो लेटने पर उसके पेट का छेद खटिया के छेद से थोड़ा ऊपर पड़ने लगा। जब वह खटिया के छेद की सीध में अपना छेद रखने के प्रयत्न में नीचे खिसकता तो उसे लेटने में कठिनाई होती। विपद राम ने इस बात को समझा और खटिया में थोड़ा ऊपर की ओर एक अन्य छेद बना दिया। यानी कि राजकुमार का कमोड कुछ-कुछ ऊपर स्थापित हो गया। इसी तरह बाद में ऊपर की ओर थोड़ा दाएँ भी एक छेद बन गया। यानी कि उम्र बढ़ने के साथ-साथ राजकुमार की लम्बाई बढ़ रही थी और उसकी लम्बाई बढ़ने के साथ-साथ खटिया में उसके कमोड की जगह बदल जाती थी।

खटिया को लेकर बीच-बीच में एक समस्या पैदा होती थी। यह एक बँसखटिया थी जो बाँध की रस्सी से बनाई गई थी। खटिया का नीचे का हिस्सा अथवा ओरदावन मूँज की रस्सी का होता था। खटिया का इस्तेमाल करते-करते कुछ दिन बीत जाते तो वह बीच में धँस जाती थी। तब उसके और राजकुमार के छेदों का सन्तुलन बिगड़ जाता था। ऐसी स्थिति में विपद खटिया का ओरदावन खोलकर उसे उन्च देते थे, यानी कि ओरदावन खोलकर उसे खींचते और फिर कस कर बाँध देते। अब धँसी हुई खटिया पुनः समतल हो जाती जिस पर लेटकर राजकुमार पूरी सहूलियत के साथ मल त्याग करता।

इस तरह सब कुछ निरापद भाव से चल रहा था। धीरे-धीरे राजकुमार के मलद्वार की शल्य क्रिया कराने का विपद का इरादा सुस्त पड़ने लगा। क्योंकि एक तो ऑपरेशन भर का धन जुटा सकना दिवास्वप्न था, दूसरे विपद ने अनुभव किया कि आख़िरकार काम चल ही रहा है। उन्होंने एक बार ख़र्चे से बचने या ख़र्चे का पैसा न जुटा सकने की हताशा में यहाँ तक सोचा कि मतलब तो गू निकलने से है, वह गुद्दा से निकले या पेट से। इसी प्रकार उसने एक दिन बटुली से कहा, “गुद्दा चिराने के लिए इतना पैसा फूँकना कहाँ की अक़्लमन्दी है।” जब बटुली ऑपरेशन कराने के लिए ज़्यादा बल देने लगी तो विपद राम ने झुँझलाकर कहा, “इतना रुपिया तो मेरी फट जाएगी तब भी नहीं जुटा पाऊँगा।”

माँ-बाप के इस संघर्ष से राजकुमार लगभग ग़ाफ़िल था, और वह अबाध रूप से नित्यक्रिया करता जा रहा था। उसके पास पेट पर ही सही कृत्रिम मलद्वार था

और खटिया के रूप में एक सचल कमोड था। वह इन सबका अभ्यस्त होने लगा था और उसे कोई ख़ास असुविधा नहीं अनुभव होती थी। किन्तु यह स्थायी भाव न था। मुसीबत इन्तज़ार में थी। घात लगाए बैठी थी और हमले के लिए बाजिब मौक़े की प्रतीक्षा कर रही थी। जब राजकुमार स्कूल जाने लगा तो वह झपट पड़ी।

प्राइमरी पाठशाला में राजकुमार का दाख़िला कराने के बाद विपद राम का हृदय स्वतन्त्र भारत की राजनीतिक व्यवस्था के प्रति श्रद्धा से भर गया। उनको लगा कि कहाँ उनके पुरखे अपनी औलाद को पढ़ाने के बारे में सोचने तक की हिम्मत नहीं कर सकते थे। एक बार किसी ने अपने बच्चे को स्कूल भेजा था तो किसी बात पर ग़ुस्सा होकर गुरुजी ने बच्चे के दोनों हाथों की उँगलियाँ ईंट से कूच डाली थीं। नतीजतन पिचकी, झूलती हुई उँगलियों, ख़ून और आँसू के साथ बच्चा घर आया, फिर कभी स्कूल नहीं गया। अब उसी गाँव में, उसकी बस्ती के बच्चे स्कूल पढ़ने जा रहे हैं और पढ़ रहे हैं। यह भगवान की माया और गांधी जी की कृपा नहीं है तो और क्या है ?

गुरुजी ने कहा, ''विपद तेरे बच्चे का दाख़िला हो गया।''

विपद ने साष्टांग दण्डवत् किया और कहा, ''गुरु महराज हमारा गदेला अब आपकी सेवा में।''

लौटते समय विपद ने बेटे की तरफ़ देखा कि बेटा उनकी तरफ़ देख ही नहीं रहा था। वह सिर झुकाए हुए कोने में अपराधी की तरह दुबका हुआ था। विपद के चले जाने के बाद भी काफ़ी देर तक वह उसी मुद्रा में रहा तो गुरुजी गर्ज पड़े, ''साले एक तो कुजात उस पर पेटहगना, चार अक्षर पढ़ लेगा तो किसी ठीहे लग जाएगा। रिजर्वेशन तो तुम हरामियों के लिए है ही।'' राजकुमार गुरुजी के कथन में केवल साले, कुजात, पेटहगना और हरामियों का अर्थ समझ सका। वह मुलुर-मुलुर गुरुजी को ताकता रहा। गुरुजी झल्ला पड़े, ''भाक् यहाँ से, कल से आना पढ़ने।''

गुरुजी के उग्र व्यवहार के बावजूद राजकुमार को अगले दिन पुनः स्कूल आने में कोई हिचक न हुई। क्योंकि गाली, दुत्कार, पिटाई जैसी चीज़ें उसके लिए नया अनुभव नहीं थीं। उसके कान, त्वचा और हड्डियाँ इसके लिए सदैव तैयार रहती थीं। इसके अलावा यह भी कि स्कूल उसके नीरस जीवन में परिवर्तन की तरह आया था। दुआर, वह गन्दी बस्ती, मिट्टी के घर या फूस के झोपड़ों के बरक्स स्कूल उसे बुरा नहीं लग रहा था। यहाँ पक्की इमारत थी, चापाकल था और पास

में दूर-दूर तक फैले वृक्षों का जंगल था जिसमें लगातार गिलहरियाँ दौड़ती थीं। वहाँ मोरों की बहुतायत थी। मोरों को नाचते हुए, आपस में खेलते हुए, चहलकदमी करते हुए देखा जा सकता था। मोर कभी-कभी टहलते हुए स्कूल के परिसर में आ जाते थे। यदाकदा वे स्कूल की छत पर चढ़ जाते थे।

स्कूल के प्रति उसके आकर्षण से बटुली और विपद निहाल थे। विपद राम तो इतने प्रभावित हुए कि उनके मन में राजकुमार के ऑपरेशन की इच्छा के नवांकुर उग आए। एक दिन उन्होंने सचमुच बटुली से कहा, "मैं फ़ैज़ाबाद जा रहा हूँ कमाने।"

फ़ैज़ाबाद में वह अपने फूफा के लड़के से मिले जो रिक्शा चलाता था। उसके रिक्शा मालिक के पास आठ रिक्शे थे जिन्हें वह तीन रुपए प्रति शिफ़्ट किराए पर देता था। उसने अपने रिक्शा चालकों के लिए रुकने का इन्तज़ाम किया था। एक कमरा था जिसमें वे रहते थे। कमरे के बाहर पर्याप्त खुली जगह थी जहाँ लोग छह ईंटें रखकर खाना बना लेते थे। विपद राम भी उन्हीं में शामिल हो गए।

वह दिन की शिफ़्ट में रिक्शा चलाते थे। किसी-किसी दिन दो शिफ़्ट रिक्शा चला लेते। उनकी जीवन शैली में बड़ी बात यह दिखती थी कि वह आटा, नमक और प्याज के अतिरिक्त किसी चीज़ पर पैसा नहीं ख़र्च करते थे। यहाँ तक कि हरी मिर्च ख़रीदना भी उनको फ़िजूलख़र्ची लगती थी और वह महसूस करने लगते थे कि हरी मिर्च ख़रीदने का मतलब है राजकुमार के ऑपरेशन के रास्ते में बाधा डालना। उनकी मितव्ययिता का आलम यह था कि वह यदि किसी दूसरे रिक्शावान को पूड़ी-सब्ज़ी खाते हुए देखते तो चकित हो जाते। एक दिन उन्होंने एक रिक्शावान को अपने रिक्शे की गद्दी पर बैठकर केला खाते देखा और दूसरे को बेल का शरबत पीते हुए देखा तो उन्हें दोनों से नफ़रत हो गई। उन्होंने उन दोनों को घूरकर थूक दिया और अपने रिक्शा का पैडिल मारते हुए आगे बढ़ गए। दोनों उनकी नफ़रत को उनकी ईर्ष्या समझकर हँसने लगे। उनकी हँसी दौड़ती हुई जाकर रिक्शा चला रहे विपद राम की पीठ पर बैठ गई। विपद राम जद्दोजहद करने लगे कि उस हँसी को उतार फेंके मगर वह चिपक गई थी। तब उन्होंने अपने बेटे राजकुमार का स्मरण किया। उन्हें पहले राजकुमार का चेहरा दिखा था फिर उसके पेट में बना हुआ छेद। वह बुदबुदाए, "बेटा घबराना मत, जैसे भी होगा, तुम्हारा ऑपरेशन कराकर रहूँगा।" पसीने से कि आँसुओं से उनका चेहरा भींग गया था। उन्होंने चेहरे को गमछे से पोंछा और पाया कि चेहरे के साथ उनकी पीठ भी हल्की हो गई थी।

यूँ उपेक्षा और उपहास उनके लिए कोई असामान्य बात नहीं थी। सवारियों

से आए दिन यह सब प्राप्त होता रहता था लेकिन सवारियाँ पैसा भी देती थीं जबकि अपने सहकर्मी रिक्शावानों से केवल उपेक्षा और उपहास ही मिलता था।

शायद अपमान से बचने या रिक्शावान बिरादरी में अपने श्रेष्ठता सिद्ध करने का चस्का था कि एक दिन देखा गया, विपद राम सुबह चार बजे ही उठकर 'राम-राम सेत्ता राम जय राम' गा रहे हैं। इसके बाद यह गाना गाया—'उठ जाग मुसाफ़िर भोर भई।' पाँच बजे वह सरयू स्नान के लिए चल दिए। वहाँ से लौटे तो उनके माथे पर टीका था। उनके इस कायापलट का रहस्य जानने को आतुर एक साथी ने उन्हें चाय पीने के लिए आमन्त्रित किया तो वह बोले, "मैं दुकान की कोई चीज़ खाता-पीता नहीं हूँ।"

इस प्रकार विपद राम की कंजूसी को सबल आध्यात्मिक आधार मिल गया था और अपने लोगों के मध्य उन्हें विशेष दर्जा भी हासिल होने लगा था।

साधु एक बार खाते हैं, विपद राम भी एक बार खाते। साधु कम बोलते हैं, विपद राम भी कम बोलते। मगर साधु रिक्शा नहीं चलाते, विपद राम रिक्शा चलाते थे। एक जून के कच्चे-पक्के आधे-अधूरे भोजन के बल रिक्शा खींचते-खींचते उनकी काया शनैः शनैः जर्जर होने लगी और एक दिन रिक्शा चलाते हुए ही वह मूर्छित होकर गिरे और सामने से आ रहे स्कूटर से टकराए। मूर्छा में वह बार-बार राजकुमार...राजकुमार...कह रहे थे। होश आने पर उनके फूफा के लड़के ने उनको गाँव जाने की सलाह दी। न केवल सलाह दी, बल्कि टिकट कटाकर बस में बैठा दिया।

जब वह फ़ैज़ाबाद से गाँव लौट रहे थे तो उनके पास हाथ, पाँव, मत्थे की कुछ टूट फूट और कुछ रुपए थे। एक दिन टूट-फूट ख़त्म हो गई और एक दिन रुपए भी ख़त्म हो गए।

गाँव में अभी भी राजकुमार की शिक्षा बदस्तूर चल रही थी। जब विपद फ़ैज़ाबाद से गाँव पहुँचे थे तो वह स्कूल में ही था।

अब तक राजकुमार के लिए स्कूल से भी ज़्यादा आकर्षण स्कूल के पास स्थित वन का हो गया था। उसने सुन रखा था कि मोर साँप को खा जाता है। वह साँप खाते हुए मोर को देखना चाहता था। वैसे भी मोर उसे बहुत भाता था। इसके पीछे यह कारण क़तई नहीं था कि मोर राष्ट्रीय पक्षी है। उसके लिए क्या, उसकी सात पुश्तों के लिए राष्ट्र, राष्ट्रीयता, राष्ट्रनेता की कोई ख़ास अहमियत नहीं थी। बल्कि राष्ट्र और उससे जुड़ी अनेक चीज़ें उनके लिए भय का सबब थीं।

राष्ट्रीय पशु बब्बर शेर की तरह ही कथित राष्ट्रनेता भी उनके लिए हिंसक और खूँख़ार थे।

इसलिए मोर के प्रति राजकुमार के लगाव में कोई राष्ट्रवादी रुझान नहीं देखी जानी चाहिए। मोर द्वारा साँप खाने के दृश्य दर्शन के अलावा यह ज़्यादा से ज़्यादा मोर के विविधरंगी व्यक्तित्व का कमाल था। राजकुमार के जीवन में केवल मटमैले, धूसर, कत्थई, काले रंग थे और इर्द-गिर्द की अधिकतर आकृतियाँ अनगढ़ बैडौल थीं। जबकि मोर सुगढ़ और सुन्दर थे।

मोर के प्रति उसका ज़ूनून इस तरह बढ़ता गया कि बाद में जब वह प्राइमरी की पढ़ाई पूरी करके मिडिल स्कूल में पहुँचा और मिडिल स्कूल में भी सत्रह साल की अवस्था में कक्षा सात में पहुँचा तो उसका ज़्यादातर समय वन में ही बीतने लगा था। जब वह उन्नीस साल की अवस्था में आठवीं क्लास में पहुँचा था तब अक्सर ऐसा होने लगा था कि वह घर से निकलकर वन में चला जाता था और स्कूल की छुट्टी होने पर वन से निकलकर घर आ जाता था। जबकि वह जब प्राइमरी की कक्षाओं में पढ़ता था तो स्कूल में ठुकाई-पिटाई होने पर ही वन में जाता था। उसकी ठुकाई यदि पूर्वार्द्ध में होती तो दोपहर की छुट्टी में वन गमन करता था और यदि अपराह्न में होती तो पूरी छुट्टी हो जाने के बाद वह थोड़ी देर के लिए वन में प्रवेश करता था।

उसकी ठुकाई-कुटाई के विभिन्न कारण थे। मसलन वह पढ़ने में कमज़ोर था। पढ़ाई के साथ अन्य कारणों से भी उसको हिंसा सहनी पड़ती थी जैसे कि जिस दिन विपद फ़ैज़ाबाद से आया था उस दिन वह चाँपाकल चलाकर पानी पीने जा रहा था कि गुरुजी दुबककर उसके पीछे आकर खड़े हो गए। जैसे ही चाँपाकल चलाया कि पीछे से गुरुजी ने उसे एक लात मारी। वह चाँपाकल पर ही मुँह के बल गिर पड़ा और उसके मुँह से ख़ून निकलने लगा। गुरुजी ख़ून देखकर कुछ नरम पड़े, "हमने कोई इसके मुँह पर मारा नहीं। मैंने तो इसकी कमर पर मारा था, यह चाँपाकल पर गिर पड़ा तो मैं क्या करूँ।"

एक दूसरे गुरुजी बोले, "अरे देखो, इस पेटहगना के पेट का गुह कहीं चाँपाकल पर न लग गया हो ?" दो-तीन विद्यार्थी अत्यन्त गौर से चाँपाकल का निरीक्षण करने लगे।

पहलेवाले गुरु बड़बड़ाए "इसलिए मैंने मारा कि कहीं इस पेटहगना की टट्टी चाँपाकल को अपवित्र न कर दे।"

तीसरे गुरुजी भी वहाँ पहुँच गए, "बहुत उचित किया आपने। अब कहीं इसका मल छिटककर चाँपाकल के भीतर चला जाता तो।"

"तो यह चाँपाकल उखाड़कर उसकी... में डाल देता।"

"पर इसके तो वहाँ रास्ता नहीं है ?"

"चाँपाकल रास्ता स्वयंमेव बना लेता।"

"ऐ लड़को, इस पेटहगना को इसके घर पहुँचा दो।" किसी गुरुजी ने कहा।

फ़ैज़ाबाद से लौटकर विपद ने राजकुमार का प्रथम दर्शन किया तो उसके मुँह से ख़ून बह रहा था और सिर में गुम्मड़ निकल आया था। यही स्थिति राजकुमार की थी, उसने बाप को देखा जिसके हाथ, पाँव और मत्थे में टूट-फूट थी। उन दोनों को बटुली ने देखा तो वह घबराई, फिर चिल्लाई, फिर रोई, फिर चुप होकर घरेलू उपचार में जुट गई। हालाँकि विपद ने मना किया, "तू मेरे इलाज के फेर में न पड़ मैं वैसे ही ठीक हो जाऊँगा।"

रात होने पर बटुली ने कहा, "हमको लग रहा है कि कोई बुरी सै हमारे घर में घुस गई है। चलो आज महीपाल बाबा की समाधि पर मिन्नत कर आएँ।" वह विपद और राजकुमार को लेकर निकल पड़ी। घनी रात थी। एक जगह विपद को ठोकर लग गई। बटुली ने सँभाल लिया लेकिन बोली, "फ़ैज़ाबाद जाकर गाँव का रास्ता भूल गए हो ?"

कहा जाता है कि महीपाल बाबा की समाधि सौ साल से भी ज़्यादा पुरानी है। महीपाल जूता बनाने का काम करते थे और भगवान के बहुत बड़े भक्त थे। वह साल भर में एक जोड़ी जूता भगवान के लिए भी बनाते थे। जब भगवान का जूता बन जाता, तमाम लोग उनके घर के सामने इकट्ठा हो जाते थे। महीपाल भगवान की पूजा करने के बाद वही एक जोड़ी जूता उनके चरणों में चढ़ाते और आँखें मूँद लेते। वहाँ आए हुए लोग भी अपनी आँखें मूँद लेते। जब सबकी आँखें खुलतीं तो देखते कि जूते ग़ायब। इससे भी अधिक हैरानी की बात यह थी कि अचानक पूजा स्थल से एक जोड़ी जूतों के निशान बनने शुरू हो जाते, जैसे कोई चल रहा हो। न चलनेवाला दिखता न जूते लेकिन जूतों की छाप बनती जाती। लोग पीछा करते मगर वे जहाँ तक जाते उससे आगे जूतों की छापें मिलतीं। अन्त में हारकर और अभिभूत होकर लोग लौट आते।

इस तरह एक बड़े सन्त के रूप में महीपाल मशहूर होने लगे। उनके बारे में यह भी चर्चित हुआ कि उनके जूते रास्ता बताते थे। जिसके पैर में महीपाल निर्मित जूते हों और वह कभी रास्ता भटक गया तो जूते बोलने लगते कि दाएँ मुड़ो, अस्सी क़दम आगे बढ़ो, फिर बाएँ मुड़ जाओ...। इस तरह जूते सही जगह

पहुँचा देते। दूसरी बात यह कि महीपाल के जूते चमत्कारी होने के बावजूद इतने सस्ते थे कि जिनकी हैसियत जूते ख़रीदने की नहीं थी वे भी जूते पहनने लगे। एक ख़ास चीज़ यह थी कि यदि कोई चमड़ा देने के लिए तैयार होता तो उसके बच्चों के लिए महीपाल मुफ़्त में जूता बना देते। नतीजा हुआ कि बच्चों में भी महीपाल बेपनाह मशहूर होने लगे। बच्चे उनका जूता पहनकर आराम से अकेले घूमने चल देते थे। आँधी, पानी, अँधेरा होने के बावजूद वे सही सलामत अपने घर लौट आते। उनकी माएँ उनको अपनी छाती से लगाकर महीपाल को ढेर सारी दुआएँ देती थीं।

महीपाल की कीर्ति इतनी फैल गई कि लोग कहने लगे, महीपाल से बड़ा कोई सन्त नहीं है। इस बात से पुराने सन्तों के तन-बदन में आग लग गई। वे बहुत ग़ुस्सा हुए। उधर राज्य के जूतों के सौदागर भी महीपाल से घबड़ाए हुए और नाराज थे। उन सभी लोगों ने महीपाल को अपना सबसे बड़ा दुश्मन माना और महामन्त्री के पास पहुँचकर मदद करने के लिए अनुरोध किया। महामन्त्री स्वयं भी एक जूता बनानेवाले की बढ़ती लोकप्रियता से नाखुश था। उसने राजा से कहा, ''महराज ! महीपाल कोई जादूगर है जिसे शत्रु देश के राजा ने हमारे यहाँ प्रजा को भड़काने के लिए भेजा है। कोई बग़ावत हो, इसके पूर्व ही हमें महीपाल का वध कर देना चाहिए।'' लेकिन जब राजा ने महीपाल के चमत्कारी जूतों के बारे में सुना तो उसको जिज्ञासा हुई और उसने महीपाल को बुलवा भेजा। राजा ने महीपाल से कहा, ''मेरे लिए भी जूता बनाओ। अगर तुम्हारे बनाए गए जूतों द्वारा सही रास्ता बताने की बात सच हुई तो तुझे मालामाल कर दिया जाएगा, वर्ना उन्हीं जूतों से तुझे तब तक पीटा जाएगा जब तक तेरे शरीर में प्राण रहेंगे।''

महीपाल बोले, ''जो हुकुम महाराज।'' वह राजा के पैरों की नाप लेकर चले गए और अगले दिन जूता लेकर आए। वह राजा को जूता भेंट करके जाने लगे तो राजा का इशारा पाकर सैनिकों ने महीपाल को घेर लिया। महामन्त्री बोले, ''महराज द्वारा जूतों का परीक्षण पूर्ण किए जाने तक तुम्हें हमारा आतिथ्य स्वीकार करना पड़ेगा।''

बताया जाता है कि उन जूतों को उसी रात पहनकर राजा अकेले बाहर निकला। वह थोड़ी ही दूर गया कि रास्ता भटक गया। क्योंकि वह कभी अकेले निकला ही नहीं था, जब भी निकलता था फौज-फाटे के साथ निकलता था, वही लोग रास्ता बताते थे। उस दिन अकेले निकला तो भटक गया। जूतों ने कहा, ''बाएँ मुड़ राजा।'' आश्चर्य से राजा का मुँह खुला रह गया और वह बाएँ मुड़ गया। जूते आज्ञा देते, तदनुसार राजा आगे बढ़ता या मुड़ जाता। काफ़ी देर तक

इसी तरह चलता रहा तब जूतों के हँसने की आवाज़ आई और वे बोले, "ले तू पहुँच गया अपनी मंज़िल।" लेकिन राजा ने देखा, यह उसका महल नहीं था। यह एक बीहड़ जंगल था। उसी समय पास से शेर के दहाड़ने की आवाज़ आई। डर के मारे राजा बेहोश हो गया।

राजा की आँख खुली तो वह अपने महल में था। हुआ यह कि राजा अपनी समझ में अकेले गया था लेकिन महामन्त्री ने राजा की निगरानी और सुरक्षा में अपने आदमी रख छोड़े थे। उन लोगों ने ही राजा को बचाया और महल ले आए।

राजा के सामने महीपाल की पेशी हुई। राजा कड़ककर बोला, "तेरे जूतों ने भटकने से बचाने की जगह मुझे भटका दिया। मैं ग़लत जगह पहुँच गया।"

महीपाल हँसे, "नहीं महाराज मेरे जूते सच्चे हैं। उन्होंने आपको आपकी मंज़िल तक पहुँचा दिया था। आप बच भले गए लेकिन मंज़िल वही है, बोटियाँ नोचकर खा जानेवाले खतरनाक जानवरों के बीच।"

इतना सुनना था कि राजा अपने विदेश के बने रत्नजड़ित जूते उतारकर लगा मारने। इतना मारा कि महीपाल मर गए। जब महीपाल के अनुयायी महीपाल का शव लेने गए तो क्या देखते हैं कि वहाँ महीपाल का शव न होकर महीपाल की समाधि है और एक नीम का छतनार पेड़ लगा हुआ है।

तब से वह समाधि और वह नीम का पेड़ पूज्य बने हुए हैं। महीपाल के जमाने के महीपाल के अनुयायी मर गए, उनकी अगली पीढ़ी मर गई लेकिन अनुयायियों की वंश परम्परा के लोग विपत्ति और दुख में महीपाल बाबा की समाधि के पास जाकर प्रार्थना करते हैं...। दुआ माँगते हैं...।

बटुली, विपद और राजकुमार भी दुआ माँगने आए थे। रात इतनी बेतहाशा थी कि न समाधि, न नीम, न वे तीन—कुछ भी दिखाई नहीं पड़ रहा था। विपद राम ने कहा, "हे महीपाल बाबा हमारे परिवार की हिफाजत करो।" बटुली को पति की आवाज़ नहीं सुनाई दी, क्योंकि वह स्वयं विनती में डूबी हुई थी। वह विनती कर रही थी और बुदबुदाती जा रही थी...बाबा...बाबा...। जब बाबा-बाबा कहते हुए उसकी साँस फूल गई तो वह रो रही थी।

विपद उसे चुप कराने लगे। उनके चुप कराने से बटुली ज़्यादा तेज़ रोने लगी। रात के रहस्य और सन्नाटे को बटुली का रुदन रौंद रहा था। अचानक विपद को महसूस हुआ, बटुली के रुदन में कोई एक अन्य रुलाई दाखिल हुई है। दरअसल राजकुमार भी रो रहा था। वह समानान्तर रुलाई नहीं थी बल्कि माँ की रुलाई में लिपटी हुई रुलाई थी। एक रुलाई जैसे दूसरी रुलाई का संगत कर रही हो। विपद ने राजकुमार को गले से लगा दिया और खुद रोने लगा।

राजकुमार और हिंसा का वहुत गहरा रिश्ता था। हिंसा उसको निशाना बनाने के लिए कोई न कोई बहाना ढूँढती ही रहती थी। चाहे वह प्राइमरी पाठशाला में रहा हो या मिडिल स्कूल में, हिंसा उसका पीछा करती रहती। यदि उसके गाँव से पाँच सौ किलोमीटर दूर बिहार में नक्सलवादी लोग ऊँची जाति के कुछ लोगों का सफ़ाया कर देते तो स्कूल के गुरुजी राजकुमार और उसके जैसे चार-छह बच्चों को चार का पहाड़ा निर्दोष रूप से न सुना पाने पर लात-घूँसों की वर्षा शुरू कर देते थे। एक बार ऐसी ही किसी स्थिति में राजकुमार ने अप्रत्याशित रूप से पहाड़ा निर्बाध सुना दिया। इस बार गुरुजी ने उसे इसलिए मारा था कि उसने 'छह अट्ठे अड़तालिस' धीरे से क्यों बोला था।

हालाँकि विपद राम का कथन था, "भगवान की बड़ी कृपा है कि ज़माना बदल गया है, वर्ना पहले ग़रीब आदमी को मारने के लिए किसी बहाने की भी ज़रूरत नहीं थी।" पर राजकुमार कैसे अपने दुख को कम समझता। उसने पुराने ज़माने के दुख देखे नहीं थे। उसके सामने वही दुख थे जो उसके ऊपर गुज़र रहे थे और जो उसके भीतर थे। वह बिना किसी नियम और क़ानून के अपने तमाम हमउम्रों से नीचा हो गया था। उनसे बेइज़्ज़त होता रहता था और मार खाता रहता था। उनमें से अधिकतर से वह बलिष्ठ था। उसके बाजुओं की मछली ज़्यादा उछलती थी और उसकी जाँघें ज़्यादा मज़बूत थीं फिर भी वह पिटता था। एक बार तो वह इसीलिए पिट गया कि उसकी भुजाओं में मछलियाँ ज़्यादा उछलती थीं।

अन्ततः राजकुमार ने पढ़ाई छोड़ दी और हिंसा से बचने के लिए उसे यही उचित लगा कि अपनी बस्ती से बाहर कम-से-कम निकलो। निकलो भी तो बस काम से। वह बाहर निकलने पर सिर झुकाकर चलता और बैल की तरह काम में जुटा रहता। काम ख़त्म होने पर अपनी बस्ती में लौट आता। बस्ती में उसकी कमोबेश हिफाजत थी। उसके बाशिन्दों को चमड़ा, मल, मरे हुए जानवर और ख़राब अन्न का पुराना अभ्यास था। राजकुमार के तो पेट से मल निकलता था, वहाँ कुछ ऐसे भी थे जिनके मुँह में ज़बरदस्ती वह डाला गया था। इस बस्ती में दुर्गन्ध, अत्याचार, हिंसा और बलात्कार का कुम्भीपाक बजबजा रहा था। इसलिए राजकुमार इस बस्ती के लिए अजूबा और अछूत कैसे हो सकता था। यहाँ उसे यदि कोई परेशानी थी तो यही कि यहाँ के लोग उसकी हँसी उड़ाते थे। क्योंकि वह पूरा मर्द हो गया था, मगर उसकी शादी नहीं हुई थी। जबकि यहाँ शादियाँ बचपन में ही हो जाया करती थीं। शादी तो उसकी भी विपद-बटुली बचपन में ही कर देते लेकिन दिक़्क़त यह पेश हुई कि कोई लड़कीवाला तैयार ही नहीं हुआ। क्योंकि जन्म के थोड़े ही दिनों के भीतर पेटहगना के रूप में उसकी ख्याति दूर-दूर

तक फैल चुकी थी। उसके कुँआरा रह जाने के पीछे लड़कीवालों की उसके गू के प्रति वितृष्णा एकमात्र वजह नहीं थी। बल्कि उन लोगों को यह निराधार सन्देह भी था कि वह गुदाहीन है इसलिए हो सकता है, लिंगहीन भी हो। या कम-से-कम पुंसत्वहीन तो हो ही सकता है। कुछ लोगों को ऐसा भ्रम भी रहता था कि उसका गुदाहीन होना किसी भयंकर रोग का लक्षण है जिसके चलते जल्द ही वह मर जाएगा।

विपद राम ने इन बातों की शुरू-शुरू में ज़्यादा चिन्ता नहीं की। उन्होंने सोचा था कि अगर राजकुमार का बड़ावाला ऑपरेशन हो जाएगा तब लोगों को जवाब मिल जाएगा। उसने बटुली से कहा भी था, "तब हमारे राजकुमार का ब्याह होगा, गौना होगा, बाल-बच्चे होंगे।"

अधेड़ावस्था में विपद राम गाँव से लगे क़स्बे में पुनः रिक्शा लगाने लगे थे। इस बार उनके रिक्शा चालन का उद्‌देश्य राजकुमार का ऑपरेशन कराना तो था मगर वह अब ऑपरेशन राजकुमार को स्वस्थ बनाने, नारकीय ज़िन्दगी से छुटकारा दिलाने से अधिक उसे शादीशुदा बनाने के लिए कराना चाहते थे।

वैसा ही राजकुमार के साथ हुआ। उसने अभी हाल में इलाज़ के लिए पैसे इकट्ठा करने की मुहिम में खुद को सक्रिय करने का फ़ैसला किया तो उसके फ़ैसले में स्वस्थ होने की इच्छा के साथ विवाहित न हो सकने की कुंठा भी थी।

निश्चय ही घर की आमदनी बढ़ने लगी थी। एक तरफ़ विपद रिक्शा चलाता था तो दूसरी तरफ़ राजकुमार भट्ठे पर ईंट ढोने लगा था।

कुछ दिनों के बाद भट्ठे पर काम के एवज में हुई आमदनी की बचत को लेकर वह क़स्बा गया और दो मुर्ग़ियाँ ख़रीदकर ले आया। बटुली मुर्ग़ियाँ देखकर घबरा गई, "यह कहाँ से लाया ? चुराया है ?"

"चुराया नहीं ख़रीदकर लाया हूँ। एक का पैसा चुका दिया हूँ, एक उधारी पर है।"

तुमको कौन मुर्ग़ी उधार देने लगा ?"

"क़ादिर दर्ज़ी। क़तरन लेने गया था, उसी समय उसने मुर्ग़ी के लिए उधार दिया।"

"क़ादिर की भी मति मारी गई है। अरे हमारी बिरादरी में कोई मुर्ग़ी-मुर्ग़ा खाया है जो तुम खाओगे।" बटुली रोने लगी, "अरे इसका बाप ख़ून जलाकर रिक्शा खींच रहा है कि इस पेटगहना का इलाज हो जाए पर ये नासपीटा मुर्ग़ी-मुर्ग़ा खाएगा...।"

राजकुमार हँसने लगा।

"हँस रहा है, तुझे कीड़ा पड़े।"

"माई हम खाने के वास्ते मुर्ग़ी नहीं लाए हैं। इनका अण्डा बेच-बेचकर हम पैसा जुटाएँगे माई...।" कुछ बात हुई कि राजकुमार की आवाज़ की सुई फँस गई, वह आगे बोल न पाया। इस समय उसका चेहरा एक साथ कातर, खिसियाया, पवित्र, दयनीय और सुन्दर लग रहा था।

उसकी बातें सुनकर बटुली और तेज़ रोने लगी लेकिन यह दूसरी तरह की रुलाई थी। इस रुलाई की ध्वनि, संगीत और भाषा भिन्न थी।

माँ को रोता देखकर राजकुमार दिग्भ्रमित सा हो गया। उसकी समझ में नहीं आ रहा था कि क्या करे। वह कहने लगा, "माई एक रुपया का एक अण्डा बिकता है। रोज़ दो रुपए की ज़्यादा कमाई हो जाएगी, यही सोचकर मुर्ग़ियाँ ख़रीदी हैं...। पर तू रो रही है...।"

बटुली आँसू पोंछकर चुप हो गई, "मैं रो नहीं रही हूँ।" यह कहकर वह फिर रो पड़ी और पुनः उसी तरह आँसू पोंछकर बोली, "बड़ा अक़लवाला हो गया है।" लेकिन वस्तुस्थिति यह थी कि राजकुमार के पास अक्ल नहीं थी। अक्ल होती तो अण्डे के उत्पादन के लिए मुर्ग़ियों के साथ कोई मुर्ग़ा भी ले आता।

उसके सामने मुसीबत खड़ी हो गई कि बिना मुर्ग़ा के दोनों मुर्ग़ियों का क्या करे। एक मुर्ग़ी का तो उधार भी चढ़ा हुआ था। अण्डे अभी हो नहीं सकते थे जबकि उसने अण्डों के विपणन की व्यवस्था सबसे पहले कर ली थी। उसने क़ादिर दर्ज़ी से पूछा था कि उसके अण्डे कौन ख़रीदेगा ?

क़ादिर ने बताया, "ख़रीददारों की कौन कमी है, आजकल तो पंडित लोग भी मुर्ग़ा, मछली, गोश्त खाने लगे हैं। सो वह भी अण्डे ख़रीद सकते हैं। न भी ख़रीदें तो कायस्थ और ठाकुर लोग ख़रीद ही लेंगे। ये लोग ख़रीदें या न ख़रीदें, तुम दारू ठेका के बगल में अण्डे उबालकर बैठ जाना...।"

मगर बिकने के पहले अण्डों का पैदा होना ज़रूरी था और इसके लिए मुर्ग़ियों के साथ-साथ एक मुर्ग़ा चाहिए था। जब यह सत्य राजकुमार को मालूम हुआ, तब से वह मुर्ग़े की चिन्ता में घुला जा रहा था। वह पछताया कि उसने दो मुर्ग़ियों की जगह पर यदि एक मुर्ग़ी और एक मुर्ग़ा ले लिया होता तो गाड़ी चल निकलती। मगर यह सोचकर उदास हो गया कि एक मुर्ग़ी से एक अण्डा ही मिलेगा।

उसने सोचा कि क्यों न कहीं से एक मुर्ग़ा चुरा लिया जाए। लेकिन जल्द ही उसने अपना यह विचार छोड़ दिया। क्योंकि वह चोरी में निपुण नहीं था। वैसे एक मुर्ग़े की चोरी कम निपुण इंसान के लिए भी कोई मुश्किल काम नहीं था,

यदि मुश्किल था तो उस मुर्ग़े को छिपाकर रखना। मुर्ग़ा चोरी कर के लाओ और उसे काटकर खा जाओ तो पकड़े जाने का डर नहीं रहेगा, किन्तु यहाँ तो मुर्ग़ा पालना था। उसे मुर्ग़ियों के बीच रखना था। मुर्ग़े की कलंगी, मुर्ग़े की बाँग, मुर्ग़े की चाल सभी चोरी करनेवाले की सुरक्षा के दुश्मन थे।

अन्ततः उसने दोनों मुर्ग़ियों को एक कपड़े में लपेटकर कपड़े का मुँह बाँधा और उन्हें वापस करने चल दिया। मुर्ग़ियाँ पहले कुड़कुड़ाई थीं पर अब वे चुप और शान्त होकर राजकुमार की पीठ पर लदी चली जा रही थीं। चूँकि राजकुमार चला जा रहा था, इसलिए वे भी चली जा रही थीं।

"अगर मुर्ग़ियाँ न वापस हुईं ? कौन ठीक कि बिका माल वापस न ले ?" राजकुमार ने सोचा। तभी उसे बड़े ज़ोर की ख़ुशी हुई, "मैं भी कितना पगलेट ! ये बात पहले क्यों नहीं मेरी बुद्धि में घुसी।" उसके प्रसन्न होने का कारण यह था कि उसे एक उपाय सूझा कि वह दुकानदार से मुर्ग़ियाँ वापस करने की बात नहीं करेगा बल्कि यह निवेदन करेगा कि एक मुर्ग़ी बदलकर मुर्ग़ा दे दे। उसे विश्वास था कि दुकानदार इस प्रस्ताव को मंजूर कर लेगा।

ख़ुशी के मारे राजकुमार की चाल में तेज़ी आ गई थी। उसने पीठ पर लदी मुर्ग़ियों की गठरी को थोड़ा झटका दिया। वे कुड़कुड़ाने लगीं...।

राजकुमार दिवास्वप्न देखने लगा। उसके दिवास्वप्न में पहले ढेर सारी मुर्ग़ियाँ और कुछ मुर्ग़े आए। फिर अण्डों के पहाड़। नोट। बिना छेदवाला पेट...औरत...बच्चे...।

...राजकुमार और मुर्ग़ियाँ मन्दिर के पास से गुज़रे। राजकुमार रुक गया तो मुर्ग़ियाँ भी रुक गईं। मुर्ग़ियाँ नहीं लेकिन राजकुमार सड़क पर हाथ जोड़कर भगवान से प्रार्थना करने लगा।

प्रार्थना ख़त्म करने के बाद जब वह चलने को हुआ तो देखा कि पुरोहित जी का लड़का कुछ लड़कों के साथ वहाँ आया है।

पुरोहित जी के लड़के ने कहा, "कहो पेटहगना, गू और मुर्ग़ी लेकर भगवान के दरबार में आए हो। भगवान कोप गए तो तुम्हारे मुँह से गू निकलेगा साले।"

"महराज, हम भगवान के दरबार में कहाँ गए। हम तो सड़क पर खड़े हैं।"

"भगवान को हाथ जोड़ा मुर्ग़ी और गू लेकर ?"

"पर महराज हम सड़क पर खड़े हैं। मन्दिर में तो गए नहीं।"

"तो पेटहगनू तुम मन्दिर में जाओगे।...औक़ात भूल गए...मन्दिर में जाने की तमन्ना करने लगे...।"

लड़कों ने राजकुमार को घेरे में ले लिया, और बदबू से बचने के लिए

अपनी-अपनी नाकें दबा लीं। प्रधानजी का लड़का थोड़ा और आगे बढ़कर बोला। नाक बन्द होने के कारण उसकी आवाज़ नकनकाई, "चल साले मुर्ग़ा बन, तेरे ऊपर ये मुर्ग़ियाँ रखी जाएँगी। तेरी यही सज़ा है।"

राजकुमार मुर्ग़ा न बनकर जैसे का तैसा खड़ा रहा तो प्रधानजी के लड़का उसे धकियाते हुए नकनकाया, "अब बनता है मुर्ग़ा कि...।"

राजकुमार झुककर मुर्ग़ा बन गया। मुर्ग़ियों की गठरी उसकी पीठ पर रख दी गई। पुरोहित जी के लड़के ने उससे कहा, "साले कुकड़ूँ कूँ बोल।"

राजकुमार बोला, "कुकड़ूँ कूँ...।"

तभी पुरोहित जी के लड़के ने उसकी पीठ से मुर्ग़ियों की गठरी उठा ली और भागने लगा। राजकुमार अपने कान छोड़कर फ़ुर्ती से खड़ा हो गया और भाग रहे पुरोहित के लड़के की तरफ़ लपका। लेकिन किसी ने उसे लंगी मार दी, वह मुँह के बल गिर पड़ा। उसके गिरे हुए चेहरे पर कुछ ठोकरें लगीं।

वे लोग उसे वहीं छोड़कर आराम से आगे बढ़े। प्रधानजी का लड़का किसी से बोला, "भवानी शाह के यहाँ से मसाला लेकर आ।"

जब राजकुमार उठकर खड़ा हुआ तो उसके मस्तक से ख़ून निकल रहा था और पेट से गू। पेट के छेद में खुँसा कपड़ा निकलकर कहीं गिर पड़ा था। शरीर में धूल लिपटी हुई थी। वह उन लोगों को जाते हुए एकटक देखता रहा। जब वे लगभग ओझल हो गए तो वह चिल्लाया। वह ज़िन्दगी में पहली बार चिल्ला रहा था, "तेरी तो...मुर्ग़ीचोरो !...लो सालो मेरे गुह के मसाले में मुर्ग़ी पकाओ... अरे तुम्हारे पेट में गुह नहीं है क्या...बकरा, मुर्ग़ा को उनके गुह के साथ खा जाओगे...मगर मुझे देखकर पंडिताई झाड़ोगे...।" उसने सामने पड़ा एक ईंटा उठाकर अपनी पूरी ताक़त से फेंका जो थोड़ी दूर पर जाकर गिर पड़ा। वैसे भी वे लोग जा चुके थे। हक़ीक़त तो यह है कि राजकुमार के चिल्लाने के पहले ही वे उसकी पहुँच से दूर हो गए थे। यह भी मुमकिन है कि उनके न रहने के कारण ही उसे अपने दुख और ग़ुस्से को प्रगट करने का साहस हुआ हो।

मगर ध्वनि दृष्टि से भी आगे—काफ़ी आगे तक चली जाती है। वह जब चिल्लाया तो उसकी आवाज़ और उसके शब्द नामालूम, मुर्ग़ीचोरों ने सुना कि नहीं सुना, मगर गाँव के कुछ लोगों ने शर्तिया सुना जिनमें अधिसंख्य मुर्ग़ीचोरों के पिता, बन्धु, चाचा और बाबा थे। उन्होंने राजकुमार जैसों की ज़बान से इस प्रकार का उच्चारण कभी नहीं सुना था। हालाँकि उन्होंने आपस में एक-दूसरे से लातें खाई थीं, गालियाँ खाई थीं लेकिन वे कभी इतने आहत और क्रोधित नहीं हुए जिस तरह से राजकुमार द्वारा मुर्ग़ीचोरों को सम्बोधित कथन से हुए।

परिणाम यह हुआ कि थोड़ी ही देर बाद राजकुमार उनसे घिर गया। उनसे क्या, उनके लात, घूसों, मुक्कों और थप्पड़ों से घिरा हुआ था। एक लाठी उसके सिर पर पड़ी।

राजकुमार ने अस्पताल में आँखें खोलीं। बगल में एक स्टूल पर बटुली बैठी हुई थी। राजकुमार ने पूछा, "माई, बाबू कहाँ हैं ?"

"गाँव से प्रधान ने बुलाया था, वहीं गए हैं। अब आ रहे होंगे। कौनो ज़रूरत है बचवा ?"

"हाँ माई ज़रूरत है। थाने में रपट लिखानी है उन कुकुरों के नाम।"

"बचवा हमारी औक़ात का कौन आदमी गया है थाना, कचहरी ?"

"पर माई मैं जाऊँगा..."

"कहाँ जाने की बतकही हो रही है...।" विपद राम आ गए थे।

विपद राम प्रधान के यहाँ से प्रसन्न होकर लौटे थे। जब वह प्रधान के यहाँ पहुँचे थे तो वह एक लकड़ी से अपनी पीठ का दुर्गम स्थल खजुआ रहे थे। बोले, "आओ विपद...आओ...।" उन्होंने लकड़ी चारपाई के सिरहाने रख दी।

"क्या हुकुम है ?"

"हुकुम क्या, विपद हमसे तुम्हारे और तुम्हारे बेटे का दुख देखा नहीं जाता है। राजकुमार के रोग का उपचार होना चाहिए।"

"दया हो देवता।"

"उससे कहना कि हम उसके दुश्मन नहीं हैं। ये रुपए लो।" प्रधान ने अपनी बंडी से रुपए निकाले, "पाँच सौ हैं।"

"पर देवता, इतने पैसे में उसका ऑपरेशन...।"

"ये रुपया तो उसकी चोट चपेट के इलाज के लिए है। ऑपरेशन के लिए हम सरकार से मदद दिलाएँगे।"

"वो कैसे ?"

"हम राजकुमार की तरफ़ से मुख्यमन्त्री के नाम एक अर्ज़ी लिखेंगे। उसी अर्ज़ी पर मुख्यमन्त्री विवेकाधीन कोष से तुमको दस हज़ार दिलवा देंगे।"

"दुई कोस, चार कोस, पचास कोस तो महाराज हम सुने हैं पर ये विवेकाधीन कोस क्या है और इससे रुपया कैसे मिलेगा ?"

"समझो कि ये एक ख़ज़ाना है जिसका रुपया मुख्यमन्त्री जी जिसको चाहें उसको दे दें।"

"पर वह राजकुमार को काहे चाहेंगे।"

"दरअसल मुख्यमन्त्री के साढू का लड़का हमारे समधी जी की साली के देवर का दोस्त है। उसी से सोर्स लगवाएँगे। पर देखो, राजकुमार को भी समझा देना कि अगर थाना में रिपोर्ट-उपोर्ट लिखाने की सोच रहा है तो विचार त्याग दे। हम कोई उसके दुश्मन नहीं हैं। जो हुआ सो हुआ।" इसके बाद प्रधान ने अर्ज़ी लिखी। अर्ज़ी की कार्बन कॉपी विपद राम को पकड़ाते हुए वह बोले, "अब तो यक़ीन हुआ ?"

विपद जब अस्पताल में लौटे तो उनके हाथ में वही काग़ज़ झूल रहा था। उन्होंने कहा, "बेटवा अब फ़िक्र मत करो, तुम्हारी बीमारी की मियाद ख़त्म होनेवाली है।"

उन्होंने राजकुमार को अर्ज़ी की कार्बन कॉपी पकड़ा दी, "प्रधान के समधी के साली के देवर की मुख्यमन्त्री के रिश्तेदार से दोस्ती है, वह तुम्हारे ऑपरेशन का पैसा दिलवाएँगे...।"

"देवर न धेवर, कोई हमारी मदद नहीं करेगा। प्रधान तुमको चूतिया बना रहे हैं ताकि मैं थाने में रपट न लिखाऊँ।"

"तै थाने में रपट लिखाएगा !" विपद राम ग़ुस्से में बोले, "कान खोलकर सुन ले, थाने में रपट नहीं लिखानी है।"

"तुमहूँ कान खोलकर सुन लो बाबू, हम थाने में रपट ज़रूर लिखाएँगे।"

अभी तक बाप-बेटे की तकरार देख रही बटुली बोली, "राजकुमार तुम बाबू का कहा मान लो। देखो, जो थाने में रपट लिखाई तो मेरा मरा मुँह देखोगे...।"

वह कुछ बोला नहीं।

बटुली से उसकी चुप्पी सही नहीं गई। वह कुछ खीझ के साथ कहने लगी, "बता तुझे अपनी माई की ज़िन्दगी की परवाह है कि नहीं ?"

राजकुमार ने इस बार भी कोई उत्तर नहीं दिया। ऐसा नहीं कि वह उत्तर नहीं देना चाहता था। मुश्किल यह थी कि बटुली के लिए उसके मन में जो भावनाएँ थीं, तदनुसार उसे शब्द नहीं मिल रहे थे।

वैसे भी उसके जीवन में शब्दों की बहुत कमी थी। शब्द इसलिए कम रह गए थे क्योंकि उसके पास ज़्यादा तजुर्बे नहीं थे। बहुत छोटे से भूगोल में उसकी गतिविधि थी और एक ही तरह के काम थे। फिर कैसे समृद्ध होती उसकी शब्द सम्पदा। यह सही है कि भावनाओं की अनुभूति भी ढेर सारे शब्दों को लाती है मगर वह मेहनत के कामों में ऐसा फँसा रहता था कि प्यार, करुणा और आनन्द जैसे भावावेगों को अच्छी तरह महसूस करने का मौक़ा ही नहीं मिल पाता था।

बस केवल दुख था जिसे वह भलीभाँति जानता था। लेकिन दुख प्रायः कराहों, चीख़ और विलाप से प्रकट हो जाते हैं और शायद बेहतर तरीके से प्रकट हो जाते हैं अतः राजकुमार ने उनकी भी अभिव्यक्ति के लिए बहुत सारे शब्दों की खोज नहीं की थी। वैसे भी वह उसके जीवन में इतना इफरात-इतना गोचर या इतना प्रगाढ़ था कि उसकी अभिव्यक्ति के लिए विशिष्ट उपायों की ज़रूरत नहीं थी।

बहरहाल, जब बटुली ने उससे प्रश्न किया कि 'तुझे अपनी माई की ज़िन्दगी की परवाह है कि नहीं' तो राजकुमार ने कुछ कहा नहीं लेकिन उसके होंठ फड़फड़ाने लगे और मुँह से गों...गों...फ्फों...फ्फों...अजीब तरह की आवाज़ निकलने लगी। अजीब बात है कि इस अजीब आवाज़ में न परिमार्जित, प्रचलित भाषा थी, न कोई व्याकरण, न कला थी लेकिन बटुली को अपने प्रति बेटे के जज़्बात पता चल गए। बटुली ममता से भर उठी। वह उठकर खड़ी हुई कि बेटे का सिर सहला दे किन्तु उसका सिर चोटों से भरा हुआ था। उसने सोचा, बेटे की पीठ सहला दे पर उसकी पीठ पर भी चोटें थीं। उसके बेटे के पूरे शरीर में आक्रमण और पीड़ा थी। बटुली उसके बिस्तर को सहलाने लगी।

अगली सुबह राजकुमार अस्पताल से ग़ायब था। बटुली बदहवास हो गई। विपद राम बुरी तरह भयभीत और घबड़ाए हुए थे। उन्हें डर था कि कहीं प्रधान और पुरोहित जी को यह मालूम न हो गया हो कि राजकुमार रिपोर्ट लिखाने पर अड़ा हुआ है और उन्होंने राजकुमार को अस्पताल से उठवा लिया हो ? यह आशंका भी परेशान कर रही थी कि कल वह और बटुली उसको रपट लिखाने के लिए बरज रहे थे, तो आज वह मौक़ा देखकर भाग गया हो थाने। ज़ाहिर है दोनों ही दशाओं में राजकुमार का भला नहीं होना था।

''अब क्या किया जाए ?'' बटुली की आवाज़ फटी हुई थी।

''गाँव ही चलें। वहाँ पहुँचने पर ही साफ़ बात पता चलेगी।'' विपद थके हुए लगे। दोनों चलने की तैयारी करने लगे। उनके पास एक बोरा था, उसमें बटुली सामान रखने लगी। उसने कथरी को चार परत करके बोरे में डाल दिया। अपनी धोती को आठ परत कर के डाला। ब्लाउज़-पेटीकोट एक ही थे, उन्हें वह पहने हुए थी। उसने एक लोटा, दो थालियाँ, एक कटोरा और एक पतीली बोरे में रख ली। कुछ दवाएँ थीं, उन्हें भी बोरे के हवाले कर दिया। बोरे में अभी भी काफ़ी जगह थी, पर वह क्या करती अब कोई सामान ही नहीं था। उसने चारों तरफ़ देखा जैसे कोई और सामान ढूँढ रही हो। वह विपद से बोली, ''चलो।''

"तनकी रुको, अभी आता हूँ, तब चलेंगे।" विपद वार्ड से बाहर चले गए। बटुली अकेली खड़ी थी। हालाँकि वार्ड में कुछ मरीज़ थे और उनके मिलनेवाले थे लेकिन विपद के जाने के बाद बटुली उन सभी की उपस्थिति भूल गई। उसने राजकुमार के बिस्तर को देखा और उसी क्षण वह विपद को भी भूल गई। इस क्षण उसकी चेतना में न पति था न बेटा न परिवेश। वह ख़ाली बिस्तर पर लेट गई। वह जब से अस्पताल आई थी, राजकुमार के बिस्तर को लालसा से देखा करती थी। उसको बेटे की तकलीफ़ से दुख था लेकिन कहीं क्षीण रूप से ही सही बेटे के इस सौभाग्य से रश्क भी करती थी कि वह बढ़िया बिस्तर पर लेटा हुआ है। मोटे गद्दे पर चादर बिछी हुई है। तकिया भी है। वह उस बिस्तर से अभिभूत हो गई थी। अभी जब वह बिस्तर पर लेटी तो सुखद सनसनी से भर उठी। उसने अपने नितम्बों को हल्का सा ऊपर उठाया और बिस्तर पर गिरा दिया। उसने अपने गालों को, बालों को तकिया पर रगड़ा। अपनी हथेलियों से चद्दर को छुआ। उसने आमोद से आँखें मूँद लीं।

"लेटी किस कारण से हो ?" विपद राम लौट आए थे। उनके हाथों के बीच रुई और ड्रेसिंग की पट्टियों के बंडल थे, "कम्पोडर साहेब से चिरौरी कर के लाए हैं। राजकुमार के काम आएँगे।"

वे चाहते तो गाँव पहले ही आ जाते लेकिन उन्होंने सुरक्षा के नजरिए से अँधेरा हो जाने पर ही गाँव में घुसना मुनासिब समझा। जब वे गाँव में घुसे तो रात हो चुकी थी। बटुली ने लम्बा सा घूँघट काढ़कर चेहरा ढँक लिया। विपद पीठ पर लदे बोरे का मुँह सामने की तरफ़ खींचकर चेहरा छिपाने की कोशिश करने लगे।

वे डरे हुए थे कि यदि राजकुमार ने रिपोर्ट लिखाई होगी और इनके हत्थे लग गया होगा तो उसकी दो-चार हड्डियाँ हर हाल में टूट चुकी होंगी। उन्हें इस बात का भी अंदेशा था कि वैसी दशा में उन दोनों को भी नहीं बख़्शा जाएगा। देखते ही दबोच लिया जाएगा दण्ड देने के लिए। इसीलिए वे हिकमत कर रहे थे कि गाँव में कोई उन्हें देखने न पाए और यदि देख ले तो पहिचान न सके।

गाँव में थोड़ा आगे बढ़ने पर उन्हें इतमीनान हुआ, क्योंकि माहौल में कोई अशान्ति नहीं महसूस हो रही थी। तभी एक पेड़ की ओट से कान पर चढ़ा जनेऊ उतारते हुए पुरोहित जी दिखे। विपद ने बोरे का मुँह, चेहरे की तरफ़ ज़्यादा खींच लिया। लेकिन पुरोहित जी पहचान गए थे। बोले, "का हो विपद, ये मुँह बोरा से क्यों तोपे हो ? और बटुलिया घूँघट क्यों काढ़े है नई मेहरिया की तरह ?"

पुरोहित जी ने जनेऊ कुर्ते के भीतर कर लिया था, "राजकुमरवा को समझा देना कि आइन्दा से हम सबके मुँह न लगे।"

"इसका मतलब कि हमारे बचऊ को ये लोग मारे नहीं हैं" विपद राम ने सोचा और लगभग शोर मचाते हुए बोला, "जय हो महराज की।"

महराज ने जवाब में कुछ कहना मुनासिब नहीं समझा और आगे बढ़ गए।

विपद और बटुली को कुछ-कुछ भरोसा होने लगा कि राजकुमार ने रिपोर्ट नहीं लिखाई है। क्योंकि अगर लिखाई होती तो पुरोहित जी इस तरह नरमी से न पेश आते। उन्होंने सोचा कि राजकुमार को घर पर समझाएँगे कि जाकर सबसे माफ़ी माँग ले।

मगर जब वे घर पहुँचे तो पता चला कि राजकुमार अभी तक लौटा ही नहीं। उन्हें फ़िक्र हुई कि सबेरे-सबेरे अस्पताल से तो निकल गया था राजकुमार फिर अभी तक आया क्यों नहीं।

जब थोड़ी देर बाद भी राजकुमार नहीं लौटा तो बटुली धीमी आवाज़ में रोने लगी। विपद राम के भी होश गुम होने लगे। वह प्रधान के घर के लिए लगभग दौड़े। रास्ते में इस बार पुरोहित जी फिर मिले, "का हो विपद तुम तो सचमुच के गांधी बाबा की तरह चल रहे हो।" इस बार विपद ने उनको जवाब देने की जहमत नहीं की। वह उसी तेज़ गति में आगे बढ़ गया। उसके पास न लाठी थी, न अनुयायियों की भीड़, न नेतृत्व की महाशक्ति फिर भी उसके क़दमों की गति सचमुच के महात्मा गांधी से कम नहीं थी। वह दो-चार मिनट में ही प्रधानजी के सामने गिड़गिड़ा रहा था, "हमारे बचऊ को क्यों पकड़े हैं आप लोग ?"

प्रधान ने पास बैठे अपने छोटे भाई की ओर देखा, "देख रहे हो इस ससुरे को...पकर-पकर किए जा रहा है। अरे हमको तो अब मालूम हो रहा है कि राजकुमार अस्पताल से ग़ायब है...।"

"महाराज अगर राजकुमार न मिला तो हम अन्न-जल न छुएँगे। भगवान क़सम हम अपनी ज़िन्दगी ख़त्म कर लेंगे।"

"हे विपद...तुम असली गांधी बनने की नौटंकी न करो।" प्रधान बिगड़े।

"ग़लती हुई सरकार..."

"हाँ अब ठीक है। तो देखो राजकुमार ने अपराध किया था, हमने उसी समय उसे दण्ड दे दिया था। न्याय हो गया बात ख़त्म। हमने पता किया, थाने में हमारे ख़िलाफ़ कोई रिपोर्ट भी नहीं है तो फिर हमको कौन ज़रूरत कि उस पेटहगना को पकड़ मँगाते...।"

"फिर वह गया कहाँ ?"

"हाँ इस बात की चिन्ता हमें भी हो रही है।" उन्होंने विपद को एक बड़ी टार्च दी, "जाओ तुम उसको ढूँढो। हम भी उसे खोजवाते हैं।"

बेटे की तलाश के लिए विपद के जाने के बाद प्रधान ने अपने दो लोगों को थाने पर इस निर्देश के साथ भेजा कि अगर वहाँ राजकुमार दिखे तो उसको थाने में घुसने न दो, चाहे जो करना पड़े। फिर प्रधानजी ने अपने दरवाज़े पर अपने लोगों की मीटिंग की। सभी परेशान थे कि पेटहगना अस्पताल से फरार क्यों हुआ ? क्या चाल हो सकती है साले की ?

निर्णय हुआ कि जैसा भी हो, उसे ढूँढना ही होगा।

राजकुमार उर्फ पेटहगना के बारे में गहन छानबीन के बाद ज्ञात हुआ कि ब्रह्ममुहूर्त में वह अस्पताल से भाग निकला था। एक अनुमान के मुताबिक अस्पताल से निकलकर थाने की राह पकड़ी थी। वह थोड़ी ही दूर चल पाया होगा कि उसको पाखाना महसूस होने लगा। अस्पताल में पाट लगा दिया जाता था। उसी पाट पर पेट टिका कर वह मल त्याग कर लेता था। किन्तु इस समय उसके पास न पाट था, न छेद वाली खटिया। जबकि अनिवार्यता बढ़ती ही जा रही थी।

वह एक खुली, गन्दी और प्राकृत जगह की तरफ़ दौड़ा। वहाँ पहुँचने पर उसने अपनी क़मीज़ उतारकर एक तरफ़ रख दी। उसकी शुष्क, खुरदरी और काली त्वचा उस सूनसान में उपस्थित थी।

हाथ के पंजों को ज़मीन पर टिकाकर वह पेट के गड्ढ़े से पखाना निकालने लगा। निवृत्त हो चुकने के बाद उसके सामने समस्या थी कि छेद को साफ़ करने और उसमें खोंसने के लिए उसके पास न रुई थी न कपड़े का कोई टुकड़ा था। उसने असहायता से चारों ओर देखा। अनन्त आकाश था, अनन्त पृथ्वी थी। खरगोश की तरह सफ़ेद, नरम और गुनगुनी धूप उगी हुई थी। परिन्दे कहीं जा रहे थे। दूर कहीं मन्दिर का घंटा बज रहा था। भारतीयता की पहचान से जड़ चेतन नहाया हुआ था। लेकिन राजकुमार के पेट का गड्ढ़ा भरने के लिए रुई या कपड़े का एक टुकड़ा कहीं नहीं था। हारकर उसने क़मीज़ पहन ली और आगे बढ़ गया।

वह थाना पहुँचा। वैसे यह विश्वासपूर्वक नहीं कहा जा सकता कि वह थाना पहुँचा था। क्योंकि एक सूचना यह भी थी कि वह थाना गया ही नहीं था। वह सीधे जनशक्ति पार्टी की राष्ट्रीय नेता बहिन जी के पास पहुँच गया था। लेकिन दूसरी सूचना यह थी कि वह बहिन जी के पास जाने के पहले थाना गया था।

थाने में दरोगा उस समय किसी ज्योतिषी को हाथ दिखा रहा था। इस काम से फ़ुर्सत पाने पर उसने राजकुमार से पूछा, "क्या है बे ?"

"हुजूर रपट लिखानी है।"

"कहानी सुना।"

राजकुमार की कहानी सुनकर वह हँसने लगा। मजा तो ज्योतिषी को भी आ गया था लेकिन दरोगा की तो हँसी थम ही नहीं रही थी। हँसते-हँसते हुए ही वह बोला, "अरे साले तू पेटहगना है...पेटहगना...। और मुर्ग़ा...मुर्ग़ी...। अबे थाने में रिपोर्ट के लिए यही सब रह गया है...।" वह हँसता ही जा रहा था।

वहाँ उपस्थित ज्योतिषी पुरोहित जी का साढ़ू था, उसने पुरोहित जी को बताया कि इसके बाद दरोगा की हँसी रुक गई थी और उसने पास रखी तेल पिलाई मोटी लाठी उठाकर पेटहगना की पीठ पर दे मारी थी। वह और मारता कि तभी किसी काम के सिलसिले में वहाँ एक पत्रकार आ गया। पत्रकार ने पेटहगना की बात सुनी और उसे अपने साथ लेकर बहिन जी के पास गया था।

बहिन जी के बारे में विख्यात था कि जिनका कोई नहीं सहारा, उनका वह सबसे बड़ा सहारा थीं। उन्हीं के पास राजकुमार अपने गाँव के प्रधान, पुरोहित आदि की शिक़ायत करने पहुँचा। दरअसल वह क़स्बे में एक जनसभा को सम्बोधित करने आई हुई थीं और जनसभा के पहले उन्हें पार्टी के ज़िला पदाधिकारियों की मीटिंग करनी थी। जब राजकुमार पत्रकार के साथ कमरे में घुसा तब यही मीटिंग शुरू होनेवाली थी। यहाँ यह बतलाना होगा कि जिन लोगों का यह कहना है कि राजकुमार थाना न जाकर सीधे बहिन जी के यहाँ पहुँचा था, उनके अनुसार वह मीटिंग कक्ष के बाहर खड़ा था पर उसे भीतर जाने नहीं दिया जा रहा था। तभी वह पत्रकार बहिन जी का इन्टरव्यू करने पहुँचा था। उसने राजकुमार का रोना, गिड़गिड़ाना, पाँव पटकना, आक्रोश आदि देखा तो उसे अपने साथ लेकर बहिन जी के पास चला गया।

जो भी बात सही हो, फ़िलहाल राजकुमार एक पत्रकार के साथ कमरे में घुसा। कमरे में सामनेवाली दीवार के पास एक बड़ी सी कुर्सी पर बहिन जी बैठी थीं। बाक़ी बारह-तेरह लोग ज़मीन पर बैठे थे। हालाँकि बहिन जी के निकट पाँच-छह कुर्सियाँ थीं लेकिन वे ख़ाली थीं। पत्रकार को बहिन जी ने कुर्सी पर बैठाया। यह भी कहा जा सकता है कि पत्रकार जाकर कुर्सी पर बैठ गया।

राजकुमार खड़ा रहा। बहिन जी ने उसे देखा, "तू कौन है रे ?"

पत्रकार बहिन जी के कान में कुछ फुसफुसाया तब वह अपेक्षाकृत नरम आवाज़ में बोलीं, "बोल तेरी प्रौब्लम क्या है ?"

राजकुमार 'प्रौब्लम' का मतलब नहीं समझा इसलिए कुछ कह न सका। बहिन जी झुँझला गईं, "अरे प्रौब्लम नहीं समझता, अच्छा बता तेरी समस्या क्या है ?" राजकुमार 'समस्या' का मतलब भी नहीं जानता था लेकिन इस बार बहिन जी झुँझलाई नहीं, पुचकारकर बोलीं, "दिक़्क़त...दिक़्क़त क्या है ?"

वह कुछ क़दम आगे बढ़ा। जाकर बहिन जी के पैरों पर गिर पड़ा और जानवरों की तरह मुँह ऊपर उठाकर क्रन्दन करने लगा।

बहिन जी के नथुने फड़के। वह चौकन्नी हुईं फिर भड़कीं, "बदबू...ये बदबू कहाँ से आ रही है ?" उन्होंने अँगूठे और तर्जनी का चिमटा बनाकर अपनी नाक दबाई, "खिड़की-दरवाज़े खोल दो।" बैठे हुए समस्त ज़िला पदाधिकारी खिड़की-दरवाज़े खोलने के लिए उठ खड़े हुए। स्पष्ट है जो खिड़कियों-दरवाज़ों के निकट बैठ थे उन्हें ही उनको खोलने का सम्मान हासिल हुआ।

बहिन जी ने मुआयना करने के लिए नथुनों में साँस भरी और बड़बड़ाई, "अभी है बदबू...।" फिर वह ग़ुस्सा हो गईं, "क्या चीज़ कर रही है बदबू ?"

राजकुमार सहम गया। डर के मारे उसकी हालत ख़राब हो गई। उसकी समझ में नहीं आ रहा था कि इस क्षण का मुक़ाबिला कैसे करे। उसने हड़बड़ी में अपनी क़मीज़ ऊपर उठा ली, "बहिन जी हमें माफ़ कर दें। बदबू यहाँ से हो रही है।"

"दूर हट..हट...।" बहिन जी से वह वीभत्स सूराख़ देखा नहीं गया। उन्होंने नाक मूँद ली, "बाहर निकल कमरे से।"

जिस प्रकार खिड़की-दरवाज़े खोलने के लिए कमरे में बैठ ज़िला पदाधिकारियों के बीच प्रतियोगिता हुई थी, उसी तरह राजकुमार को कमरे से बाहर करने के लिए हुई।

...उस इमारत से बाहर निकाल दिए जाने के बाद वह सड़क पर अकेला खड़ा था। अब उसके साथ पत्रकार भी नहीं था। उसने सूर्य को देखा था और कुछ बुदबुदाया था। वह गाली दे रहा था कि मन्त्र पढ़ रहा था, यह निश्चयपूर्वक नहीं बताया जा सकता। क्योंकि वह बहुत धीमे, क़रीब-क़रीब बेआवाज़ बुदबुदा रहा था। फिर उसे न जाने क्या ख़्याल आया कि उसने अपने मत्थे पर बँधी पट्टी खोल दी और उसे गोलकर के पेट के गड्ढ़े में भर दिया। लेकिन अब उसके मत्थे का ज़ख़्म खुल गया था। यह बहुत बड़ा ज़ख़्म था, भीतर का मांस दिख रहा था। थोड़ा-थोड़ा लहू भी टपक रहा था। कुछ क़तरा लहू उसकी नाक पर आ गिरे तो कुछ कतरा आँख पर। उसी तरह के अनेक ज़ख़्म उसके शरीर पर थे, किन्तु वे ढँके हुए थे। वह अपने समस्त ज़ख़्मों के साथ सड़क पर चलने लगा। उसकी चाल

ऐसी लग रही थी कि जैसे उसे कोई खींचता हुआ ले जा रहा था या जैसे कोई पीछे से धकेलता हुआ ले जा रहा था...।

और इसके बाद उसके बारे में कोई जानकारी उपलब्ध नहीं थी। शहर की सड़क पर खींचे जा रहे या धकेले जा रहे की तरह चलते हुए देखे जाने के बाद गाँव में यह तीसरी रात थी पर उसका अभी तक कुछ पता नहीं चला था। शुरू के दो दिनों तक गाँव के रसूख़वाले लोगों को भी उसकी तलाश में रुचि थी, क्योंकि उन्हें ख़ौफ़ था कि राजकुमार कहीं कोई बखेड़ा तो नहीं कर रहा है। पर थाने पर और बहिन जी के यहाँ उसके साथ हुए व्यवहार की जानकारी पा जाने के बाद वे निश्चिन्त हो गए थे और अब उन्हें राजकुमार या पेटहगना की चिन्ता नहीं रह गई थी। अगर एक मामूली सा डर था तो यही कि पेटहगना उनके द्वारा पीटे जाने, थाने और बहिन जी के यहाँ हुई बेइज़्ज़ती के कारण कहीं ख़ुदकुशी न कर ली हो और मरने के पहले वह उनके ख़िलाफ़ कोई बयान न छोड़ गया हो। मगर उन्हें इस बात की अधिक परवाह नहीं थी। क्योंकि उनका कई पीढ़ियों का बहुत पुराना तर्ज़ुबा था कि इस तरह के लोगों के साथ क्या-क्या बदसलूकी नहीं हुई, एक से बढ़कर एक, मगर कभी किसी ने ख़ुदकुशी नहीं की। तो फिर ये पेटहगना क्या खाकर ख़ुदकुशी करेगा। दूसरी बात, जब इसके जीते जी थाना कचहरी ने उसका साथ नहीं दिया फिर मरने के बाद क्यों माथा खपाएगी। तीसरी बात, अगर राजकुमार को उनके द्वारा पीटे जाने के कारण ख़ुदकुशी करनी होती तो वह पहले ही कर चुका होगा। अतः यदि उसने बाद में किया होगा तो कारण के रूप में दरोगा और बहिन जी का सलूक भी होगा। और जब ये लोग बीच में होंगे तो कोई परेशान होने की ज़रूरत नहीं है। पर सबसे बड़ी चीज़ कि उसने ख़ुदकुशी की ही नहीं होगी। कुल मिलाकर वे काफ़ी कुछ आश्वस्त हो गए थे।

केवल विपद था, बेटे को दिन-रात ढूँढ रहा था। दिन में क़ुदरत की रोशनी में, और रात में प्रधान की दी हुई टार्च की रोशनी में वह बेटे को ढूँढ रहा था।

लेकिन जब बेटे को ढूँढती हुई बटुली की रुलाई विपद को सुनाई पड़ी तो उसकी टार्च बेटे के बजाय बटुली को तलाश करने लगी थी...।

बटुली की रुलाई का पीछा करते हुए विपद चौंककर ठिठक गया। उसने देखा कि वह बाँसों के इलाक़े में आ गया है और विष्णुजीवाले तालाब के किनारे खड़ी बटुली रो रही है। वह आगे कुछ सोच पाता कि रोती हुई बटुली चीख़ी, "विष्णु...तेरे बदन में कीड़े पड़े...अगर राजकुमार को बाँस बनाया है तो तुमको बधिया बनउबे...हम...अरे विष्णु निरबंसिया रे...।"

विपद राम ने टार्च का उजाला दौड़ाया और देखा, वहाँ न तालाब में विष्णु

थे और न बटुली बाँस हुई थी। वह धीरे-धीरे बटुली के पास पहुँचे। उनको देखकर बटुली का मामूली सा बचा हुआ धैर्य भी चुक गया।

विपद उसे चुप कराने लगे।

बटुली की रुलाई कम हो जाने पर विपद उसके बाएँ हाथ को अपने दाएँ कंधे पर रखकर घर की तरफ़ चल पड़े।

रास्ते में सबसे आगे अँधेरा था, उसके पीछ टार्च की रोशनी थी, रोशनी के पीछे विपद और विपद के पीछे बटुली थी। बटुली के पीछे फिर अँधेरा था। बटुली और विपद के ऊपर और नीचे भी अँधेरा था। सिर्फ़ उनकी आँखों के सामने टार्च की रोशनी चल रही थी।

घर के नज़दीक आकर उन्होंने देखा, कि वहाँ कुछ लालटेनें जल रही हैं और कई लोग खड़े हैं। दोनों ने चाल तेज़ कर ली।

दुआर पर भीड़ लगी हुई थी। पास-पड़ोस के सारे स्त्री-पुरुष अपने घरों से बाहर निकल आए थे और घेरा बनाकर खड़े थे। उन लोगों ने विपद-बटुली को देखकर उन्हें रास्ता दिया। दोनों ने घेरे के भीतर पहुँचकर देखा कि ज़मीन पर एक लाश थी। बटुली समूची ताक़त के साथ चिल्लाई और पछाड़ खाकर गिर पड़ी।

लाश राजकुमार की थी। उसके हाथ की हथेली ग़ायब थी, जबकि दूसरा हाथ कंधे से ग़ायब था। चेहरा बुरी तरह कुचला हुआ था। एक गोल बनावट का चेहरा लगभग लम्बोतरा हो गया था। चेहरे की नाक इतनी पिचक गई थी कि उसका पता ही नहीं चल पा रहा था। होंठ फूलकर रबर जैसे हो गए थे।

कहानी यहीं ख़त्म हो जाती यदि राजकुमार की मृत्यु के बाद गाँव में कुछ अस्वाभाविक घटनाएँ न घटी होतीं। मसलन जिस रात राजकुमार की लाश मिली थी, उसी रात पुरोहित जी के लड़के ने पुरोहित जी की दोनों आँखें फोड़ दी थीं और भाग गया। आज तक नहीं लौटा। अगले दिन लोग पुरोहित जी को सान्त्वना देने गए थे कि उसी दोपहर खलिहान में आग लग गई। एक रात प्रधान सो रहे थे कि उन्हें लगा कि किसी ने उन्हें चारपाई से उठाकर पटक दिया है। उनकी आँख खुली तो वह वाकई पटके हुए थे। पटके जाने से दो दाँत टूट गए थे। इसी तरह एक सुबह लोग भगवान की पूजा करने मन्दिर गए तो देखा कि मन्दिर के चारों तरफ़ गू से परिक्रमा की गई है। और गर्भगृह में भी किसी ने मल त्याग कर दिया है। इस मल में इतनी भयानक दुर्गन्ध थी कि हर किसी ने कहा कि यह इंसान नहीं किसी आसुरी शक्ति का मल है। और यह सब अन्य कोई नहीं, राजकुमार का भूत कर रहा है। थोड़ा-थोड़ा शक तो शुरू से ही था लेकिन जब मन्दिर के चारों तरफ़ मल का घेरा और गर्भगृह में गू का लघु ढेर देखा गया तब

सन्देह की कोई गुंजाइश नहीं बची कि राजकुमार मरने के बाद बदला ले रहा है। पुरोहित जी ने अपनी अंधी आँखों से विचार किया और कहा, "मैं देख रहा हूँ कि राजकुमार की आत्मा गाँव को तबाह कर रही है। अभी क्या, आगे और भयानक घटनाएँ होंगी।"

"उपाय ?" लोगों ने पूछा।

"उपाय है। राजकुमार की आत्मा को ख़ुश करो।"

जहाँ पर राजकुमार की मुर्ग़ी छीनी गई थी, जहाँ पर राजकुमार ने हाथ जोड़कर मन्दिर के ईश्वर से विनती की थी, जहाँ पर राजकुमार को पीटा गया था, उस स्थान के पास स्थित एक पेड़ के नीचे की ज़मीन को झाड़ा बुहारा गया। इसके बाद वहाँ पर क़ादिर दर्ज़ी के यहाँ से झण्डों की तरह रंग-बिरंगेवाले कपड़ों के कुछ टुकड़ों को गाय के गोबर से पोतकर सज़ा दिया गया। अन्त में लोहबान सुलगाया गया।

जब कोई भगवान के दर्शन करने मन्दिर जाता तो वहाँ भी रुककर हाथ जोड़ता।

राजकुमार वहाँ शुक्रवार को पीटा गया था और सोमवार को उसकी लाश आई थी। इन दोनों दिवसों पर वहाँ कीर्तन होने लगा जिसमें उसको घेरनेवाले और पीटनेवाले भी शामिल होने लगे। राजकुमार को हनुमान जी का बहुत बड़ा भक्त बताया गया। पुरोहित जी ने इस सत्य की पुष्टि में कहा कि जब हनुमान जी लंका दहन के लिए पूँछ बढ़ाते गए थे—बढ़ाते गए थे तो उन्होंने अपनी पूँछ इतनी बढ़ा ली थी कि लंका भस्म हो जाने के बाद भी उनकी पूँछ का बहुत अंश बचा रह गया था। हड़बड़ी में पूँछ भीतर करने की विद्या भूल गए थे। उन्होंने सोचा कि इसमें कौन सी परेशानी की बात है, लौटकर जामवन्त, सुग्रीव, किसी से भी पूछकर पूँछ को अन्दर कर लेंगे। लेकिन वह लंका से लौटने ही वाले थे कि रावण, कुम्भकरण जैसे महाबली एक साथ दौड़ते हुए आए और उन्हें पकड़ने की कोशिश करने लगे। यह देख बजरंग बली उनसे बचने के लिए एक ऊँचे पेड़ पर चढ़ गए। पर देखा कि उनकी काफ़ी पूँछ तो पृथ्वी पर है। अब बजरंग बली लंका की सबसे ऊँची जगह पर कूदकर जा बैठे, तब भी उनकी पूँछ का बहुत बड़ा हिस्सा पृथ्वी पर पड़ा रहा। हनुमान जी घबराए कि रावण, कुम्भकरण और कुछ तो कर नहीं पाएँगे लेकिन पूँछ को नहीं बख़्शेंगे। वे एक घर में कूद गए। जिस राक्षस का वह घर था वह उस जन्म में यही राजकुमार था। राजकुमार राक्षस होकर भी भगवान राम का भक्त था। उसने हनुमान जी से कहा, "आप चिन्ता न करें, अपनी पूँछ हमें दे दें, बाद में श्रीराम के विजयी होने के बाद उसे हम आपको वापस कर देंगे। तब तक छिपाकर रखे रहेंगे।" हनुमान जी के जाते ही रावण

के सैनिक राजकुमार का दरवाज़ा भड़भड़ाने लगे। राजकुमार घबराया, अब क्या करे ? बजरंग बली की अमानत कैसे सुरक्षित रखे। सैनिक तो पूरा घर छान मारेंगे। वह कैसे मुँह दिखाएगा हनुमान जी को ? अन्ततः कोई उपाय न देखकर उसने हनुमान जी की पूँछ अपनी गुदा में छिपा ली और उसका रास्ता बन्द कर लिया। बाद में श्रीराम द्वारा रावण का वध हो चुकने के बाद वह राक्षस यानी कि राजकुमार हनुमान जी के पास आया और बोला, "भगवन मेरी गुदा को फाड़कर अपनी पूँछ निकाल लें।" हनुमान जी ने उसे अपने चरणों से उठाकर गले लगा लिया और कहने लगे, "मैं इतना निर्मोही नहीं हूँ कि अपनी पूँछ के लिए तुझे तकलीफ़ दूँ। वैसे भी अब मुझे कौन लंका जलानी है। और काम भर की पूँछ तो मेरे पास बची ही है। जा तुझे मैं आशीर्वाद देता हूँ कि तू राक्षस योनि का होने के कारण जन्म तो ऐसे ही कुल में पाएगा किन्तु मेरे प्रति भक्ति के कारण कलियुग तक में लोग तेरी पूजा करेंगे। इस प्रकार श्रोताओं, राजकुमार की गुदा उसी प्रकार बनी रही और वह हनुमान जी का सच्चा भक्त हुआ।"

राजकुमार के पुण्य स्थल के बारे में यह भी सोचा गया कि क्यों न साल में एक बार यहाँ मेला लगाया जाए। इस सन्दर्भ में यह निर्णय होना बाक़ी था कि मेला राजकुमार की पुण्य तिथि पर लगाया जाए कि जन्मतिथि पर। हालाँकि उसकी जन्मतिथि विपद-बटुली तक को नहीं पता थी। वे केवल महीने का नाम और ज़्यादा से ज़्यादा यह तक बता सकते थे कि कितने वर्ष पहले पैदा हुआ था राजकुमार। मगर सन्तोष की बात थी कि पुरोहित जी ने कह दिया था कि इतनी भर सूचनाएँ पर्याप्त हैं। वह तो इससे बहुत कम जानकारी पर भी ज्योतिषीय गणना करके जन्मतिथि ज्ञात कर सकते हैं।

सुखद आश्चर्य की बात, कि उक्त चहल-पहल शुरू होते ही गाँव में हो रही विभिन्न घटनाएँ होनी बन्द हो गईं। इसका असर यह हुआ कि उस स्थान का महात्म्य पास के चार-छह गाँवों तक फैल गया। नतीजतन उन इलाक़ों से भी लोग आने लगे। कीर्तन के समय भीड़ काफ़ी बढ़ जाती थी। मजे की बात थी कि जिन लोगों ने राजकुमार को पीटा था, उसकी मुर्ग़ियाँ चुराई थीं और खाई भी थीं, वे कीर्तन के समय सबसे ज़्यादा झूमते थे।

पर बेहद अजीब बात थी कि इतने सारे लोगों की श्रद्धा उस स्थान के बारे में बढ़ रही थी मगर विपद और बटुली वहाँ कभी नहीं गए। इस बात से सभी को हैरत हो रही थी।

जहाँ तक स्वयं विपद और बटुली का सवाल है तो उन्हें अपने इस आचरण पर न कोई शर्म थी न हैरत। क्योंकि जिस दिन राजकुमार का अन्तिम संस्कार

हुआ था, उसके चार दिन बाद, 5 जून, 1999 की रात जब बटुली और विपद राजकुमार का सपना देख रहे थे, राजकुमार के भूत ने नहीं, राजकुमार ने उन्हें जगाया।

माँ-बाप को एक साथ चकित, भयभीत और ख़ुश देखकर राजकुमार ने कहा, "डरने की कोई बात नहीं, मैं राजकुमार हूँ। मैं ज़िन्दा हूँ।"

"पर तेरी तो लाश...।" विपद राम हकलाने लगे।

"वो मेरी लाश नहीं थी। क्या उसके पेट में गड्ढ़ा था ? उसके पाखाने का रास्ता बन्द था ?"

"हमने देखा ही नहीं बचवा, ग़लती हुई, पर क़द-काठी तेरे जैसी थी, कपड़ा भी तेरा ही था...।"

"बाबू तुम भी कपड़ा-लत्ता, रंग और क़द-काठी से आदमी को चीन्हने लगे...।"

विपद अपना सिर पीटने लगा, "ग़लती भई...ग़लती भई...ग़लती भई...।" बटुली ने फुसफुसाकर विपद को डाँटा, "चेल्लाओ मत।" उसी स्वर में राजकुमार से कहा, "बचवा बैठ जा, कुछ खा-पी ले।"

"माई खाने-पीने का टैम नहीं है। मैं बस यह बताने आया हूँ कि मैं ज़िन्दा हूँ।"

"तब वह लहास किसकी थी ?" बटुली ने पूछा।

"पुरोहित के बेटवा मुन्ना की थी। मैंने उसका क़त्ल कर दिया था।"

"पर वह तो बाप की आँखें फोड़कर भागा है ?"

"उसने नहीं, उसके बाप की आँखें मैंने फोड़ी थीं माई। क़त्ल करने के बाद मैंने उसके कपड़ों से अदला-बदली कर ली थी। देख उसी के कपड़े पहने हूँ इस वक़्त।"

हुआ यह था कि बहिन जी के यहाँ से बाहर निकाल दिए जाने के बाद वह दिन भर इधर-उधर भटकता रहा। उसकी समझ में नहीं आ रहा था कि क्या करे। गाँव के अलावा कहीं ठिकाना नहीं था जबकि गाँव वह जाना नहीं चाहता था। क़स्बे में ही रह जाने में कई दिक़्क़तें थीं जैसे यही कि उसकी ज़ेब में सिर्फ़ पचहत्तर पैसे थे। जिनसे एक जून की रोटी भी नहीं खाई जा सकती थी। दूसरे, मलद्वार का न होना भी एक बड़ी बाधा थी। इन सबके अलावा उसके ज़ख़्म भी अभी हरे थे। अतः उसने बेमन से ही सही, गाँव लौटने का फ़ैसला किया। बहिन जी, और

दरोगा के यहाँ मिली बेइज़्ज़ती के बोझ, थकान, ज़ख़्मों की तकलीफ़ के कारण उससे ठीक से चला नहीं जा रहा था। फिर भी वह किसी तरह गाँव की सरहद तक पहुँच गया। गाँव की सरहद छूने पर उसने महसूस किया कि अब उससे चला नहीं जा रहा है। उसने अपनी बुझी हुई आँखें चारों ओर दौड़ाईं। उजियारी रात थी। थोड़ी दूर पर उसका वह स्कूल दिख रहा था, जिसमें कभी वह पढ़ता था। जिसके पास स्थित वन उसे बेहद प्रिय था। वह थोड़ा आगे बढ़ा तो उसे वन की तरफ़ से चार मोर आते हुए दिखे। इतनी ख़राब स्थिति में भी उसे ख़ुशी हुई। लेकिन उसे यह भी लगा कि उसकी तबीयत और ख़राब हो गई है। वह सड़क के किनारे खड़े एक पेड़ के नीचे बैठ गया। मोर, वन और वृक्ष की वायु ने संजीवनी की तरह उसमें संचार किया। तभी एक वृक्ष ज़ोर से झूमा और उसके निकट कुछ आम गिरा दिया। उस वृक्ष की देखा-देखी कई दूसरे पेड़ों ने भी ऐसा ही किया। राजकुमार एक आम उठाता, तब तक दो आम और गिर पड़ते। चन्द्रमा की रोशनी में वृक्ष, राजकुमार और धरती के बीच यह सुन्दर खेल हुआ। आम खाने के बाद उसे प्यास सी महसूस हुई। उसने बड़ी हसरत से स्कूल के चाँपाकल को देखा। इसी चाँपाकल से पानी पीने की कोशिश में स्कूल के दिनों में उसकी भयावह दुर्गति हुई थी लेकिन इस समय चाँदनी, आम और सूनसान के अद्‌भुत सहमेल ने उसमें बहुत हिम्मत भर दी। मामूली से डर और उतनी ही क्षीण हिचक के बाद उसने जाकर चाँपाकल चलाया और पानी पीने लगा। उसने अपना ज़ख़्मी चेहरा धोया और बाल भी गीले किए। जब वह कुछ ताज़ा हुआ तो उसे वन का ख़्याल आया। उसने सोचा, देखा जाए कि वन रात की चाँदनी रात में कैसा लगता है ?

वन में पहुँचकर उसने देखा कि पुरोहित जी का लड़का मुन्ना एक सूटकेस खोलकर उसके सामान जल्दी-जल्दी उलट-पुलट रहा है। सभी की तरह राजकुमार को भी पता था कि मुन्ना राहजनी करता है। राजकुमार को देखकर मुन्ना पहले चौंका फिर हँसने लगा, "अरे पेटहगना तू यहाँ कैसे ?" फिर सूटकेस की एक क़मीज़ और एक पैंट निकालकर वह बोला, "तेरी मुर्ग़ी तो हम लोग खा गए लेकिन तुझे ये कपड़े दे रहा हूँ। ले...ले...पर देख ये सब बातें किसी से बताना मत।"

पता नहीं क्या हुआ कि मुन्ना ने जैसे ही मुर्ग़ी खाने की बात की, राजकुमार के शरीर में ढेर सारी मुर्ग़ियाँ फड़फड़ाने लगीं। ढेर सारी मुर्ग़ियों और उनकी ध्वनियों के बीच राजकुमार ख़ुद फड़फड़ाने लगा। उसकी आँखें फड़फड़ाने लगीं। उसके होंठ, उसके कान तक फड़फड़ाने लगे। उसकी नाक, उसकी उँगलियाँ फड़फड़ाने लगीं। और उसने आगे बढ़कर मुन्ना की गरदन पकड़ ली थी...।

जब राजकुमार यह वृतान्त अर्थात मुन्ना के अन्त की बात बटुली और विपद को बता रहा था, उस समय भी उसके दिल में, दिमाग़ में, स्वर में ढेर सारी मुर्ग़ियाँ फड़फड़ा रही थीं। बोलते-बोलते वह हाँफ़ने लगा। बटुली उसके लिए पानी लेकर आई और विपद उसका सिर सहलाने लगे, "बचवा तू ग़लत रास्ते पर जा रहा है। भगवान से डर बचवा।"

विपद और बटुली से हुई अपनी इस मुलाक़ात में राजकुमार ने जो अन्तिम बात कहीं वह इस प्रकार थी, "बाबू, मैंने बस यही चाहा था कि मेरा भी घर बस जाए और जो औलाद हो, वह पेटहगना न हो। पर भगवान को यह भी मंजूर न हुआ। उसने तो हमको कायदे से दो जून की रोटी भी नसीब में न दी। तब उससे क्यों डरूँ...।"

जब राजकुमार जाने लगा तो विपद ने इस भेंट की अन्तिम बात कही, "बचवा हमको मालूम है कि हमारा-तुम्हारा मिलना जल्दी नहीं हो सकेगा। इसलिए ऐसा करना कि तुम दो-चार दिन में ज़रूर रात-बिरात महीपाल बाबा की समाधि पर कोई एक फूल चढ़ा दिया करना। उसे देखकर हम समझ जाएँगे कि तुम सलामत हो।"

"हमरे बचवा की जान बची रहे।" यह बटुली का अन्तिम कथन था।

वे दोनों महीपाल बाबा की समाधि पर निगरानी रखने लगे। कभी उन्हें वहाँ गेंदा का फूल दिखता, कभी कनेर का, कभी गुड़हल का। पर अधिकतर वहाँ जंगली फूल ही मिलते थे। यदि कभी चार दिन या पाँच दिन तक फूल न दिखता तो बटुली-विपद घबरा जाते। पूरी रात वे सो नहीं पाते थे। जैसे ही पौ फटती वे महीपाल बाबा की समाधि की तरफ़ भागते और उन्हें एक-दो रोज़ में वहाँ कोई न कोई फूल मिल जाता। इस तरह उनका जीवन व्यतीत हो रहा था और उन्हें गाँव के अग्रगण्य नागरिकों की पहल पर पेड़ के नीचे बनाए गए पुण्य स्थल पर जाने में, वहाँ आयोजित कार्यक्रमों में शिरकत करने में कोई दिलचस्पी नहीं थी। ज़ाहिर है कि उनका यह व्यवहार गाँव के लिए अबूझ था फिर भी उन लोगों को चैन और सन्तोष था कि अस्वाभाविक घटनाओं से मुक्ति मिल गई है।

लेकिन कुछ दिनों बाद गाँव में पुनः चौंकाने और विचलित कर देनेवाली घटनाएँ होने लगीं। घटनाओं में हिंसा और प्रतिशोध का ऐसा कल्पनातीत तेवर होता कि देखने सुननेवाले भौचक रह जाते। उनमें भय व्याप्त हो उठता। केवल बटुली और

विपद थे जिन्हें इन घटनाओं से डरने की बात तो दूर, विस्मय तक नहीं होता था। पर एक घटना उन दोनों को भी उलझन में डालनेवाली थी। ऐसा हुआ कि एक रोज़ उन्होंने देखा कि महीपाल बाबा की समाधि पर एक नहीं दो फूल रखे हैं। वे चौंके, फिर सोचा कि इसमें कोई ख़ास बात नहीं, राजकुमार एक की जगह दो फूल रख गया होगा। लेकिन अगले दिन वहाँ फिर दो फूल रखे हुए थे। उसके अगले दिन परसों की तरह दो फूल रखे हुए थे। दिलचस्प बात यह थी कि फूल भिन्न-भिन्न क़िस्म के होते थे। इसका मतलब, महीपाल बाबा की समाधि पर ये फूल अलग-अलग लोग रख गए थे। सबसे बड़ी चीज़ तो यह कि राजकुमार समाधि पर फूल रोज़ नहीं रख जाता था, हफ़्ते में ज़्यादा से ज़्यादा एक बार या कभी दो बार। जबकि अब तीन दिन से लगातार फूल मिल रहे थे। और उस दिन तो विपद-बटुली की समझ में ही नहीं आया कि क्या करें, क्योंकि महीपाल बाबा की समाधि पर आठ फूल थे। उनकी समस्या थी कि वे कैसे पता करें कि इन फूलों में कौन फूल उनके बेटे का है। उनकी यह समस्या और बढ़ गई जब समाधि पर बारह फूल दिखे।

अँधेरा

प्रेमरंजन का जीवन अक्सर परेशानियों से भर उठता था। रंगबिरंगी भाँति-भाँति की परेशानियाँ उसके संसार में विचरण करने लगतीं। मसलन वह कभी ख़रीददारी के लिए बाज़ार जाता तो पाता कि रुपए घर में उतर चुकी पतलून की ज़ेब में रह गए हैं। इसी प्रकार जब उसे ज़्यादा पढ़ाई करनी होती, बिजली गुल हो जाती और जब लिखना होता तो पेन की रोशनाई ख़त्म हो जाती। सभा-समारोहों में उसके पैंट की जिप का ख़राब होना आम बात थी। राह चलते उसकी चप्पल टूट जाती, तो प्यास लगने पर कमरे में रखी सुराही फूट जाती।

पिछले दिनों वह अपनी दाढ़ी की वजह से परेशान था—युवा, नरम, हल्की और लचीली दाढ़ी। हुआ यह था कि रेहाना ने ज़िद पकड़ ली थी कि वह इस अत्यन्त प्रिय दाढ़ी को मुड़ाकर चिकना-चुपड़ा हो जाए।

आख़िर क्या करता, हिम्मत बटोरकर 'बाम्बे हेयर कटिंग सैलून' में घुसना पड़ा था। अनवर नाम का छोटे क़दवाला वह हज्जाम गवाही दे सकता है कि सफाचट में अपने रूपान्तरण की क्रिया के समय प्रेमरंजन ने आँखें मूँदकर दाँत भींच लिया था और साँसें रोक ली थीं। बाद में आईने में देखकर उसने कराह भरी थी, और पुनः आँखें मूँद ली थीं। उसे अपना चेहरा बहुत छोटा, रूखा, कठोर तथा घाघ लगने लगा था। वह अनुभव कर रहा था कि उसका समस्त तेज़ लुट गया है। उसने सोचा—"मैं यह निष्प्रभ चेहरा लेकर रेहाना से कैसे मिलूँगा।" फलस्वरूप वह तब तक युनिवर्सिटी नहीं गया जब तक कि उसके गालों पर पुनः युवा, नरम, हल्की और लचीली दाढ़ी वापस नहीं आ गई।

मगर रेहाना उसे देखकर भड़क गई—"तुम मेरी ख़ातिर अपनी दाढ़ी तक नहीं क़ुर्बान कर सकते।"

"अच्छा बाबा करूँगा। मैं तुम्हारी ख़ातिर दुबारा अपनी दाढ़ी क़ुर्बान करूँगा।" यह कहकर वह उल्टे पाँव फिर 'बाम्बे हेयर कटिंग सैलून' में गया।

पुनः उसकी दाढ़ी अनवर हज्जाम के हवाले थी।

इस बार अपनी दाढ़ी की बलि देकर वह सीधे एक जनरल स्टोर्स पर पहुँचा

और दाढ़ी बनाने का सामान ख़रीदने लगा।

दाढ़ी वनाने का सामान लेकर वह अपने कमरे पर आया और आते ही दाढ़ी वनाने लगा। उसे दाढ़ी बनाने की सनक लग गई थी जैसे—जव मौक़ा पाता, दाढ़ी वनाने लगता। वह पढ़ रहा होता...पढ़ रहा होता...कि रेहाना की याद आती और दाढ़ी बनाने लगता। शाम को घूम-टहलकर आता, दाढ़ी बनाने में जुट जाता और सुबह होते ही फिर ब्लेड, ब्रश वगैरह लेकर बैठ जाता। एक बार किसी सपने की वजह से वह जग गया और तीन बजे रात में ही दाढ़ी बनाने लगा था।

कुछ दिनों बाद उसका चेहरा क्लीन शेव्ड का अभ्यस्त हो गया, और उसे अपना यह रूप भाने लगा। अब रेहाना की अपनी शर्त पूरी करने की बारी थी। रेहाना ने कहा था कि यदि वह दो माह लगातार क्लीन शेव्ड रहेगा तो तीसरे महीने के पहले हफ़्ते में किसी रोज़ वह उसके साथ घूमेगी लेकिन यदि प्रेमरंजन शर्त हार गया तो रेहाना उससे कभी नहीं बोलेगी। बहरहाल नतीजा आ चुका था। प्रेमरंजन शर्त जीत चुका था और अब उसे उस दिन का इन्तज़ार रहने लगा था जब रेहाना उसके साथ घूमने चलेगी...।

आज वह दिन आ गया था। सबसे ख़ास बात यह थी कि आज उसके पास रंगबिरंगी भाँति-भाँति की परेशानियाँ तो दूर की चीज़, कोई भी परेशानी नहीं थी। उसे रेहाना से बुद्धा पार्क में मिलना था और उसके साथ देर तक घूमना था।

जब वह रेहाना से मिलने के लिए अपने किराए के कमरे से निकला तो उसका जीवन परेशानी नहीं, रंग-बिरंगी खुशियों से भरा हुआ था। आज वह और रेहाना साथ-साथ वक़्त बिताएँगे—यह उसका बहुप्रतीक्षित घोर रोमांटिक स्वप्न था जो साकार होने जा रहा था। यूँ ऐसा दो-चार रोज़ पहले भी सम्भव हो सकता था मगर दो-चार रोज़ पहले तक उसकी ज़ेब तैयार नहीं थी। ज़ेब दो-चार रोज़ बाद भी ख़ास तैयार नहीं थी, पर इजी मनी के इस युग में पाँच-छह सौ रुपयों के उधार की व्यवस्था कोई मुश्किल काम न था। ख़ुशी की बात थी कि उसे दो हज़ार मिल गए थे।

दो हज़ार रुपए पास आ जाने पर उसने एक खूबसूरत शर्ट ख़रीदकर पहनी। उसने उतारी हुई शर्ट को खूँटी पर टाँगा और कहा—"मेरी पुरानी प्यारी क़मीज़ बुरा मत मानना। एक दिन तुम्हें भी पहनकर रेहाना के साथ घूमूँगा।" उसने अपने पैंट की पीछे वाली ज़ेब में नया पर्स रखकर पुराने पर्स को कूड़ेदान में फेंका—"माफ करना मेरे फटे पर्स, रुपए रूपी आत्मा ने अब नया शरीर धारण कर लिया है।" इसी प्रकार उसने एड़ियों पर फट चुके मोज़ों से कहा—"अलविदा मेरे मोज़ो।" और दाँतों के बीच-बीच में मैल इकट्ठा कर चुकी छोटी कंघी से

बोला—"यदि नईवाली किसी दिन खो गई तो तुमको फिर से इस्तेमाल करूँगा, रंज मत कर मेरी नन्हीं कंघी।"

उसने पहली बार सेंट ख़रीदा था जिसे नई शर्ट की काँखों, कालर, छाती और आस्तीन पर बेहिसाब छिड़क लिया था। उसने यूँ तो धूप का एक चश्मा भी ख़रीदा था लेकिन उसे लगाया नहीं। उसने चश्मा अलमारी के भीतर यह कहकर रख दिया—"ओ काले-काले चश्मे, तुझे आँखों पर लगाने पर रेहाना को हू-ब-हू नहीं देख पाऊँगा।" इसके बाद उसने कमरे में ताला जड़ा और होंठों को गोल-गोल कर सीटी बजाता हुआ हीरो होण्डावाले दोस्त के यहाँ चल दिया।

हीरो होण्डावाले दोस्त से उसे उम्मीद थी कि आज के मौक़े के लिए वह अपनी होण्डा उसे ज़रूर दे देगा किन्तु दोस्त स्वयं इन दिनों कुछ इसी प्रकार के कामों में मुब्तिला था। अतः वह अपने स्कूटरवाले मित्र के यहाँ पहुँचा। मालूम हुआ कि यह मित्र स्कूटर बनवाने के लिए ही बाहर निकला है। इस प्रकार रेहाना को दुपहिया वाहन पर पीछे बिठाकर तेज़ गति से चलाते हुए खचाक् से ब्रेक लगाने का उसका मंसूबा धरा का धरा रह गया था।

वह हारा और हताश सड़क पर खड़ा था। वह पछता रहा था कि अनावश्यक यह माँगने-वाँगने का चक्कर चलाया जबकि उसके पिताजी ने बचपन में ही शिक्षा दी थी कि इंसान को माँगने से बचना चाहिए। उसने निश्चय किया—"भविष्य में मैं माता-पिता के बताए आदर्शों पर चलूँगा।" फिर सोचा—"मैं उनके बताए आदर्शों पर चला तब हो चुका कल्याण और हो चुकी रेहाना से मेरी शादी। अरे ऐसे माता-पिता इस्लाम धर्म की रेहाना को अपनी बहू कैसे क़बूल करेंगे जो मुसलमानों के लिए घर में अलग ग्लास और प्लेट रखते हैं। जो लोग कटहल और प्याज से परहेज़ करते हैं तथा बैगन को देखकर भड़कते हैं वे बिरियानी और गोश्त की शौक़ीन से क्या खाक़ अपना बेटा ब्याहेंगे।" वह मन ही मन बड़बड़ाया—"पर मैं करूँगा ब्याह। तुम मुझे कम मत समझो रेहाना, अपनी पर आ गया तो माँ-बाप को भी एक दिन बिरियानी खिलाकर रहूँगा।"

उसने तय किया कि इस बार छुट्टियों में घर जाने पर परिवार, परिचितों, रिश्तेदारों की बीच धार्मिक भेदभाव के विरुद्ध और मांसाहार के पक्ष में वातावरण बनाएगा।

अब याद आने पर शर्मिन्दा होता है कि मुसलमानों को लेकर वह स्वयं शुरू-शुरू में कितना वाहियात था। अभी तक वैसा ही वाहियात बना रहता, यदि रेहाना के प्यार में न पड़ जाता। उसने एक आह भरी—"अपनी दकियानूसी मूर्खताओं के चलते मैंने रेहाना को कितनी तकलीफ़ दी है।" उसे तुरन्त 'जूठ'

का वह प्रकरण याद आया और उसका सिर शर्म से झुक गया...।

तब रेहाना युनिवर्सिटी में नई-नई आई थी मास्टर ऑफ़ सोशल वर्क की छात्रा बनकर। अभी प्रेमरंजन से उसके प्यार की शुरुआत नहीं हुई थी किन्तु प्यार का वायुमंडल बनने लगा था। जैसे कि प्रेमरंजन से बात करते समय वह हँसने लगती थी। कभी-कभी बात में वीर रस या करुण रस रहने पर भी वह हँसने लगती थी। कभी कोई वजह न होने पर भी वह हँसती। हँसते समय रेहाना की आँखें सिकुड़ जाती थीं और प्रेमरंजन को लगता था कि उन सिकुड़ी हुई आँखों में कोई टिमटिमाहट है जो उसे ही समर्पित है। दूसरी तरफ़ जब रेहाना बात करती तो प्रेमरंजन की हँसी लापता हो जाती थी। वह इतनी गम्भीरतापूर्वक रेहाना को सुनता कि रेहाना को भ्रम होता कि वह सुन भी रहा है या नहीं। इन्तिहा तब हो जाती जब रेहाना के लतीफ़ों को भी वह गम्भीरतापूर्वक सुनता। ऐसी दशा में रेहाना अपनी हथेली उसकी आँखों के सामने लहरा कर कहती–"कहाँ खोए हुए हैं जनाब ?"

प्यार का वायुमंडल बनने लगा था, यह इससे भी पता चलता था कि रेहाना की अनुपस्थिति में रेहाना की याद आने पर प्रेमरंजन को कभी बहुत तेज़ जाड़ा लगने लगता था तो कभी बेपनाह गर्मी लगने लगती। कभी अपने भतीर आँधी चलती हुई महसूस होती तो कभी वृक्षों के पत्तों पर पानी गिरने की आवाज़ सुनाई पड़ती। समूह में रेहाना मिलती तो उसे लगता वातानुकूलित कक्ष में बैठा किसी महान चित्रकार की कला देख रहा है। और जब यदा कदा एकान्त में रेहाना से मुलाक़ात हो जाती तो उसके पेट में शूल उमड़ने लगता। वायुदाब इस प्रकार हरहराता जैसे झूले पर बैठने पर ऊपर से नीचे आते समय होता है। उधर रेहाना की दशा पेचीदा थी। वह प्रेमरंजन को देख कभी अनायास मुस्कराने लगती और कभी अनायास रुआँसी हो जाती। वह चुप रहती...चुप रहती कि जीभ बाहर निकालकर उसे चिढ़ाने लगती। या कभी उसके कान में चुपके से पेन्सिल डालकर चौंका देती।

उनके सम्बन्धों में नाटकीय मोड़ तब आया जब शबे बारात की छुट्टी के बाद युनिवर्सिटी खुली। यूँ तो युनिवर्सिटी में टिफिन लाने का रिवाज नहीं होता, कैंटीन ज़िन्दाबाद रहती है, लेकिन ईद, बकरीद, शबे बारात की छुट्टियों के बाद युनिवर्सिटी खुलने पर कई मुस्लिम लड़कियाँ दोस्तों को खिलाने के लिए टिफिन ले आतीं। रेहाना ने ढक्कन खोला–"हलवा अम्मी ने नहीं मैंने बनाया है।" दोस्त उत्साहपूर्वक हलवा पर टूट पड़े थे। मगर प्रेमरंजन ने खाने से इन्कार कर दिया था–"मुझे हलवा बिल्कुल पसन्द नहीं, मीठी चीज़ें मैं ज़रा कम ही खाता हूँ।"

"तुम जैसे मीठे के दुश्मनों के लिए अम्मी ने बनाया है छोला...ऽ...ऽ...।" रेहाना ने जोश के साथ टिफिन के दूसरे डिब्बे को खोला। सब उत्साह में आ गए। एक दोस्त ने अख़बार बिछाकर दस्तरख़्वान लगा दिया तो दूसरा दौड़कर पानी की दो बोतलें ले आया। उतावलापन इतना अधिक था कि रेहाना से टिफिन छीनकर सारे डिब्बे खोल दिए गए। सब चिल्ला पड़े–"वाह।" कबाब और दहीबड़े भी थे। प्रेमरंजन चेहरे को मनहूस बनाकर बोला–"मैं कुछ नहीं खा सकूँगा, मेरा पेट गड़बड़ चल रहा है।" दोस्तों ने काफ़ी इसरार किया। रेहाना ने भी पुरज़ोर गुज़ारिश की लेकिन वह ठूँठ बना रहा, पसीजा नहीं। उसका पेट गड़बड़ था, गड़बड़ बना रहा।

प्रेमरंजन का पेट तब ठीक हुआ जब शाम को एक दोस्त ने उसे किंग चाट हाउस पर देखा। दोस्त चुपचाप मुआयना कर रहा था–किंग चाट हाउस पर प्रेमरंजन ने पहले छोला खाया, फिर दहीबड़े खाए। हलवा वहाँ बिकता नहीं था वर्ना उसे भी वह अवश्य खाता। जब वह दुकानदार को पैसे दे रहा था तभी दोस्त ने उसे धर दबोचा। प्रेमरंजन गिड़गिड़ाने लगा–"यार रेहाना से मत बताना, बुरा मान जाएगी।"

"रेहाना के बुरा मान जाने का इतना ख़्याल है तो उसकी लाई चीज़ें खा लेते। यक़ीन मानो, इस ठेले के दहीबड़ों और छोले से ख़राब क़तई नहीं लगता।" दोस्त ने फब्ती कसी।

"नहीं...नहीं...वो बात नहीं है...बात ये है कि...मुसलमान जो चीज़ें खिलाते हैं उसे जूठा कर देते हैं...।"

यह दोस्त इतना निर्दय और बदमाश था कि अगले दिन ख़ाली पीरियड में जब सभी ब्रेड पकौड़े और चाय पर टूटे हुए थे वह रेहाना से बोला–"रेहाना तुम्हारे पैसों से आए ब्रेड पकौड़े प्रेमरंजन खा रहा है लेकिन तुम्हारे घर की पकी हुई चीज़ें यह कभी नहीं खाएगा।"

"क्यों...क्यों...क्यों... ?" रेहाना ने नक़ली तनातनी दिखाई।

"इसलिए कि...।"

"हाँ...हाँ...किसलिए...बोलो।"

"इसलिए कि प्रेमरंजन कहता है कि तुम लोग खाने-पीने की चीज़ें हिन्दुओं को जूठा करके देते हो।"

रेहाना अपमान से सुर्ख़ हो गई। अगले ही क्षण हाथ का चम्मच फेंककर वह खड़ी हो गई और थोड़ी दूर जाकर फूट-फूटकर रोने लगी थी...।

उस दिन के बाद हालात बदल गए थे। अब रेहाना जब भी उसे देखती,

उसकी आँखें भर आतीं। उसके देखने में न जाने क्यों क्रोध नहीं अफ़सोस भरा रहता था। अफ़सोस शायद इस बात का था कि उसको प्रेमरंजन से ऐसे सलूक की उम्मीद न थी। पता नहीं क्या बात थी कि प्रेमरंजन को देखकर जब रेहाना की आँखें डबडबा आतीं तो वह इतनी निश्छल, मासूम और पवित्र हो जाती थी कि प्रेमरंजन उसकी वह छवि भूल नहीं पाता था। अन्ततः उसके भीतर गहन आत्मधिक्कार आवाज़ देने लगता। उसने सोचा—"मैं कितना मूर्ख, दकियानूस और चूतिया हूँ कि अपने देश के अल्पसंख्यक समुदाय के बारे में ऐसे विचार रखता हूँ।" इस सम्बन्ध में उसने गहराई से विचार किया और पाया—"एक जनेऊधारी हनुमान भक्त पिता और प्रति सप्ताह दो उपवास रखनेवाली माँ की औलाद मैं हो भी कैसा सकता हूँ। औरतों के साथ अत्याचार करनेवाले व्यभिचारी बाबा का पोता और शूद्रों पर अत्याचार के लिए विख्यात परबाबा का परपोता मैं प्रेमरंजन निहायत कमीना इंसान नहीं बनूँगा तो क्या बनूँगा।" वह पश्चाताप की अग्नि में भस्म होने लगा—"हे भगवान, ये मुझसे क्या हो गया...।"

हफ़्ते भर में ही स्थिति यह हो गई कि मुलाक़ात होने पर जब रेहाना की आँखें डबडबातीं तब रेहाना से भी अधिक प्रेमरंजन की आँखें भर आती थीं। यह सिलसिला दो-चार चला होगा कि एक दिन एकान्त पाकर प्रेमरंजन ने रेहाना से कहा—"मुझे माफ़ी नहीं दोगी ? मानता हूँ क़सूर मेरा है, पर क्या करूँ मेरे भीतर बचपन से ही जाने कैसे यह फ़ितूर बैठ गया था...।"

रेहाना ख़ामोश रही।

"रेहाना ख़ुश हो जाओ और मुझे माफ़ कर दो...देखो एक ग़लती दुश्मन की भी भुला दी जाती है...और मैं तो तुम्हारा दोस्त..." और अचानक ही उसका वह वाक्य वहीं छूट गया, वह नामालूम किस आवेग में दूसरा वाक्य कहने लगा—"रेहाना तुम्हें माफ़ करना ही पड़ेगा। तुम नहीं जानती कि मैं तुम्हें कितना प्यार करता हूँ। तुम्हारी गैर मौजूदगी में भी तुम्हें भूल नहीं पाता हूँ। रेहाना मैं फिर कह रहा हूँ कि मैं तुम्हें बहुत चाहता हूँ। जूठा क्या तुम ज़हर भी खिलाओगी तो मैं खाऊँगा।"

रेहाना की आँखों से आँसू ढुलक पड़े। उन्हें आस्तीन से पोंछकर वह मुस्कराई—"कल मैं ज़हर मिलाकर नहीं, टिफिन में केवल ज़हर लेकर आऊँगी। तुम खाओगे ?"

"हाँ मैं खाऊँगा।"

अगले रोज़ रेहाना का टिफिन देखते ही दोस्त लोग चिल्ला पड़े—"अरे टिफिन ! उधर न ईद थी, न बकरीद, न शबे बारात। फिर किस ख़ुशी में ये टिफिन ?"

एक दोस्त ने शोर मचाया—"ओ रेहाना, तेरी शादी तय हो गई क्या .. ?"

टिफिन खुला, उसमें सिवइयाँ थीं। दोस्त उसकी तरफ़ लपके लेकिन रेहाना ने सभी को रोक दिया—"इस सिवई में ज़हर है।" उसने प्रेमरंजन की तरफ़ घूरा—"हाँ ज़हर।" वह सबकी तरफ़ मुख़ातिब हुई—"तुम लोग यह सुन ही चुके हो कि मुसलमान हिन्दुओं के खाने-पीने की चीज़ों में जूठा मिला देते हैं।" वह थोड़ा ठहरकर फिर बोली—"यह भी ज़रूर सुना होगा कि वे ज़हर भी मिला देते हैं—कभी खाने में, कभी दूध में, कभी पीने के पानी में—कुएँ में या पानी की टंकी में। और आज एक मुसलमान के घर से आई इस सिवई में भी ज़हर है।" उसकी आवाज़ काँप रही थी और आँखें रो रही थीं। सारे दोस्त ख़ामोश होकर प्रेमरंजन को देख रहे थे।

प्रेमरंजन उठा, आगे बढ़ा और सिवई के पात्र को मुँह से लगा लिया जैसे कुछ कैलेंडरों में शंकर जी गरल पान करते हैं। प्रेमरंजन ने सारी सिवई अकेले ख़त्म करके पात्र को नीचे रखा तो दोस्तों की तरफ़ से तालियाँ बजने लगीं।

तालियाँ ख़त्म करने के बाद एक दोस्त ने कहा—"रेहाना हमारा ज़हर कहाँ है ?" सब हँस पड़े।

प्रेमरंजन के चेहरे पर सिवइयाँ पुत गई थीं। वह हाथ-मुँह धुलने के लिए बाथरूम जाने लगा। धुलने के इरादे से टिफिन भी साथ ले जाने लगा तो रेहाना ने रोका—"मैं धुल लूँगी। वर्ना कहोगे कि मुसलमान जिसे खिलाते हैं उसी से बरतन भी धुलवाते हैं।"

"प्लीज रेहाना, अब कुछ ज़्यादा हो जा रहा है।" दोस्तों ने ऐतराज जताया।

प्रेमरंजन और रेहाना साथ-साथ उठे। एक हाथ-मुँह धुलने के लिए तो दूसरा टिफिन साफ़ करने के लिए। बाथरूम में जब प्रेमरंजन का चेहरा और रेहाना का टिफिन दोनों धुल गए तो रूमाल से चेहरा पोंछते हुए वह बोला—"सारा ज़हर अकले खा लिया मैंने। अब मैं मर चुका हूँ।" फिर उसने धीमे से जोड़ा—"तुम पर।"

रेहाना ने उसे भर निगाह देखा—"ज़हर खा लिया पर जूठा तो नहीं खाया।"

"तुम मुझे माफ़ कब करोगी रेहाना ?"

"जब तुम मेरा जूठा खाओगे।"

"वह भी खिला दो किसी दिन।"

"किसी दिन क्यों, अभी खाना पड़ेगा।"

रेहाना ने आगे बढ़कर दरवाज़े को बन्द किया। लौटकर प्रेमरंजन से बोली—"ये टिफिन तुम पकड़ो ज़रा।"

"क्यों ?"

"तुमको जूठा खिलाऊँगी।"

प्रेमरंजन के एक हाथ में टिफिन था, दूसरे में रूमाल। रेहाना के दोनों हाथों में प्रेमरंजन का चेहरा था। रेहाना ने प्रेमरंजन के होंठों को अपने होंठों के भीतर कर लिया। रेहाना की जीभ उसकी जीभ और उसके तालू पर सरसराई। एकाएक रेहाना झटके से मुक्त हो गई और तीर की तरह बाथरूम से बाहर निकल गई। टिफिन और रूमाल लिए हुए प्रेमरंजन वहाँ अकेला खड़ा था।

उसके बाद एक विचित्र स्थिति यह हुई कि प्रेमरंजन अक्सर रेहाना से याचना करने लगा--"मुझे एक बार फिर अपना जूठा खिला दो। मैं रोज़ तुम्हारा जूठा खाना चाहता हूँ।" लेकिन उसके हज़ार आग्रह के बावजूद रेहाना पसीजी नहीं।

एक बार की ही सही, प्रेमरंजन के पास अनोखी स्मृति थी। मौक़े-बेमौक़े वह अनोखी स्मृति याद आती और तब वह सनसनाहट से भर जाता। जैसे तेज़ हवा चलने पर बिजली के तार हिलते हैं और आवाज़ करते हैं, उसी तरह वह अपने अन्दर महसूस करता। उसे लगता कि उसके अन्दर ढेर सारे बिजली के तार हिल रहे हैं--तेज़ हवाएँ चल रही हैं--और आवाज़ें हो रही हैं। और यह भी कि उसके भीतर बिजली दौड़ रही है। नतीजतन वह पुनः कातर स्वर में अनुरोध करता--"क्या अब मुझे कभी भी तुम्हारा जूठा नहीं मिलेगा ?" हक़ीक़त यह थी कि बाथरूम में घटित प्रकरण की पुनरावृत्ति का उसका सपना अभी तक साकार नहीं हुआ था।

पर आज जब वह चिकना-चुपड़ा होकर नई क़मीज़, नई बनियान, नई कंघी, नई रूमाल के साथ निकला, तब आशान्वित था। उसमें उम्मीद चमक रही थी कि हो सकता है, रेहाना का हृदय आज द्रवित हो जाए। इसलिए हीरो होण्डा या स्कूटर न मिलने के बाद भी वह अपने को परेशानियों से घिरा हुआ नहीं अनुभव कर रहा था, और सड़क के किनारे खड़ा बीच-बीच में मुस्करा रहा था, बल्कि उसके भीतर बिजली के तार भी हिल रहे थे...आवाज़ें भी हो रही थीं...भीतर बिजली भी दौड़ रही थी, और वह फिर मुस्करा पड़ रहा था...।

प्रेमरंजन पार्क के सामने था। स्कूटरवाले दोस्त के घर से निकलकर आख़िर कितनी देर सड़क पर अकेला खड़ा अपने भीतर बिजली दौड़ाता रहता और मुस्कराता रहता। वह बस पकड़कर बुद्धा पार्क के सामने आ गया। उसने घड़ी देखी तो ख़ुद से सवाल किया--"मैं इतना पहले कैसे आ गया ? जबकि मैं दुपहिया वाहन से नहीं, पैदल और बस यात्रा के सम्मिलत प्रयास से पहुँचा। फिर भी जल्दी आ

गया।" इसका सीधा संक्षिप्त उत्तर यह था कि रेहाना से मुलाक़ात के जोश में उसने अपना कमरा जल्दी छोड़ दिया था। वैसे यह अर्द्धसत्य है। दरअसल जोश के अलावा भी कुछ वजहें थीं उसके जल्दी निकल पड़ने की। जैसे कि उसे आशंका हुई कि यदि वह सही समय पर कमरे से निकला और रास्ते में चप्पल टूट गई या कोई बातूनी इंसान रास्ता रोककर देर तक बतियाने लगा या किसी अन्धे ने भीड़ भरी सड़क पार कराने का निवेदन कर दिया या बुद्धा पार्क पहुँचने के पहले वाहन रास्ते में ख़राब हो गया तो क्या होगा। रेहाना ख़फ़ा होकर चल देगी वहाँ से और क्या होगा ! उसे यह डर भी था कि हो न हो, रेहाना की घड़ी तेज़ चल रही हो, इस कारण वह पहले ही बुद्धा पार्क पहुँच जाए और वहाँ उसे न पाकर वापस लौट पड़े। वस्तुतः आज वह किसी भी प्रकार की चूक नहीं होने देना चाहता था और मुकर्रर किए गए समय से पर्याप्त पहले ही बुद्धा पार्क के सामने खड़ा था। स्वाभाविक ही था कि रेहाना अभी वहाँ नहीं पहुँची थी। उसने सोचा कि अब क्या करे ? एक बार उसके दिमाग़ में आया कि यहीं कहीं आसपास मँडराता रहे और नियत समय पर आकर बुद्धा पार्क के प्रवेश द्वार पर तैनात हो जाएगा रेहाना की आगवानी के लिए।

किन्तु सवाल था कि वह कितनी देर आसपास मँडराता। वस्तुतः वह काफ़ी पहले आ गया था। इतना कि शेष वक़्त महज मँडराया नहीं जा सकता था। इतनी देर तक मँडराने पर वह निश्चय ही थक जाता, साथ ही उसकी ताज़गी, स्फूर्ति और सौन्दर्य के कमतर हो जाने का भी ख़तरा था। अतः वह बाक़ी समय किसी दूसरी तरह बिताने के बारे में सोचने लगा। उसने यह समाधान ढूँढा कि क्यों न नज़दीक के किसी साइबर कैफे में चला जाए। वहाँ वह नेट पर वक़्त गुज़ारने के अलावा रेहाना को एक प्रेमपत्र भी मेल करेगा। इन दिनों उसके लिए यह टाइम पास का बेहतरीन तरीका था। यदा-कदा रेहाना भी उसे प्रेमपत्र मेल करती थी। जहाँ उसके प्रेमपत्र सन्देश संक्षिप्त, अनलंकृत और शान्त होते थे, वहीं प्रेमरंजन के सन्देश कम्प्यूटरीकृत कुण्डली की भाँति कई-कई पृष्ठों के हो सकते थे। वे सजावटी शब्दों से लहलहाते हुए हाहाकार भरे होते थे। उसी प्रकार का पत्र ई-मेल करने का लक्ष्य लेकर वह साइबर कैफे में दाख़िल हुआ।

साइबर कैफे के एयरकण्डीशनर की ठंडक में वह काफ़ी खुश महसूस कर रहा था। उसकी ख़ुशी का कारण गर्मी से छुटकारा मिलने के साथ यह भी था कि एयरकण्डीशन के रक्षाकवच में धूल-धक्कड़ से भी सुरक्षित था। बाहर सड़क पर खड़े होने अथवा इधर-उधर टहलने पर उसके क्लीन शेव्ड चेहरे पर, नई क़मीज़ पर गर्द पड़ सकती थी। आँधी आ जाए तो शैम्पू किए बालों की शान मिट्टी में

मिल सकती थी। कौन ठीक, किसी गँवार द्वारा पान खाकर उगली गई पीक उसके कपड़ों पर पड़ जाती या रेहाना की याद में खोए रहने के कारण ग़ाफ़िल उसके पैर गोबर में, कीचड़ में, गड्ढे अथवा मेनहोल में चले जाते तो ? तब रेहाना के साथ बहुप्रतीक्षित आज की शाम बरबाद होने से कौन बचाता ! वह ख़ुश-ख़ुश कम्प्यूटर के सामने बैठ गया।

कम्प्यूटर ऑन था और स्क्रीन पर ऐश्वर्या राय थीं। राय को देखकर प्रेमरंजन की आत्मा बोली–"ऐश्वर्या तुम हो बड़ी सुन्दर...मगर मेरी रेहाना ?" उसने आह भरी और ऐश्वर्या राय के होंठ देखने लगा। उसका फ़ैसला हुआ कि रेहाना के होंठ ऐश्वर्या के होंठों से भी अच्छे हैं–"रेहाना तुम्हारे होंठ कितने गुलाबी और पतले-पतले हैं, पर यही पतले होंठ बाथरूम में कितने भारी हो गए थे।"

उसने ऐश्वर्या की आँखें देखी तो बोला–"ऐ भूरी आँखों वाली ऐश्वर्या राय तुम मेरी रेहाना से मुक़ाबले में जीत नहीं पाओगी क्योंकि उसकी बड़ियारी आँखें काली कजरारी हैं।"

ऐश्वर्या के वक्ष देखकर उसने रेहाना के वक्ष का ख़्याल किया और तड़फड़ाने लगा। उसने पाया कि उसके भीतर बिजली के तार हिल रहे हैं...आवाज़ें हो रही हैं...बिजली दौड़ रही है...घबराकर वह जल्दी-जल्दी की-बोर्ड पर उँगलियाँ चलाने लगा...

की-बोर्ड पर उँगलियाँ चलाते हुए वह बीच-बीच में घड़ी भी देख ले रहा था। पिछले बीस मिनट में चार बार घड़ी देख चुका था। जब पाँचवीं बार घड़ी देखने के लिए कलाई मोड़ी, ठीक उसी समय साइबर कैफे के मालिक ने फ़ोन का रिसीवर पटका और दरवाज़ा खोलकर बाहर लपका। जितनी तेज़ी से वह गया था, उतनी ही तेज़ी से लौट आया। वह बदहवास लग रहा था। उसने ज़ोर से शटर गिराया। न केवल इतना, बल्कि भीतर से ताला बन्द करके अपनी कुर्सी पर बैठ गया।

कैफे के भीतर ढेर सारे कम्प्यूटर थे जिनके सामने नई उम्र के लड़के-लड़कियाँ बैठे थे। उनमें से किसी की समझ में मालिक की यह कार्रवाई नहीं आई। दुबली-पतली एक चश्मुद्दीन लड़की बौखला गई–"ऐ मिस्टर, यह क्या बदतमीजी है।" वह तमतमाकर अपने सेलफ़ोन पर किसी का नम्बर मिलाने लगी।

"दंगा होनेवाला है। समझ लो शुरू हो चुका है। बहुत भारी दंगा।" कैफे मालिक घबराया हुआ बोला।

'कहाँ हुआ है', 'क्यों हुआ है', 'मारकाट भी मची है या केवल लूटपाट', 'कौन ज़्यादा भारी पड़ रहा है'--अनेक सवाल होने लगे। जिनके पास मोबाइल था वे उस

पर जानकारी लेने की कोशिश करने लगे। कैफे मालिक भी लगातार फ़ोन मिला रहा था। नम्बर शायद व्यस्त था, इसीलिए बार-बार मिलाना पड़ रहा था। प्रश्नकर्ता खीझ रहे थे। चश्मुद्दीन चीख़कर बोली–"आप जवाब क्यों नहीं दे रहे हैं ?"

"कुछ पता हो तब जवाब दूँ न।" कैफे मालिक को भी ताव आ गया–"पता करने के लिए अख़बार के दफ़्तरों को फ़ोन मिला रहा हूँ पर मिले तब न...।" वह स्वगत बोला–"पता नहीं क्या हालत है बाहर ?"

अब प्रेमरंजन गिड़गिड़ाया था–"मुझको यहाँ से जाने दीजिए। कृपया आप ताला खोलें, शटर उठाएँ ताकि मैं बाहर निकलूँ।" प्रेमरंजन को लग रहा था कि रेहाना बुद्धा पार्क पहुँच जाएगी या कहीं दंगे में फँस जाएगी। दोनों ही स्थितियों में उसे उसके पास रहना चाहिए। इस बार उसकी आवाज़ में अधिक कातरता थी–"प्लीज शटर खोल दीजिए, मैं जाऊँगा।"

लोग इस अप्रत्याशित प्रकरण की उपस्थिति से सकते में आ गए थे।

प्रेमरंजन ने अपनी टेर लगाई–"भाई साहब शटर...।"

कैफे मालिक भड़क गया–"मेरे बाप, बाहर फ़साद मचनेवाला है और तुम्हें जाने की सूझ रही है।"

"जाना ही होगा मुझे। वैसे भी, अगर फ़साद बढ़ गया तो आप इतने लोगों को यहाँ कब तक टिकाएँगे।"

"मैं क्यों टिकाऊँगा...मैं क्यों टिकाऊँगा...।" कैफे मालिक बोला–"लेकिन पता कर लूँ कि किस इलाक़े से जाना ख़तरनाक़ है किससे नहीं। ताकि आप लोग किसी मुसीबत में न फँसे।"

"मगर मेरे पास वक़्त नहीं है। मुझे अभी निकलना है।"

"क्या आफ़त आई है ?" कैफे मालिक ने चिढ़कर कहा और फ़ोन मिलाने लगा।

अन्य लोग आपस में भिनभिन बातें करने लगे–पता नहीं चल पा रहा है कि बाहर क्या हो रहा है...बिना मालूम किए निकलना ठीक भी नहीं है...।

कैफे मालिक का फ़ोन लग गया था, वह किसी से फुसफुसाकर बतिया रहा था।

चश्मुद्दीन लड़की ने सहानुभूतिपूर्वक प्रेमरंजन से पूछा–"निकलना बड़ा ज़रूरी है क्या ?"

"हाँ बहुत ज़रूरी है।" प्रेमरंजन को जल्दी में यही सूझा–"मेरे पिताजी काफ़ी बीमार हैं, मौत उनके क़रीब खड़ी है।"

"पिता की तबीयत इतनी ख़राब थी तो यहाँ क्या करने आए थे ?" कैफे मालिक ने उसे घूरा। फ़ोन पर उसकी वार्ता समाप्त हो चुकी थी।

"यहाँ अपने भाइयों को, बहन को और दो चाचाओं को मेल करने आया था। ताकि उन्हें पता चल जाए कि पिताजी का अब कुछ ठीक नहीं है।" वह हाथ जोड़कर खड़ा हो गया–"मैं प्रार्थना करता हूँ...हाथ जोड़ता हूँ, मुझे जाने दीजिए। मुझे अपनी जान की बिल्कुल परवाह नहीं है, मुझे बस जीवन की अन्तिम घड़ी गिन रहे अपने पिता की फ़िक्र है।"

सभी इस आधुनिक श्रवण कुमार से बहुत प्रभावित हुए। कैफे मालिक भी भावुक हो गया। उसने प्रेमरंजन के कन्धे पर हाथ रखकर कहा–"चिन्ता मत करो मेरे दोस्त, मैं तुम्हारी मदद करूँगा।"

वह प्रेमरंजन को मकान के पिछले हिस्से में ले गया। वह एक पूजागृह था। वहाँ कुछ देवताओं की तस्वीरें तथा लक्ष्मी-गणेश की मूर्तियाँ रखी थीं जिनके गले में मालाएँ लटकी थीं। मालिक ने उन सभी को प्रणाम करके प्रेमरंजन से पूछा–"क्या हो ? हिन्दू ?"

"मैं मुसलमान होता तो यह क्यों कहता कि 'मेरे पिताजी काफ़ी बीमार हैं, तब मैं कहता मेरे अब्बा काफ़ी बीमार हैं।"

"वही तो...वही तो...।" कैफे मालिक ने फुसफुसाकर कहा। वह प्रेमरंजन को लेकर दाएँ मुड़ गया। थोड़ा आगे बढ़ने पर एक दरवाज़ा मिला। दरवाज़े की सिटकनी तक पर धूल की मोटी पर्त जमा थी जिससे लगता था कि घरवालों का सफ़ाई से कोई वास्ता नहीं है या यह दरवाज़ा बहुत दिनों से खोला नहीं गया है।

मालिक ने सिटकनी गिराकर दरवाज़े को ज़रा सा खोला और बाहर झाँका। बाहर न सूनसान था न भगदड़ थी, उसने दरवाज़ा ज़्यादा खोल दिया–"इधर से बाएँ मुड़ते हुए निकल जाओ, आगे रिहायशी बस्ती है।" वह मुस्कराया–"और हिन्दुओं की है।" जल्दी ही चिन्तित हो गया–"लेकिन आगे जाने पर मुसलमानों का इलाक़ा पड़ेगा, बस उसे किसी तरह पार करना होगा। अगर उसे सकुशल पार कर गए तब कोई चिन्ता की बात नहीं। क्योंकि उस बस्ती से लगा हुआ ही थाना है। थानेदार भी हिन्दू है। बड़ा जालिम इंसान है भइया वह। दंगों में 'उन' सालों की तो बजाकर रख देता है। उससे अपने पिता की तबीयत के बारे में बताना, वह ज़रूर तुम्हारी मदद करेगा। अच्छा...तुम्हें जाना किस इलाक़े में है ?"

प्रेमरंजन जवाब देने के पहले दरवाज़े के बाहर उस पार निकल गया। फिर बोला–"बुद्धा पार्क।"

"बुद्धा पार्क ?" कैफे मालिक चौंका–"वहाँ क्या काम है ?"

"कुछ नहीं, बस यूँ ही...अच्छा चलता हूँ।" उसने कैफे मालिक से हाथ मिलाया—"मैं आपका यह एहसान कभी नहीं भूलूँगा।"

"एहसान की क्या बात।" कैफे मालिक भावुक हो गया—"तुम्हारे पिताजी मेरे भी पिता तुल्य हैं।"

कैफे मालिक से विदा लेकर वह उस बस्ती की तरफ़ बढ़ा जो हिन्दुओं की थी, जिसके बाद एक मुस्लिम बस्ती को और उससे सटे हुए थाने को आना था। जिसका कि थानेदार बड़ा जालिम इंसान था।

प्रेमरंजन कुछ दूर ही बढ़ा होगा कि एक नई समस्या आ गई। उसने महसूस किया कि उसको बहुत तेज़ी से पेशाब लगी हुई है। उसने इधर-उधर नज़र दौड़ाई। वह एक चौराहा था जहाँ महाराणा प्रताप की घोड़े पर सवार एक मूर्ति थी। इसे भगवान भक्त सरकार ने अभी हाल में बनवाया था। निश्चय ही यहाँ पेशाब करने की गुंजाइश नहीं थी। वैसे भी दंगा तो नहीं लेकिन एक बदहवासी, अफरातफरी माहौल में थी। चारों तरफ़ डर और संशय रेंग रहे थे...। ऐसे में उसको पेशाब लग गई थी। हालाँकि वह रास्ता चलता जा रहा था लेकिन पेशाब करने लायक स्थान भी तलाशता जा रहा था। ज़ाहिर है वह स्थान अभी तक मिला नहीं था। वह फिर एक चौराहे पर था। यहाँ भी मूत्रालय नहीं, किसी रणजीत सिंह जू देव की तलवार लहराती मूर्ति थी, इसे भी भगवान भक्त सरकार ने बनवाया था। प्रेमरंजन के हृदय से गाली निकल गई—"ये साली कैसी गधा सरकार है जो मूर्तियाँ बनवाती है, मूत्रालय नहीं।" फिर उसने अपने को कोसा—'मैं भी कितना बेवकूफ और अदूरदर्शी हूँ। क्या हुआ कि ज़्यादा ज़ोर से नहीं लगी थी, निकलने से पहले मुझे साइबर कैफे में फारिग हो लेना चाहिए था।" उसमें प्रश्न कौंधा—"ज़रूरी नहीं है कि साइबर कैफे में टायलेट रहा हो।" उत्तर भी उसने स्वयं दिया—"निश्चित रूप से टायलेट रहा होगा। जब साइबर कैफे घर में था और घर में मन्दिर था तो टायलेट भी ज़रूर होगा। ग़लती मेरी है कि मुझको सूझा ही नहीं कि निकलने से पहले हल्का हो लेना चाहिए। उसी भूल का ख़ामियाजा भुगत रहा हूँ अब—ढूँढ रहा हूँ मूत्रालय या कोई गन्दी सी जगह।"

वह अपनी समस्या को जितना ही ज़्यादा स्थगित कर रहा था, वह उतनी ही बढ़ती जा रही थी। रोकते-रोकते आख़िर वह पुरानी हिन्दू बहुल बस्ती में आ पहुँचा। साइबर कैफे के मालिक ने बताया था कि यहाँ रुकना नहीं है, सीधे आगे बढ़ जाना है। लेकिन वह उस बिन्दु पर पहुँच चुका था कि जहाँ आगे बढ़ने के

बजाय लघुशंका से निजात अधिक आवश्यक था। चूँकि यह रिहायशी बस्ती थी, इसलिए यहाँ सार्वजनिक शौचालय होना और उसे ढूँढना कठिन काम था। इसके लिए किसी के घर का दरवाज़ा खटखटाना उससे भी कठिन था। इसलिए उसने अपनी समस्या से मुक्ति के लिए एक जननिरपेक्ष गन्दी जगह की तलाश में चारों तरफ़ का विहंगावलोकन किया..।

यह एक पुराना मोहल्ला था जिसके मकान अमूमन पक्के और एक दूसरे से सटे हुए थे। बिजली के नंगे तारों का संजाल हर ओर छतराया हुआ था। इधर-उधर गलियाँ थीं। गली-सड़क कहीं पर भी गायें मिल सकती थीं। छतों पर बन्दर कूद रहे थे। प्रेमरंजन ने छतों से ऊपर देखा तो पाया कि दो मन्दिरों के कलश चमक रहे हैं और कहीं किसी पीपल के पेड़ का ऊपरी हिस्सा हरहरा रहा है।

लेकिन उसे शौचालय या जननिरपेक्ष गन्दा स्थान कहीं नहीं दिखाई दे रहा था। उसने बेचैनी से फिर आसपास देखा–घरों के सामने से नालियाँ गई थीं। हल्का होने के लिए यह एक उपयुक्त जगह थी लेकिन मुश्किल थी कि उनके इर्द-गिर्द मानव उपस्थिति थी। उसका चेहरा असहायता, तनाव, घबराहट और एक अजीब ढंग के कम्पन से भर उठा। उसे कुछ न सूझा तो वह इस गली से उस गली में भागने लगा, और अन्ततः एक बन्द गली के आख़िरी मकान के कोनेवाले हिस्से की दीवार के सामने खड़ा होकर पेशाब करने लगा।

पेशाब करते हुए प्रेमरंजन ने देखा–दीवार पर कुछ पोस्टर लगे थे और एक इबारत लिखी थी। उसने पहले इबारत पर ग़ौर किया। लिखा था–देखो गधा पेशाब कर रहा है। उसने पहले उस इबारत के चारों ओर अपने मूत्र की मेखला बना दी। इसके बाद उसने एक विजेता की भाँति पोस्टरों की तरफ़ देखा। दीवार पर तीन रंगीन पोस्टर लगे थे। ये भगवान भक्त पार्टी की किसी महारैली से सम्बन्धित पोस्टर थे। उन तीनों पर दो नेताओं की तस्वीरें थीं। वह मुस्कराया–"ओह आप हैं। आपकी पार्टी शौचालय नहीं बनवा सकती तो लीजिए हमारी सप्रेम भेंट।" उसने मूत्रांग को ऊपर उठाकर निशाना साधा–एक ही बार में दोनों पर प्रहार गिरा। प्रेमरंजन पर जैसे कोई जुनून सवार हो गया था। उसने अपने मूत्रांग को दाएँ-बाएँ ऊपर-नीचे हर कोण पर ले जाकर उन दोनों पर हमला बोला। नतीजा था कि जब वह निवृत्त हुआ तो तीनों पोस्टर बुरी तरह भीग चुके थे।

अब जाकर वह सामान्य हो सका था। जैसे शरीर में घुसी कोई बीमारी अचानक निकल गई हो। वह थोड़ा इधर-उधर मुड़ते हुए बढ़ा कि फिर मुहल्ला सामने था। वैसे थोड़ी देर पहले वह उड़ती-पुड़ती निगाह से मुहल्ले को देख चुका था, मगर तब वह बेचैनी में था और हल्का होने के लिए गन्दा जननिरपेक्ष स्थान

ढूँढ रहा था, अतः उस समय मुहल्ले को ग़ौर से देखने के लिए उसके पास कहाँ गुंजाइश थी। अब उसने मुहल्ले को देखा तो उसकी घबराहट बढ़ी--मुहल्ले में सनसनी पसरी हुई थी। लोग छोटे-छोटे समूहों में इकट्ठा होकर फुसफुसा रहे थे। महिलाएँ घर के भीतर प्रवेश द्वार से सटकर खड़ी थीं और बाहर के वातावरण की थाह लेने की कोशिश कर रही थीं। बच्चे बार-बार बाहर निकलने का यत्न करते थे लेकिन स्त्रियाँ उनको भीतर धकेल दे रही थीं...।

दूर कहीं से धाँ...य...की आवाज़ आई। लोग डरकर अपने चबूतरे पर चढ़ गए या घर के भीतर घुस गए।

वह भी घबराया मगर क्या करता, उसका घर वहाँ था नहीं। दूसरी बात जब उसने धाँय की आवाज़ सुनी और मुहल्ले में अफरातफरी फैलते हुए देखा तब सबसे पहले उसे अपनी फ़िक्र हुई लेकिन अगले ही क्षण अपने से भी ज़्यादा रेहाना की फ़िक्र हुई। जैसे धाँय रेहाना पर हुआ हो--वह बदहवासी से भर उठा। उसने घबराई आवाज़ में अपने घर के सामने खड़े एक आदमी से पूछ--"बुद्धा पार्क किधर है ?"

उस आदमी ने आश्चर्य से उसे देखा--"जाना कहाँ है ?"

"बुद्धा पार्क।"

"पार्क के पास किस जगह ?"

"पार्क में।" उस व्यक्ति को अत्यन्त उपेक्षा से देखकर वह आगे बढ़ गया। आगे एक चबूतरे पर खड़े दूसरे व्यक्ति से उसने दरियाफ़्त की--"कहो भइया, ये बुद्धा पार्क किस रास्ते से जाया जाएगा ?"

उस व्यक्ति का रवैया भी उसे नामाकूल दिखा। वह चुप लगा गया। अब उसने किसी अन्य से बुद्धा पार्क का रास्ता न पूछकर दौड़ना शुरू कर दिया। लेकिन तुरन्त उसे डर लगा कि इस तरह दौड़ते देखकर लोगों को उस पर शक़ हो सकता है। दौड़ना रोककर वह तेज़-तेज़ चलने लगा...। जिधर मन हो जाता, उधर वह मुड़ जा रहा था...।

जल्द ही उसने पाया कि वह मुस्लिम बहुल मोहल्ले में आ गया है।

यहाँ भी छोटे-छोटे जत्थे आपस में फुसफुसा रहे थे। कुछ लोग ख़ामोश खड़े थे। चार-छह युवक एकाएक तेज़ी से कहीं जाते, और उतनी तेज़ी से लौट आ रहे थे। यहाँ स्त्रियाँ प्रवेश द्वार के पास नहीं खड़ी थीं, वे खिड़कियों की झिर्री से यदा-कदा दिख रही थीं। जिन मकानों पर छतें थीं, उनकी छतों पर भी कभी एक, दो या कुछ ज़्यादा सिर स्थिर अथवा चलते हुए दिखते थे, और फिर गुम हो जाते थे। अजीब दहशत और आक्रामकता तैर रही थी। प्रेमरंजन ख़ौफ़ज़दा हो गया--"मैं कहाँ फँस

गया। काश मैं किसी तरह ये इलाक़ा पार कर जाता।" उसे लगा कि अभी किसी घर से गोली दगेगी जो उसको बेधती हुई निकल जाएगी। उसने सोचा—"कौन ठीक, किसी छत या किसी दरवाज़े से फेंका गया बम मेरे ऊपर गिरे, मैं चिथड़े-चिथड़े हो जाऊँ। तब क्या होगा... ?"

'तब क्या होगा'—यह उसका प्रिय खेल था जो रेहाना से मुहब्बत शुरू हो जाने के बाद शुरू हुआ था। जिस गति से उसका रेहाना से प्रेम प्रगाढ़ होता गया, उसी गति से यह खेल भी ज़ोर पकड़ता गया। इस खेल में वह सोचता कि वह मर गया है। फिर कल्पना करता कि उसकी मौत के बाद रेहाना किस प्रकार शोक प्रकट कर रही है। हालाँकि प्रायः ऐसा होता कि जब वह अपने भावी शव के पास काले लिबास में गोरे मुखड़ेवाली रेहाना के रोने-बिलखने का तसव्वुर करता तो रेहाना के बजाय बाई एवं गठिया की मरीज़ उसकी माँ प्रकट हो जाती—छाती पीटकर, धरती पर सिर पटककर, पछाड़ मारकर रोती हुई माँ। माँ की यह दुखाभिव्यक्ति उसे बिल्कुल पसन्द नहीं आती थी। क्योंकि उसकी आकांक्षा थी कि उसकी मृत्यु पर संसार में सर्वाधिक दुखी रेहाना हो। मगर रेहाना अधिक से अधिक थोड़ी सी उदासी और हल्की नम आँखों से ही अपने ग़म का इजहार करती। ऐसी स्थिति में एकाध बार प्रेमरंजन के भीतर यह संशय पनपा कि क्या रेहाना हिन्दू-मुसलमान के चक्कर में आ गई है जो मेरी मौत का ठीक से मातम भी नहीं मना रही है। पर उसने तुरन्त अपने को तसल्ली दी—"नहीं ऐसी बात नहीं है। रोने-धोने के मामले में मेरी देहाती माँ की बराबरी रेहाना कैसे कर सकती है। माँ की तरह बुक्का फाड़कर कोई भी पढ़ा-लिखा आदमी रोने नहीं जाएगा। वैसे भी भारतवर्ष में प्रेमिकाओं को शोक में रोने-चिल्लाने की स्वतन्त्रता कहाँ उपलब्ध है। प्रेमी की मौत पर उनके रोने का मतलब है रँगे हाथ पकड़ लिया जाना। बस, यही कारण है कि वे ज़ोरदार तरीके से नहीं रोतीं, बस ज़रा-सा उदास हो जाती हैं।

किन्तु आज भिन्न स्थिति थी। आज जब उसने सोचा कि कोई बम उसके चिथड़े कर दे, तब क्या होगा ?--तो यह कोई रोमांटिक कल्पना न थी, बल्कि तनावपूर्ण परिस्थिति में उपजा एक स्वाभाविक ख़ौफ़ था। अतः उसे न रेहाना की याद आई न माँ की। केवल धमाका, रक्त, माँस के लोथड़े ख़्याल में आए।

"...बरखुरदार कहाँ चले जा रहे हो...। फ़साद हो सकता है, फ़ौरन से पेश्तर अपने घर पहुँच जाओ—क़यामत आनेवाली है।" यह एक बूढ़ा राहगीर था।

प्रेमरंजन को डर लगा कि वह बूढ़ा जो लुंगी और जालीदार टोपी पहने है, इसका घर यहीं कहीं पास में होगा, यह अभी रुकेगा और उसकी पीठ में छूरा घोंप देगा। उसकी रीढ़ में जैसे कुछ रेंग गया हो। वह सतर्क होकर धीरे-धीरे चलने लगा

ताकि बूढ़ा आगे बढ़ जाए और उसकी पीठ में छूरा न घोंप सके। पर उसके चाल धीमी करने पर वह भी धीमे चलने लगा—"मियाँ ख़ौफ़ खा रहे हो, हिन्दू हो क्या ?"

प्रेमरंजन को लगा, मौत उसके बगलगीर है। दहशत की झुरझुरी उसके पूरे शरीर में रेंग गई।

बूढ़े ने दुबारा पूछा—'मियाँ बताए नहीं कि हिन्दू हो क्या ?"

प्रेमरंजन में डर अधिक गाढ़ा हुआ, मगर उसने ख़ुद को सँभालते हुए गोलमोल जवाब दिया—"अगर हूँ तो क्या, नहीं हूँ तो क्या ?"

"हिन्दू नहीं हो तब इस मोहल्ले में इतना आहिस्ता चलने में कोई हर्ज नहीं है पर अगर हिन्दू हो, तब हर्ज है। देखो मियाँ, मेरा दंगों की दरिन्दगी का पुराना तजुर्बा है। इसमें नेक और डरपोक इंसान पहले मारा जाता है। तुम वैसे ही लग रहे हो। इसीलिए मशविरा दे रहा हूँ कि जल्दी अपने घर पहुँच जाओ। हालाँकि बलवा जब आग पकड़ लेता है तब घर भी कहाँ महफूज रह जाता है। पर आफ़त की घड़ी में घर बाहर से बेहतर ही होता है...।"

"मगर मैं रास्ता भटक गया हूँ।" कहकर प्रेमरंजन पछताया। उसे लगा, रास्ता भटकने की बात कहकर वह ज़्यादा असुरक्षित हो गया है।

"तुमको जाना किधर है ?"

"बुद्धा पार्क।"

"देखो, सामने जो बिजली का खम्भा दिख रहा है, वो वाला जिसमें बत्ती नहीं जल रही है।" प्रेमरंजन ने चकित होकर उसे देखा। साइबर कैफे से निकलने के बाद यह पहला शख़्स था जो बुद्धा पार्क को गन्तव्य बताने पर चौंका नहीं था, न ही कोई तफ़्तीश की थी। वह सीधे बुद्धा पार्क का रास्ता बताने लगा था—"खम्भे से आगे बढ़ने पर एक मोड़ बाएँ बाजू, वहाँ मुड़कर सीधे आगे बढ़ जाना। क़रीब एक फ़र्लांग चलने पर 'बुद्धा पारक' वाली सड़क आ जाएगी।" इस कथन के साथ ही वह रुक गया—"मेरा सफ़र ख़त्म हुआ। यहीं क़रीब में मेरा ग़रीबख़ाना है। मैं बुद्धा पारक वाली सड़क तक चलता मगर माफ़ करना ज़रा जल्दी में हूँ। क्या मालूम, दंगा भड़क ही जाए, तो कुछ तैयारियाँ कर लूँ।"

'दंगा' और 'तैयारियाँ' लफ़्ज़ों को सुनकर वह उसे शक़ से देखने लगा। बूढ़ा शायद उसके शक़ को भाँप गया। प्रेमरंजन की पीठ पर हाथ रखकर हँसने लगा—"ग़लत सोच रहे हो। 'तैयारियाँ' से मेरा मतलब है कि दंगा होगा तो यहाँ कर्फ़्यू ज़रूर लगेगा। इसलिए घर में कम-से-कम आटे के दो कनस्तर भरे होने चाहिए और चार-पाँच किलो आलू भी। चटनी के लिए टमाटर, हरी मिर्च, धनियाँ

की पत्ती इकट्ठा हो जाए, इसके लिए तरद्दुद करूँगा। कर्फ़्यू का क्या ठिकाना...जाने कितने दिन चले...। अच्छा, मेरी मंज़िल आ गई, ख़ुदा हाफ़िज़।" वह एक अधटूटे घर में घुस गया।

प्रेमरंजन के मन में विचार उठा—"यह बूढ़ा पता नहीं मुझको बुद्धा पार्क भेज रहा है या बूचड़ख़ाना।" तभी कहीं बम फटने की आवाज़ आई और न जाने कहाँ से कई आदमी गली में प्रकट हुए और भागने लगे। वह भी भागने लगा। दिलचस्प यह था कि वह उसी 'बूढ़े' के बताए दिशानिर्देशों के मुताबिक दौड़ रहा था जिसके बारे में कुछ क्षण पहले शुबहा था कि वह उसको बूचड़खाना तो नहीं भेज रहा है...।

ग़ौरतलब है कि जब वह इस बस्ती में भाग रहा था तो उसकी भरपूर इच्छा तथा कोशिश थी कि वह मुसलमान दिखे...।

यूँ तो मुसलमान दिखना क्या, इस्लाम क़बूल कर लेने का ख़्याल भी उसमें एक बार सिर उठा चुका था। यह तब का वाक़या है जब वह ग्यारहवीं कक्षा का छात्र था और दसवीं में पढ़ रही अपनी एक दूर के मामा की लड़की पर आसक्त था। इस प्यार का विकास यहाँ तक हुआ था कि उसने मामा की लड़की के हाईस्कूल बोर्ड परीक्षा के लिए भरे गए फार्म से उसका पासपोर्ट साईज का फ़ोटो चुपके से नोच लिया था और उस फ़ोटो को अकेले में सीने से लगाकर आहें भरता था। उन दिनों जब वह उससे अपने विवाह का ख़्वाब देखता तो संकट आ जाता कि इस रिश्ते को ज़माना स्वीकार नहीं करेगा। उस क्षण वह निर्णय लेता था कि वह मुसलमान बन जाएगा, जिनमें ऐसे रिश्ते की मनाही नहीं होती।

लेकिन निर्णय के क्रियान्वयन की नौबत नहीं आई। क्योंकि स्नातक में पढ़ते हुए ही वह लड़की एक दिन डोली (कार) में सवार होकर अलीगढ़ स्थित अपनी ससुराल चली गई थी।

इसके बाद अलीगढ़ में जब भी दंगा होता था, वह मामा की लड़की की हिफाजत के लिए अलीगढ़ जाने के लिए व्याकुल होने लगता था। वैसे वह गया कभी भी नहीं, क्योंकि उसके पास न मामा की लड़की की ससुराल का समुचित पता रहता था न जाने के लिए किराया भाड़ा। हालाँकि वह ख़्यालों ही ख़्यालों में मामा की लड़की को दंगाइयों से कई बार बचा चुका था। जब भी वह कल्पना लोक में मामा की लड़की को बचाने के लिए निकलता था, उसके सामने यह मुश्किल आ खड़ी होती थी कि मामा की लड़की को बचाने से पहले वह स्वयं दंगाइयों के बीच फँस गया तो क्या करेगा। इसका हल ढूँढ लेने के बाद वह मुस्कराया था। उसने जो युक्ति ढूँढी थी, वह इस प्रकार थी...।

...बचपन में दशहरे के मेले में उसने नक़ली मूँछ ख़रीदी थी जिसकी क्लिप को नाक में फँसाकर वह घर में दाख़िल हुआ तो छोटी बहन भय से चीख़ पड़ी थी। उसने हँसते हुए क्लिप ढीली कर के मूँछ उतारकर छोटी बहन को तसल्ली दी थी और फिर लगाकर राणा प्रताप की तरह ऐंठने लगा था। बहन इस बार चीख़ी नहीं, बल्कि उसकी मूँछ पर झपटी थी।

इसी प्रकार बचपन से कैशोर्य में पहुँचने पर स्कूल में 15 अगस्त के अवसर पर आयोजित नाटक में वह अलाउद्दीन ख़िल्जी बना था। ख़िल्जी के गेटप में उसे केवल दाढ़ी लगाई गई थीं, मूँछें ग़ायब थीं। और वह जान गया था कि जिस तरह बिच्छू के डंक जैसी नुकीली मूँछें खाँटी हिन्दुत्व का परचम हैं उसी तरह सफाचट मूँछ किन्तु दाढ़ीवाला चेहरा मुसलमान होने का पुख़्ता सबूत है। अलीगढ़ हो, आजमगढ़, अयोध्या हो या अहमदाबाद–दंगे में इंसान के पास नक़ली दाढ़ी और बिच्छू के डंकवाली नक़ली मूँछ लगाने के लिए एक सफाचट चेहरा होना चाहिए। एक तरह के दंगाई दिखें तो दाढ़ी मूँछ दोनों लगाकर शिवाजी बने रहो या दाढ़ी उखाड़कर केवल मूँछ में महाराणा प्रताप हो जाओ–सुरक्षित रहोगे। दूसरी तरह के दंगाइयों के दिखने पर मूँछ ज़ेब में रखकर केवल दाढ़ी लगा लो।

और इस वक़्त जब मुस्लिम बहुल इलाक़े से बुद्धा पार्क की तरफ़ बढ़ता हुआ वह अपने को मुसलमान दिखाने का यत्न कर रहा था, उसके मन में रक्षाकवच के रूप में दाढ़ी-मूँछ का विचार इस रूप में प्रकट हुआ–''कितना अच्छा होता कि इस समय मेरे पास नक़ली दाढ़ी-मूँछ होती। नक़ली दाढ़ी-मूँछ को मैं अपने सफाचट चेहरे पर लगाता, जो रेहाना को बेहद प्यारा है। मैं इस्लाम के नाम पर लड़नेवाले बलवाइयों के दिखने पर अपनी नक़ली मूँछ उखाड़ लेता लेकिन हिन्दूवादी फ़सादियों के मिलते ही मैं पुनः अपनी मूँछ लगाकर उसे ऐंठने लगता।'' प्रेमरंजन को दाढ़ी-मूँछ के ख़्याल से उबारा बुद्धा पार्क ने। बुद्धा पार्क अब ठीक उसके सामने था। इस प्रकार कि कहा जा सकता है कि वह स्वयं बुद्धा पार्क के ठीक सामने था। वह बड़ी तीव्रता से आसपास के भूगोल में रेहाना को ढूँढ रहा था। किन्तु वहाँ रेहाना न थी। वहाँ सिर्फ़ भगदड़ थी। कुछ लोग तेज़-तेज़ भागे जा रहे थे, कुछ भागने की तैयारी कर रहे थे...।

एक चाट बेचनेवाला अपने ठेले को भगाता चला जा रहा था। ठेले की अति गति के कारण बताशे और दोने ठेले से गिर-गिर पड़ रहे थे और चटनियाँ छलक-छलक पड़ रही थीं।

बहरहाल रेहाना जब कहीं नहीं दिखी तो प्रेमरंजन ने सोचा कि रेहाना पार्क के भीतर न चली गई हो ? वह आई हो, और उसे ढूँढने पार्क के भीतर पहुँच गई

हो। वह बगैर वक़्त गँवाए टिकट काउंटर पर गया। वहाँ बने बिलोक्के में हाथ डालकर बोला—"भइया एक टिकट दे दो।"

बिलोक्के के उस पार बैठे व्यक्ति ने चिड़चिड़ाकर उसका हाथ ठेल दिया—"एकदम पगलेट हो क्या ? अरे घोंघा बसन्त भागो, दंगा होनेवाला है। मैं खुद भाग रहा हूँ।" वह सचमुच बाहर निकल आया और भागने लगा।

निराश प्रेमरंजन ने पार्क के गेट पर नज़र डाली। वहाँ गेट कीपर अपनी जगह पर खड़ा था। उसने गेट कीपर के पास जाकर पूछा—"आप नहीं भाग रहे हैं ?"

"मैं कहाँ भागूँ। मैं इसी पार्क की, वो ट्यूबेल के बगलवाली कोठरिया में रहता हूँ। रात में चौकीदारी भी करता हूँ पार्क की।"

प्रेमरंजन ने मन-ही-मन कहा—"साले चौकादारी क्या करते होगे, टाँग फैलाकर सोते होगे।" लेकिन बोला यह—'ज़रा पार्क में घुसने देंगे ?"

"पार्क में घुसकर क्या करोगे, झूला झूलोगे ?" उसने व्यंग्य कसा।

"नहीं।" प्रेमरंजन ने गला साफ़ किया—"मेरा पर्स छूट गया है भीतर।"

"देखो साफ़ बात, मैं बिना टिकट किसी को अन्दर नहीं जाने देता।" गेटकीपर ने अपने कर्मचारी जीवन में ड्यूटी के प्रति पहली बार ऐसी मुस्तैदी दिखाई। प्रेमरंजन समझ गया कि चूक हो गई और अब यह उसके तथाकथित पर्स को हड़पने के लोभ में पड़ गया है।

प्रेमरंजन की बुद्धि सक्रिय हुई। उसने फुसलाने का अभिनय करते हुए गेट कीपर से कहा—"टिकट की क्या बात है भाई साहब, आप मेरे पर्स के सारे रुपए ले लीजिएगा। मुझे, बस पर्स में रखे एक ज़रूरी कागज़ से मतलब है।"

गेटकीपर ने उसके वादे को तौला, फिर कहा—"ठीक है, आ जाओ, चलो दोनों मिलकर खोजते हैं।"

उसने पार्क में घुसने के लिए क़दम बढ़ाया ही था कि पीठ पर एक स्पर्श पड़ा। उसने गरदन मोड़ी—रेहाना थी। घबराई हुई थी, हाँफ़ रही थी...।

प्रेमरंजन ने कहा—"अस्सलाम वलैकुम।"

"वालैकुम सलाम।" रेहाना की साँसें संयत नहीं हो सकीं—"अच्छा हुआ तुम मिल गए, इधर तो कुछ ज़्यादा ही टेंशन दिख रहा है...।

रेहाना शलवार-कुर्ता पहने हुए थी। आँखों पर धूप का काला चश्मा था। चश्मे की वजह से आँखें साफ़-साफ़ दिख नहीं रही थीं लेकिन चेहरे की त्वचा और होंठों

की गति उसके भय को बयान कर रही थी। उसकी दाईं आँख के नीचे—चश्मे के शीशे के ठीक नीचे—की जगह बीच-बीच में फड़क जा रही थी।

"घबराओ मत रेहाना, मैं हूँ तुम्हारे साथ।"

"मुझको घर जाना है।" रेहाना बोली।

"सोचा तो कुछ और था पर इन साम्प्रदायिक शक्तियों से इंसान की खुशी देखी जाए तब न। चलो मैं तुमको तुम्हारे घर पहुँचा आता हूँ।"

"नहीं...नहीं...। मेरे साथ चलने पर ख़तरे में फँसोगे।

"अकेली जाओगी...यह ज़िद ठीक नहीं है...।"

"जानती हूँ...अकेली जाने पर बचना मुश्किल है लेकिन कोई साथ रहे तब भी क्या बच जाऊँगी ?" वह रुआँसी हो गई। उसकी आवाज़ में ऐसी बेबसी और व्यथा थी कि प्रेमरंजन विकल हो उठा—"रेहाना, मैं मर जाऊँगा लेकिन तुम्हें कुछ नहीं होने दूँगा।" वह कुछ और भी कहना चाहता था लेकिन उसे कोई अच्छा वाक्य नहीं मिल सका, इसलिए वह यही कहने लगा—"मैं तुमको बहुत प्यार करता हूँ रेहाना। सारी दुनिया में तुमको मैं सबसे ज़्यादा चाहता हूँ।" वह आगे बोलता, उससे पहले उसको अहसास हो गया कि यह सब बोलकर वह बेवक़्त की शहनाई बजा रहा है। पर न चाहते हुए भी उसकी ज़बान फिसल ही गई—"मैं तुम्हारे बिना नहीं रह सकता।"

"अल्लाह क़सम।" इस कठिन समय में भी रेहाना को मज़ाक़ सूझ गया।

"अल्ला क़सम।"

"तुम अल्लाह की इबादत नहीं करते हो...भगवान, ईश्वर..."

"चलो भगवान क़सम।"

"क़सम कहने से भगवान नाराज़ होंगे, सौगन्ध बोलो।"

अब जाकर प्रेमरंजन को पता चला कि रेहाना उसकी घिसाई कर रही है। लेकिन जो भी हो, इससे रेहाना का तनाव कुछ घट गया था। प्रेमरंजन को राहत महसूस हुई, उसने इधर-उधर देखा—फ़िलहाल लूटपाट, हत्या, आगजनी, नारेबाजी नहीं थी। साइबर कैफे से यहाँ बुद्धा पार्क तक की यात्रा में भी कहीं हिंसा नहीं थी। एक धाँय और एक बम की आवाज़ को छोड़कर बाक़ी कोई ख़तरनाक वारदात नहीं हुई थी। और यह भी मुमकिन है कि न गोली छूटी हो न बम फटा हो—महज दो तगड़े पटाख़े दगे हों। उसने रेहाना को समझाना शुरू किया—"देखो हालात अभी ज़्यादा नहीं बिगड़े हैं। यह भी हो सकता है कि लोग किसी अफ़वाह के कारण भाग रहे हों। जो भी हो, माहौल इतना ख़राब नहीं है कि मैं तुमको तुम्हारे घर तक न पहुँचा सकूँ।"

रेहाना ने उसे प्यार से देखा फिर कुछ सोचने लगी वह।

"क्या सोच रही हो ?"

"मुझे एक मोबाइल चाहिए।"

प्रेमरंजन ने ज़ेब में हाथ डाला जैसे मोबाइल निकालने वाला हो पर उसके हाथ उसी प्रकार ज़ेब में पड़े रहे—"रेहाना नौकरी पाने पर मैं सबसे पहला काम करूँगा कि दो मोबाइल ख़रीदूँगा, एक तुम्हारे लिए, एक अपने लिए...।"

"एक ही तरह का और एक ही कलर का दोनों मत लेना, वर्ना अपना पहचानने में दिक़्क़त होगी।" रेहाना को हँसी आ गई—"अरे बाबा मुझे 'अभी' अपने घर फ़ोन करना है।"

वह स्पाइडर मैन की तरह तत्परता से घूमा और भगदड़ के बीच से किसी का मोबाइल हासिल कर लाया—"लो बात करो, नम्बर मैंने मिला दिया है।"

रेहाना ने मोबाइल अपने कान से लगाया तो प्रेमरंजन उसका कान देखने लगा—आह कितना सुन्दर कान।

तब तक मोबाइल का मालिक भी पास आकर खड़ा हो गया। थोड़ी देर बाद रेहाना से अपना मोबाइल पाकर वह चलता बना।

रेहाना ने आँखें बन्द कर लीं, जैसे कोई घाव दब गया हो।

"क्या हुआ ?"

रेहाना चुप रही। कुछ क्षण बाद उसने आँखें खोलीं—"बात नहीं हो सकी।"

"क्यों ?"

"मेरे घरवाले अपना घर छोड़ चुके हैं।"

"क्यों ?"

"माहौल ख़राब होते ही हम लोग घर छोड़ देते हैं।"

"तब ?"

"अब मुझे अपने नहीं मामू के घर जाना होगा। वहीं अम्मी, अब्बू और भाई जान थोड़ी देर बाद पहुँचेंगे।"

"मामू नहीं घर छोड़ते।"

"नहीं, वे मुस्लिम इलाक़े में रहते हैं।"

"कहाँ रहते हैं तुम्हारे मामू ?"

"क्या करोगे जानकर। वहाँ तुम्हें नहीं चलना है, चलोगे तो बीच रास्ते में ही मार दिए जाओगे। बच गए तो मामू के मुहल्ले में...।" आगे के शब्द प्रेमरंजन सुनता, उसके पहले ही पुलिस की गाड़ियों के साइरन की तेज़ चीख़ों ने रेहाना की आवाज़ को दफ़्न कर दिया।

गाड़ियों से पुलिस के जवान उतर रहे थे। पल भर में वे चारों तरफ़ फैलकर अपनी-अपनी पोजीशन लेने लगे। घुड़सवार सिपाहियों का एक काफ़िला भी आता हुआ दिखा। ख़ूब ऊँचे क़द के स्वस्थ और चमकते हुए घोड़े थे। उनकी टापों से दिन खुन्द गया हो जैसे, शाम उतरने लगी थी।

रेहाना काँपने लगी। थोड़ी देर पहले उसकी दाईं आँख के नीचे जो जगह रुक-रुककर फड़क रही थी वह अब लगातार फड़कने लगी।

प्रेमरंजन ने इसे देखा—"डरने की बात नहीं। देखो, पुलिस आ गई है।"

रेहाना ने कोई जवाब न देकर उसे घूरा और उसे छोड़कर चल दी।

प्रेमरंजन की समझ में न आया कि आख़िर क्या बात हो गई जो रेहाना उसे छोड़कर चली जा रही है। वह तेज़ी से आगे बढ़कर रेहाना के साथ चलने लगा—"रेहाना...रेहाना...।" तब तक रेहाना आगे बढ़ गई और वह पीछे छूट गया। रेहाना आज पहली बार इतना तेज़ चल रही थी। उसने पुनः उसका साथ पकड़ा—"डरो मत रेहाना...अब तो पुलिस...।"

"ये क्या पुलिस-पुलिस लगा रखे हो।" वह रुक गई। एक-एक लफ़्ज पर ज़ोर देते हुए बोली—"पुलिस सिर्फ़ हिन्दुओं के लिए है।" अगला वाक्य उसने फुसफुसाकर कहा—"हमारे लिए ये क़ातिल हैं। इन सभी की आँखों को देखो, कैसे वहशत से चमक रही हैं।"

प्रेमरंजन ने अवाक् रेहाना को देखा। उसे वह बिल्कुल अजनबी सी लगी। जैसे यह कोई दूसरी रेहाना थी। वह ख़ब्तुलहवास सा बोला—"ये क्या कह रही हो तुम...हिन्दू मुसलमान...।" उसने एक बार फिर एक लचर वाक्य कहा—"मुहब्बत करनेवाले हिन्दू मुसलमान की बात नहीं करते है।"

रेहाना की आँखों की पुतलियाँ गोलाई में नाचीं—"दंगे मुहब्बत की क़ब्रगाह होते हैं। इस वक़्त हक़ीक़त यही है कि मैं मुसलमान हूँ और पुलिस की संगीनों के साये में तुम जितने महफ़ूज़ हो मैं उतनी ही ख़तरे में।"

कोई छोटा-सा सनसनाता हुआ पत्थर उनकी बगल से जाकर एक दफ़्तर के पास गिरा। जैसे परिन्दों के झुण्ड पर पत्थर गिरता है तो सारे अपनी-अपनी दिशाओं में भागते हैं—वैसे ही यहाँ इंसानों के बीच अफरातफरी मच गई।

दुकानें पहले ही बन्द हो चुकी थीं। लोग पहले ही अपने-अपने घरों की तरफ़ भाग रहे थे—अब तेज़ी आ गई।

सब बेतहाशा दौड़ने लगे। लोग सड़क पर दौड़ रहे थे...सड़क पर दौड़ते हुए गलियों में घुस जा रहे थे...गलियों से निकलकर सड़क पर आ जाते और भागने लगते थे...रेहाना और प्रेमरंजन भी दौड़ रहे थे...।

सैकड़ों जूतों, चप्पलों, हवाई चप्पलों, नंगे पैरों की बेसुरी आवाज़ें बज रही थीं...।

कार और दुपहिएवाले भी भाग रहे थे। एक साइकिल चालक एक बच्चे को आगे बैठाए था। पीछे कैरियर पर एक बच्चे को लेकर उसकी पत्नी बैठी हुई थी—दौड़ साइकिल रही थी—भाग परिवार रहा था...। एक आदमी अपने एक बच्चे को गोद में लिए, दूसरे बच्चे को घसीटता हुआ आगे बढ़ रहा था। रेहाना ने देखा, एक स्त्री भागती हुई चली आ रही थी और भागते हुए ही वह पेशाब कर रही थी...। उस स्त्री का चेहरा आँसुओं और रुदन में डूबा हुआ था...।

रेहाना से आगे नहीं बढ़ा गया। वह रुककर हाँफ़ने लगी—"अब चला नहीं जा रहा है।"

"मगर चलना तो पड़ेगा।" प्रेमरंजन ने उसे सहारा दिया।

"मुझे यहीं रहने दो, तुम चले जाओ।"

"मेरी फ़िक्र मत करो रेहाना, मैं हिन्दू हूँ। अधिक हिन्दू बनना हुआ तो आगे सड़क पर ज़रूर कहीं ख़ून मिलेगा, मत्थे पर उसका टीका लगाकर पक्का हिन्दू हो जाऊँगा...।"

'गर्व से कहो हम हिन्दू हैं...एँ...एँ...एँ...' चिल्लाती शोर मचाती भीड़ सामने की तरफ़ से चली आ रही थी। भीड़ का नेतृत्व एक भगवाधारी साधू कर रहा था। यह भिन्न प्रकार का साधू था जिसकी कमर में एक तरफ़ अकालियों की तरह तलवार तो दूसरी तरफ़ डाकुओं की तरह पिस्तौल लटकी थी। उसके एक हाथ में त्रिशूल था, दूसरे में सेलफ़ोन। उसके पीछे-पीछे चालीस-पचास का हुजूम था।

वे सभी रेहाना-प्रेमरंजन के पास आकर रुके। साधू एकदम सामने था। शेष तमाशबीन की तरह आस-पास छितरा गए।

साधू उन दोनों से मुख़ातिब हुआ—"हिन्दू हो या म्लेच्छ ?"

"हिन्दू।" प्रेमरंजन ने कहा। लेकिन रेहाना के कारण वह थरथरा रहा था।

"तब फिर इतना डरकर क्यों हिन्दू बोल रहे हो बच्चा।" साधू ने त्रिशूलवाला हाथ लहराया—"गर्व से बोलो, ज़ोर से बोलो कि हिन्दू हो।"

साधू का एक अनुयायी अचानक बड़ी ज़ोर से चिल्लाया—"हर हर महादेव...।"

दूसरा अनुयायी पता नहीं कहाँ से शंख निकालकर बजाने लगा। इन सब चीज़ों का असर पड़ा—पुलिस का एक अधिकारी अपनी वर्दी, बिल्ले, रिवाल्वर के साथ आया और साधू को देखकर कहा—"अरे आप ख़ुद क्यों तकलीफ़ करने लगे।"

साधू कोई जवाब देता, तभी उसका मोबाइल बजा। उसने मोबाइलवाला हाथ उठाया, किसी से बातें करने लगा—"हाँ...हाँ...इस्माइलगंज में...हुसैनपुरा की दग गई..."

पुलिस अधिकारी अपनी ड्यूटी करने चला गया।

साधू ने मोबाइल पर अपनी वार्ता ख़त्म की, तब तक प्रेमरंजन और रेहाना को घेर लिया गया था—एक घेरा बनाकर। उन दोनों पर किसी ख़ूँख़ार अनहोनी का अन्देशा मँडरा रहा था। प्रेमरंजन को लगा कि उसके शरीर की सारी ताक़त निचुड़ गई है, अभी वह लड़खड़ाएगा और गिर पड़ेगा। उसने रेहाना को देखा तो उसे अपना गला ख़ुश्क होता हुआ महसूस हुआ—जैसे उसके शरीर से जल का तत्त्व की ख़त्म हो गया हो। वह एकदम फटी-सूखी आवाज़ में बोला—"हाँ सचमुच मैं हिन्दू हूँ।"

"स्वामी जी ये झूठ तो नहीं बोल रहा है, हो सकता है कि ये साला तुरुक हो।" शंख बजानेवाला चेला था यह। प्रेमरंजन ढह गया—"यक़ीन करिए कि मैं हिन्दू हूँ। आप चाहें तो चेककर लें कि मेरी सुन्नत नहीं हुई है। हिन्दू होने का इससे बड़ा सबूत क्या हो सकता है कि मेरी सुन्नत नहीं हुई है।"

"नहीं बच्चा, हिन्दुत्व की इतनी सीमित व्याख्या मत करो। हिन्दू और कटुवे का भेद केवल लिंग में नहीं है सम्पूर्ण रूप से दूनौ भिन्न हैं। हिन्दुत्व देवत्व है, इस्लाम असुरत्व।"

प्रेमरंजन ने रेहाना को देखा। वह किसी मूरत की तरह खड़ी थी। उसका पूरा शरीर स्थिर था, केवल दाईं आँख के नीचे का हिस्सा ज़ोर-ज़ोर से फड़क रहा था।

साधू आगे बढ़कर रेहाना की बगल में आ गया। उसकी कमर पर हाथ रखकर हँसा—"बच्चा तुम हिन्दू हो, और ये कऊन हैं ?" उसके इस हाथ का मोबाइल अब ज़ेब में था ?

रेहाना की आँखें अजीब ढंग से बहुत जल्दी-जल्दी झपकने लगीं। उसकी दाईं आँख के नीचे के हिस्से ने फड़कना बन्द कर दिया था पर कुछ ही पल बाद उसका पूरा चेहरा उसी तरह फड़कने लगा। ठोढ़ी तो बेतहाशा फड़क रही थी।

रेहाना ने चश्मा आँखों से उठाकर माथे के ऊपर टिकाया और हथेलियों से चेहरे को छिपा लिया। ठीक इसी तरह वह परीक्षा के समय करती थी जब कोई मुश्किल पेपर आ जाता था। प्रेमरंजन ने सोचा कि उस समय की तरह ही वह अभी जब चेहरे से हथेलियाँ हटाएगी तो सामान्य और शान्त लगने लगेगी। मुश्किल सवालों के जवाब अच्छी तरह दे लेगी।

रेहाना ने चेहरे से हथेलियों को हटाया। वाकई वह सहज दिखने लगी थी।

उसकी कमर पर साधू का हाथ गन्दे केकड़े की तरह सरका—"बताए नहीं वच्चा कि ये कऊन हैं ?"

प्रेमरंजन के बोलने के पहले ही रेहाना बोली—"मैं इनकी बहन हूँ। सगी बहन। यक़ीन न हो तो आपके पास मोबाइल है, हमारे घर मिलाकर दरियाफ़्त कर लें।"

साधू चौंका—"ऐं तुम तो उर्दू शब्दों का बहुतै प्रयोग कर रही हो।"

एक चेले ने भीड़ से गरदन निकाली—"स्वामी जी नुक़्ता भी लगाय रही है।"

साधू ने कहा—"हाँ देख रहा हूँ...इनका तलुफ्फजौ बहुत क़ायदे का है...।" साधू ने रेहाना का गाल सहलाया—"मुसलमानिन हो का ?"

"नहीं, मैं ज्योति हूँ।"

"ज्योति का मतलब बताय सकती हो ?"

"लौ जिसके जलने से प्रकाश होता है।"

"अच्छा श्रीराम के गुरु का नाम ?"

"वशिष्ठ और विश्वामित्र—रामचन्द्र जी के दो गुरु थे।"

"उर्मिला कउन थीं ?"

"लक्ष्मण जी की पत्नी।"

"अऊर मारीचि ?"

"एक राक्षस, जिसने हिरन का भेष बनाकर सीता जी को भरमाया था।"

किसी ने उत्साह में आकर ताली बजाई, सभी ताली बजाने लगे।

'हर हर महादेव' चीख़कर कहनेवाला पुनः चीख़ा—"स्वामी जी यह मुसलमानिन हो ही नहीं सकती, कहिए तो शर्त बद लूँ।"

साधू भी ख़ुश लग रहा था। उसने निर्णायक प्रश्न किया—"कउन जात हो तुम लोग ?"

"पंडित।" प्रेमरंजन ने जवाब दिया—"मिश्र।"

साधू की बाँछें खिल गईं। वह इतना ख़ुश हुआ कि फ़साद के उस हड़बड़ माहौल में भी एक संक्षिप्त भाषण देने लगा—"यह है असल हिन्दुत्व का संस्कार। ज्योति जी को देखिए, शलवार-कुर्ता पहनी हैं। पैंट, जीन्स, स्कर्ट, टाप्स जैसी सेक्सी और पश्चिमी सभ्यता की पोशाक़ें पहननेवाली छिनारों को सीखना चाहिए इनसे। यदि वे नहीं सीखेंगी तो हम उनको सिखावैंगे।"

"हम उनकी जीन्स, पैंट, स्कर्ट, चड्ढी सब उतार देंगे।" भीड़ में किसी ने जोश दिखाया।

साधू बेहयाई से हँसा—"नहीं, अभी नहीं उतारना है। क्योंकि शीघ्र ही ग्रीष्म

के अवकाश होनेवाले हैं। इसके बाद जब स्कूल-कॉलेज खुलेंगे, तब हम इ काम को अन्जाम देवेंगे। अभी हमको सिर्फ़ 'हिन्दू गौरव' के अभियान पर ध्यान देना है।''

वे नारा लगाते हुए आगे बढ़ गए। उनके जुलूस में पीछे जा रहा एक आदमी लौटकर रेहाना के पास आया और याचना करने लगा—''अपनी ऐनक मुझे दे दें।''

चश्मा अभी भी रेहाना के मत्थे पर टिका था। रेहाना ने उसे उतारकर दे दिया। चश्मा आँखों पर लगाकर वह हँसा, चुप हो गया, फिर हँसा और गिलहरी की तरह भागता हुआ जुलूस में शामिल हो गया।

वहाँ वे दोनों रह गए। वे जैसे कुछ समय के लिए किसी अन्य दृश्य में चले गए थे—पहलेवाला दृश्य जो अलोप हो गया था, अब पुनः प्रकट हुआ—चारों तरफ़ पुलिस के सिपाही थे। उनके बूटों की धप्-धप् वातावरण में अपना स्थान घेर रही थी। लोग ज़्यादा घबराहट से घर का रास्ता पार करने लगे थे...।

तभी माइक पर अनाउंसमेंट शुरू हो गया—सुनें...सुनें...सभी ख़ासो आम सुनें। आप लोगों को सूचित किया जाता है कि आपके क्षेत्र वारिसगंज में प्रशासन ने कर्फ़्यू लगा दिया है...। हर किसी को ये हिदायत दी जा रही है कि बगैर कर्फ़्यू पास के कोई भी शख़्स अपने घर से बाहर न निकले वर्ना उसके साथ सख़्त कार्रवाई की जाएगी...। साथ ही यह आदेश भी दिया जा रहा है कि जो लोग सड़कों पर या गलियों में आमदरफ़्त करते हुए दिखाई दे रहे हैं, जल्द से जल्द अपने घरों में चले जाएँ। हर कोई यह भली-भाँति जान ले कि कर्फ़्यू तोड़ना बहुत संगीन अपराध है और इस अपराध के लिए गोली भी मारी जा सकती है...।''

''हे भगवान, आज हमारी रक्षा करो।'' प्रेमरंजन सिहर गया। उसे लगा कि आज कोई सनसनाती हुई गोली उसकी पीठ, सीने या कनपटी पर लगेगी। कौन ठीक इन बेरहम पुलिसवालों का कि गोलियों से उसे छलनी ही कर दें। उसने घबराकर रेहाना को देखा...।

...साधू और उसके चेलों के सामने रेहाना ने जिस ख़ौफ़ को अपने आत्मबल से छिपा रखा था, वह उसके अन्दर पुनः प्रकट होने लगा। साधू का घृणित चेहरा, रेहाना की कमर पर केकड़े की तरह रेंगते उसके हाथ—बार-बार कौंधने लगे। साथ में कर्फ़्यू के अनाउंसमेंट के शब्दों और भाग रहे पैरों की आवाज़ों का पार्श्व संगीत। वह पहले पथराई, फिर पसीने से भीग गई। पसीने में भीगे इस पत्थर की गरदन का एक हिस्सा फड़फड़ाया और क्षण भर बाद कई हिस्से फड़कने लगे...। वह ऐंठने लगी...। शायद कुछ कहने का प्रयत्न कर रही थी—गले से घों...घों...की ध्वनि निकली। प्रेमरंजन ने ग़ौर किया, रेहाना के हाथ-पाँव काँप रहे हैं तथा शरीर

में जगह-जगह फड़फड़ाहट हो रही है...। उसका कंठ भयानक रूप से वार-वार फड़का...वह कै करने लगी...। वह वहीं निढाल हो गई...।

प्रेमरंजन ने लक्ष किया—रेहाना की साँस चल रही थी।

असहाय और अकेला प्रेमरंजन—उसकी समझ में नहीं आ रहा था कि क्या करे। कुछ नहीं सूझा तो आने-जानेवाली गाड़ियों से लिफ़्ट माँगने लगा। वह पास पटरी पर पड़ी रेहाना की तरफ़ इशारा करता और झुककर लिफ़्ट के लिए अनुरोध करने लगता। लेकिन मदद नहीं मिली। कोई लम्बी, कोई मझली—कोई मेढक कोई मछली की आकृतिवाली कार आती और चली जाती। प्रेमरंजन उसी तरह नाक़ामयाब खड़ा रह जाता।

थक-हारकर वह सड़क के बीचोबीच खड़ा हो गया। प्रार्थना की मुद्रा में हथेलियों को जोड़कर वह दो-तीन चौपहिया चालाकों से रुक जाने के लिए गिड़गिड़ाया। लेकिन कोई न रुका। एक उसके दाएँ से निकल गया, एक उसके बाएँ से। प्रेमरंजन का मन हुआ कि वह अगले आनेवाले वाहन से कुचलकर मर जाए। लेकिन ऐसा कुछ न करके वह रेहाना के पास आया।

उसने रेहाना को सहारा देकर खड़ा किया—"रेहाना जैसे भी हो, हमें यहाँ से निकलना होगा। हिम्मत से काम लो, जितना तेज़ चल सकती हो चलो... दौड़ो...।"

"ओ मजनू...अपनी लैला को लेकर खिसक...वर्ना अभी नुच जाएगी तेरी लैला...जल्दी कर...।" यह एक अधेड़ सब इन्सपेक्टर था।

"रेहाना दौड़ो...।" प्रेमरंजन ने रेहाना का हाथ पकड़कर खींचा। वह कुछ क़दम घिसटकर रुक गई—"पानी।"

पानी कहीं नहीं था। आस-पास बहुत सारा पानी था किन्तु वह घरों, दुकानों के भीतर बन्द था। धरती के भीतर पानी था, वह धरती के भीतर बन्द था।

प्रेमरंजन की आँखें पानी ढूँढ रही थीं मगर उसे दिखाई पड़ीं कुछ छायाएँ—ढेर सारे भिखारी भागते, लँगड़ाते, लुढ़कते चले आ रहे थे। वाकई वे छायाओं की तरह दिख रहे थे—किसी तस्वीर के निगेटिव की तरह।

"भागो हरामियो...ऽ...ऽ...। अपनी दुमड़ी-तुमड़ी लेकर भागो..." यह एक दरोगा की आवाज़ थी जो सिपाहियों की एक छोटी टुकड़ी लेकर भिखारियों को खदेड़ रहा था। भिखारी और तेज़ भागने लगे...और ज़्यादा लँगड़ाने..और ज़्यादा गिरने लगे...और तेज़ी से उठकर दौड़ने लगे...।

दरअसल ये लोग बुद्धा पार्क और उसके क़रीब एक मन्दिर के आसपास भीख माँग कर गुज़र-बसर करते थे, और इसी इलाक़े में बने एक नए चमकदार—रोशनी

के लट्टुओं, साइन बोर्ड विज्ञापन पटों से सजे—फ्लाई ओवर के नीचे इनके बसेरे थे। दंगे की आशंका से जब भगदड़ मची तो ये भागकर उसी फ्लाई ओवर के नीचे इकट्ठा होकर चाँव-चाँव कर रहे थे। और वहीं से दरोगा अपने सिपाहियों के साथ उन्हें हाँकता हुआ ला रहा था...भाग जाने के लिए कह रहा था। जबकि उनकी समझ में नहीं आ रहा था कि कहाँ जाएँ ? इसीलिए वे भागते हुए आकर ठिठक गए, जहाँ प्रेमरंजन और रेहाना खड़े थे। वे सभी हाँफ़ रहे थे...खाँस रहे थे...और जब साँसें कुछ सम हुईं तो दो-चार खि...खि...हँसे। हँसते हुए ही धीमे स्वर में पुलिस को गालियाँ बकने लगे...।

उनकी गालियाँ पुलिसवालों तक नहीं पहुँची पर पुलिसवालों की निगाहें ज़रूर उन तक पहुँच गईं। इस बार कई सिपाही समवेत चिल्लाए। एक सिपाही ने अपनी जगह पर खड़े-खड़े ही डंडा प्रक्षेप्रास्त्र की तरह भिखारियों पर फेंककर पैर पटका। भिखारी नए सिरे से खदबद...खदबद भागने लगे...।

पुलिस का—दंगे का—ख़ौफ़ था या भिखारियों के रूप में एक समूह के साथ होने का अहसास—न जाने क्या प्रेरक था कि प्रेमरंजन और रेहाना भी उन्हीं के साथ दौड़ पड़े...। भिखारियों के साथ दौड़ते हुए वे दोनों ऐसे दिख रहे थे जैसे किसी चित्रकार ने धूसर, स्याह और मटमैले रंगोंवाली पेन्टिंग पर पीले लाल रंगों के स्ट्रोक लगा दिए हों।

अँधेरा भी चल रहा था आगे-आगे। वह लगातार गहराता जा रहा था...। सड़क सूनी होने लगी थी। इक्का-दुक्का कोई-कोई ख़ामोश, गन्तव्य की ओर चला जा रहा होता था, बस। सन्नाटा भंग हुआ था—भिखारियों, प्रेमरंजन और रेहाना की पदचापों से...।

जाने क्या हुआ कि जगह-जगह जलते हुए टायर मिलने लगे। सड़कों पर साइकिल के गोल-गोल टायर जल रहे थे। टायर के वृत्त के चारों ओर आग की लपटें थीं, बीच की जगह ख़ाली। इसी तरह के अनेक अग्निवृत्तों से रास्ता सज़ा हुआ था। भिखारी, रेहाना और प्रेमरंजन इन जल रहे टायरों से बचते हुए भागने लगे। तभी एक जगह ज़्यादा उजाला मिला...एक क़तार से कई दुकानें जल रही थीं। एक दुकान जो किसी टेलर मास्टर की थी की गिमटी का दरवाज़ा आग उगलता हुआ गिरा...सिलाई मशीन आग के बीच दिखने लगी...सिलाई मशीन के पीछे रखा स्टूल भी आग की लपटों में था...इसी स्टूल पर टेलर मास्टर बैठकर पैरों से सिलाई मशीन चलाते हुए कपड़े सिलते थे...। कई दुकानें आग में थीं...। एक दुकान पतंग की थी...रंगबिरंगी पतंगें, डोरी, गड़ारी मंझा—सब राख बन गए थे...। एक दुकान जो सबसे पहले जलाई गई होगी और जो अधजली रह गई थी,

उसका केवल ताला जल रहा था...। ताला क्या, जैसे काले दरवाज़े में लाल गोला लटक रहा था...।

"अब मुझसे नहीं चला जाएगा...।" रेहाना रुककर हाँफ़ने लगी।

"यहाँ कैसे रुका जा सकता है।" प्रेमरंजन उसका हाथ पकड़कर खींचने लगा।

रेहाना ने हाथ छुड़ाया—"सही कह रहे हो...पर मैं थक गई हूँ...चल नहीं सकती...। मुझे यहीं रहने दो...तुम जाओ...।"

क़िस्मत से उसी समय एक रिक्शेवाले ने उनके पास रिक्शा रोका—"कहाँ जाना है ?"

"रेहाना तुम्हारे अब्बा, अम्मी, जहाँ ठहरे हैं मामू के घर—कहाँ है ?"

"मौलवीगंज में।"

"वहाँ तो ना जा प [illegible] ड्या।" रिक्शेवाले ने कहा—"वहाँ गए तो तुम दूनो भले बच जाओ पर मुझको मौत ही मिलेगी। हिन्दू हूँ ना...।"

प्रेमरंजन ने रेहाना को देखते हुए रिक्शेवाले से कहा—"ठीक है, तुम मेरे कमरे पर चलो शिवपुरी।"

"ढाई सौ लेंगे।"

"अबे पाँच रुपिया लगता है वहाँ तक का...।" प्रेमरंजन झुँझलाया।

"ढाई सौ से एक पइसा कम नहीं...।" रिक्शेवाले ने आगे बढ़ने के लिए पैडिल पर पाँव का दबाव डाला।

तब तक रेहाना के साथ प्रेमरंजन रिक्शे पर बैठ चुका था—"चलो दूँगा ढाई सौ।"

रिक्शा भिखारियों को पीछे छोड़ता हुआ आगे बढ़ने लगा। कुछ देर बाद प्रेमरंजन ने अनायास पीछे मुड़कर देखा—भिखारियों की जगह बड़ा सा धब्बा दिखाई दे रहा था। जैसे किसी तेज़ तूफ़ान में धूल का कोई बवंडर।

प्रेमरंजन ने ईश्वर को धन्यवाद दिया कि उसने इस मुसीबत के वक़्त में रिक्शेवाले को भेजकर उन दोनों की मदद की। हालाँकि रिक्शेवाला दो सौ पचास रुपए में तैयार हुआ था और यदि रेहाना ने इस भुगतान में कोई साझा न किया तो उसकी ज़ेब कड़क हो सकती थी। लेकिन उसे भीतर-भीतर एक क्षीण सी खुशी भी हो रही थी जिसे स्वीकार करने में वह शर्म का अनुभव कर रहा था। वह क्षीण सी ख़ुशी इस बात की थी कि इस पूरे प्रकरण में उसे रेहाना को अपने कमरे पर ले जाने का मौक़ा मिल रहा था। उसने रिक्शे पर बैठे-बैठे सोचा—"सब सही सलामत रहा तो कमरे पर रेहाना से ख़ूब प्यार करूँगा। सबसे पहले उसे अपने

बिस्तर पर लिटाकर तकिए की टेक लगा दूँगा, जैसे अस्पताल में मरीज़ को तकिए की टेक लगाते हैं। फिर मैं उसे पीने को पानी और खाने को बिस्कुट दूँगा। चाय बनाऊँगा।'' खाने की याद से उसे सब्ज़ी का ध्यान आया—''आलू और बैगन है कमरे पर। पता नहीं रेहाना को बैगन की सब्ज़ी पसन्द है कि नहीं। नहीं पसन्द करेगी तो आलू की ही बना लूँगा।'' उसने आँखें मूँदकर पुनः ईश्वर को धन्यवाद दिया और हाथ जोड़कर फ़रियाद की—''किसी तरह ठीक-ठाक कमरे तक पहुँचा दो बजरंगबली।''

बजरंगबली उसके सर्वाधिक श्रद्धेय थे—बचपन से ही। उ.प्र. के सुल्तानपुर जनपद की कादीपुर तहसील में उसका घर था। वहाँ से नौ किलोमीटर की दूरी पर हनुमान जी का सिद्ध स्थान बिजेथुआ है। बचपन में प्रेमरंजन अपने चाचा की साइकिल पर बैठकर वहाँ मंगलवार को दर्शन करने और मेला देखने जाता था। बाद में वह स्वयं साइकिल चलाकर जाने लगा था। वहाँ वह देखता कि कई भक्त मन्दिर में दर्शन करने के साथ-साथ एक पीपल के वृक्ष पर लाल लँगोट चढ़ाते थे...। इसके अलावा एक बड़े मैदान में ढेर सारी स्त्रियाँ ईंट के चूल्हे जलाकर पूड़ियाँ और रोट बना-बनाकर कड़ाही में छानती रहती थीं। बाद में उसे भी हनुमान जी को चढ़ाया जाता था।

आज मंगलवार नहीं था, किन्तु रेहाना से मुलाक़ात का ख़ास दिन होने के कारण वह दो सौ किलोमीटर बिजेथुआ तो नहीं इस शहर के बड़े हनुमान जी के मन्दिर में ज़रूर गया था। वहाँ उनके चरणों में गिरकर बड़ी देर गिड़गिड़ाता रहा था—''हे हनुमान स्वामी, हमारे प्यार को सफल बनाओ। हालाँकि मैं स्वयं कच्छा पहनता हूँ मगर रेहाना से मेरा ब्याह हो जाए तो मैं बिजेथुआ आकर लाल लँगोट चढ़ाऊँगा और रोट भी चढ़ाऊँगा। यक़ीन मानिए, रेहाना खुद ईंटों के चूल्हे पर कड़ाही में रोट छानेगी। वह बहुत अच्छी लड़की है बजरंगबली। फिर मैं उससे प्यार क्यों न करूँ ? आख़िर जब किशोर कुमार मधुबाला से, शाहरुख ख़ान गौरी से, अजहरुद्दीन संगीता बिजलानी से, बादशाह अकबर जोधाबाई से ब्याह रचा सकते हैं तो मैं रेहाना से शादी क्यों नहीं कर सकता...।''

रिक्शे पर रेहाना के साथ बैठे हुए उसके मन में कौंधा कि आज रेहाना के साथ अपने कमरे पर समय बिताने का जो सुख उसे मिलनेवाला है, हो न हो, उसमें भी हनुमान स्वामी सहाय बने हों। उसे लगा कि रेहाना के साथ कमरे में रहने का अवसर प्रदान करने के लिए हनुमान स्वामी ने ही ये सब दंगा फ़साद का विधान रचा है...।

रिक्शेवाले ने सड़क पर जल रहे एक टायर से बचने के चक्कर में रिक्शा

झटके से काटा तो प्रेमरंजन गिरत-गिरते बचा। उसका ध्यान टूट चुका था और अब वह रिक्शाचालक की पीठ देख रहा था। रिक्शेवाला रिक्शा वहुत तेज़ चला रहा था। वह किसी भी सूरत में कर्फ़्यू के भरपूर सख़्त हो जाने के पहले ज़्यादा से ज़्यादा कमा लेना चाहता था। क्योंकि कर्फ़्यू में कंगाल रहने का दुख उसे पता था। रिक्शा चलाने से पहले वह केले का ठेला लगाता था। रोज़ कुछ केले बेचकर किसी प्रकार अपने लुढ़कते-ढुनकते परिवार की गाड़ी खींच रहा था। लेकिन एक बार कर्फ़्यू लगने के बाद छह दिन केला नहीं बेच सका। नतीजतन उसके सारे अनबिके केले सड़ गए और भोजन तथा दवा की तंगदस्ती में उसका चार साल का लड़का मर गया था। इतना ही नहीं, जब कर्फ़्यू उठा लिया गया—जनजीवन सामान्य हो गया—तो उसके पास नए सिरे से केले ख़रीदने के लिए पैसे न थे, न ठेले का बकाया किराया चुकाने के लिए पैसे थे। अतः वह रिक्शा चलाने लगा था, और तब से आज तक रिक्शा ही चला रहा था...।

रास्ते में दो रोते हुए भटके बच्चे उसके रिक्शे के सामने आ गए तो उसने रिक्शा धीमा कर दिया और प्रेमरंजन रेहाना से बोला—"ये बच्चे भी अगर उधर ही चल रहे हों तो अपनी-अपनी गोदी में बैठा लें आप लोग। हमको ढाई सौ के बदले दुई सौ ही दे दीजिएगा।"

मगर वे बच्चे बैठे नहीं। क्योंकि उनका माँ-पिता का संग तीन-चार मिनट पहले ही छूटा था। अतः उन्हें उम्मीद थी कि वे यहीं कहीं पास में होंगे, और उन दोनों को ढूँढ रहे होंगे।

रिक्शा आगे बढ़ गया। वह थोड़ी दूर आगे बढ़ा होगा कि शोर मचाते भागते हुए कई लोग आते दिखे। जब वे क़रीब आ गए, सुनाई पड़ा..."उधर मत जाओ...गाजर मूली की तरह काट दे रहे हैं...इधर ही आ रहे हैं...भागो, बचाओ रे...ऽ...ऽ...।"

रिक्शेवाले ने तेज़ ब्रेक लगाया और रिक्शा छोड़कर वह भी भागने लगा।

प्रेमरंजन ने रेहाना से कहा—"तुम बैठो, मैं रिक्शा खींचता हूँ।"

रेहाना कमज़ोरी महसूस करने के बावजूद भड़क गई—"तुम्हारे पास ज़रा भी दिमाग़ है या नहीं ?"

जो लोग आगे बढ़ रहे थे या जो भीड़ आगे से आई थी—इधर-उधर के मोड़ों गलियों में घुसने लगे। क्योंकि पीछे कर्फ़्यू लग चुका था और आगे गाजर-मूली की तरह काट दिए जाने का ख़तरा था।

रेहाना फ़ुर्ती से रिक्शे पर से नीचे आ गई—"प्रेमरंजन जल्दी उतरो। अब सड़क पर खड़े रहना या चलना ख़तरनाक है।"

प्रेमरंजन रिक्शे पर से कूदा—"अब क्या किया जाए ?"

"हमें आस-पास के किसी घर में पनाह माँगनी होगी...।" रेहाना का गला एकदम सूख गया था।

प्रेमरंजन रेहाना का हाथ पकड़कर भागने लगा।

इस घर में दाख़िल होने पर उन्होंने देखा, केवल एक कमरे में रोशनी थी।

जब वे किसी ठिकाने की तलाश में भाग-भटक रहे थे, उसी समय बमों के धमाकों की आवाज़ें सुनाई पड़ने लगीं। वैसे ये आवाज़ें कहीं दूर से आ रही थीं लेकिन इतनी ज़्यादा थीं कि वे दोनों दहशत से भर गए और सामने दिख रहे इस मकान की कॉलबेल पर प्रेमरंजन ने उँगली रख दी।

वे लगातार कॉलबेल दबा रहे थे लेकिन दरवाज़ा कोई खोल नहीं रहा था। जबकि उन दोनों को लग रहा था कि गोलियाँ और तलवारें उन्हें ढूँढती हुई पीछे-पीछे आ रही हैं। क्या ठीक कि मौत महज कुछ क़दम के फ़ासले पर खड़ी उनको खोज रही हो। प्रेमरंजन ने फिर एक बार कॉलबेल दबाया किन्तु भीतर से कोई प्रतिक्रिया नहीं। कहीं तड़ तड़ा तड़ गोलियाँ चलने की आवाज़ें आईं। जैसे कई राउंड फ़ायर हुए हों। पर उससे कहीं ज़्यादा फ़ायर की आवाज़ें उन दोनों के अन्दर दौड़ने लगीं। रेहाना के अन्दर तो ये आवाज़ें इतना ज़्यादा दौड़ने लगीं कि उसने तोड़ देने के इरादे से दरवाज़े को धक्का दिया। दरवाज़ा टूटा नहीं, आसानी से खुल गया। दरअसल वह बन्द ही नहीं था। दोनों ने भीतर आकर दरवाज़ा बन्द कर लिया। उन्हें लगा कि उन्होंने गोलियों, बमों, तलवारों, मृत्यु को बाहरकर दिया है। लेकिन यह भी सोचा कि क्या मालूम, ये सभी भीतर कहीं घात लगाकर न छुपे हों।

पर ताज्जुब की बात यह थी कि घर में कोई भी इंसान नहीं था। एक कमरे में रोशनी थी और पंखा चल रहा था, लेकिन वहाँ भी कोई न था। प्रेमरंजन ने सारे घर की लाइटें जला दीं फिर भी कोई नज़र न आया। उन दोनों ने घर भर का मुआयना कर लिया। बाथरूम, स्टोर, किचेन में भी झाँक लिया, कहीं कोई न था। रेहाना इस बीच घर की चीज़ों के बीच कुछ ढूँढती भी जा रही थी। वह कोई ऐसी शिनाख़्त ढूँढ रही थी जिससे मालूम हो सके कि यह घर हिन्दू का है या मुसलमान का। पर अभी तक कुछ भी न मिला था जिसके सहारे वह किसी नतीजे पर पहुँचती।

"क्या ढूँढ रही हो ?" प्रेमरंजन ने पूछा।

"कुछ नहीं।" रेहाना चौंक गई। उसने पूछा—"क्या घर में कोई है ?"

प्रेमरंजन ने इन्कार में सिर हिलाया फिर बोला—"कोई आएगा तब देखेंगे, जो भी हो बाहर से बेहतर हैं हम यहाँ।" रेहाना फ्रिज से बोतल निकालकर पानी पीने लगी। पीने के बाद जो पानी बचा उसे उसने चेहरे पर गिरा लिया। "इस तरह काम नहीं चलेगा, तुम जाकर नहा लो।" प्रेमरंजन ने राय दी।

"पर मेरे कपड़े...।"

"वो मैं लाता हूँ। जब हम घर में हैं तो यहाँ कपड़े भी होंगे।" प्रेमरंजन दूसरे कमरे में जाकर लौटा। उसके हाथों में इस्तरी किया हुआ पैंट, शर्ट और तौलिया था।

"कोई लेडीज़ कपड़ा नहीं मिला ?" रेहाना ने पूछा।

"है, तीन-तीन साड़ियाँ हैं, पर पेटीकोट और ब्लाउज़ नहीं मिल रहे थे। जाऊँ फिर से ढूँढ़ूँ पेटीकोट, ब्लाउज़।"

रेहाना ने उसे घूरा—"नहीं रहने दो।"

"ठीक है, तब जाओ बाथरूम।" प्रेमरंजन ने आग्रह किया।

"नहीं पहले तुम हो आओ...। मुझे डर लग रहा है।"

"अरे तुम गर्मी में भी नहाने से डरती हो...।"

रेहाना ने उसे फिर घूरा और ऐसा धकेला कि वह सीधे बाथरूम में चला गया। बाथरूम में आ जाने पर उसे अहसास हुआ कि रेहाना इसलिए डर रही थी कि बाथरूम में कोई छुपा न हो। बाथरूम में कोई नहीं छुपा था। उसने सिटकनी चढ़ा दी और पैंट की जिप खोल ली। उसे एक गली में एक-सवा घंटा पहले किया अपना मूत्र विसर्जन याद आया। यहाँ बाथरूम में उस गली की तरह चुनावी पोस्टर नहीं लगे थे। लेकिन, उसने मन ही मन सामने दीवार पर उन दोनों नेताओं में से एक का आदमक़द पोस्टर चिपका हुआ पाया। ठीक उनके बगल में दूसरा नेता भी हाफ पैंट पहनकर नमस्ते सदा वत्सले कर रहा था। धीरे-धीरे चारों तरफ़ की दीवारें भिन्न-भिन्न व्यक्तियों के चित्रों से भर गईं। एक सफ़ेद दाढ़ी-मूँछ वाला भुजंग गौरव था, एक क्लीन शेव्ड महाजिन्न था, एक गेरुआ पहने था तो एक गेरुआ पहने थी--तरह-तरह के चेहरों से बाथरूम की दीवारें सज गई थीं। अब प्रेमरंजन उन सभी का लगा करने जलाभिषेक। वह स्वयं चकित था कि उसके मूत्राशय में इतना जल संचयन कैसे हो गया था। उसने इसे ईश्वर की इच्छा या बजरंगबली की कृपा के रूप में स्वीकार किया और गहन आवेग, उल्लास, तन्मयता के साथ चारों तरफ़, ऊपर नीचे मूत्रांग से जलधार बरसाता रहा। जब उसका कोष ख़ाली हो गया तब जाकर उसे चैन मिला—"मेरी रेहाना की तकलीफ़ों

के ज़िम्मेदार लोगो, आशा है आप अपनी इस ख़िदमत से ख़ुश हुए होंगे।''

प्रेमरंजन के बाथरूम में घुसते ही रेहाना फ़ोन पर झपटी थी। अपने अब्बा, अम्मी और भाई की ख़ैरियत जानने के इरादे से मामू के घर का फ़ोन मिलाया। बात नहीं हो सकी, क्योंकि उस रूट की सभी लाइनें व्यस्त थीं। कुछ देर तक मिलाने के बाद उस रूट की लाइनों की व्यस्तता कम हुई तो मामू का फ़ोन नम्बर नामौजूद हो गया और जब वह नम्बर एकाएक मौजूद हुआ तो उसकी सेवाएँ अस्थायी रूप से समाप्त हो गई थीं। आख़िर में सब कुछ ख़त्म हो गया, केवल टूँ...टूँ...टूँ बचा। रेहाना ने मामू के पड़ोस का एक नम्बर मिलाया, वहाँ भी वही टूँ..टूँ...था। उसने सोचा कि कहीं दूरसंचार व्यवस्था में कोई गड़बड़ी न आ गई हो—इसे जाँचने की गरज से उसने सर्वोदय नगर में रहनेवाली अपनी दोस्त शिल्पी के यहाँ फ़ोन मिलाया, घंटी बजने लगी। उसने तुरन्त काटकर तुलसीपुरम् के मयंक का नम्बर डायल किया, वहाँ भी घंटी थी। उसे भी काटकर उसने मुस्लिम इलाक़े रहमतगंज के जाहिद, नगमा और मुनव्वर के नम्बर मिलाए, वहाँ टूँ...टूँ...थी। उसने वहीं रह रहे सफ़दर चाचू का नम्बर मिलाया, वहाँ भी टूँ...टूँ...थी। उसने अन्त में एक बार फिर मामू का नम्बर मिलाया और वही टूँ...टूँ...सुनकर रिसीवर रख दिया। वह गुमसुम हो गई। ख़ौफ़ और अनहोनी की लकीरें उसके चेहरे पर खिंचने लगीं...।

बाथरूम से निकलने पर प्रेमरंजन ने देखा कि ज़मीन पर बैटी हुई रेहाना आँखें मुँदे हुए हथेलियाँ फैलाकर बुदबुदा रही थी—दुआ माँग रही थी। थोड़ी देर बाद वह उठी और कपड़ों को लेकर बाथरूम में चली गई। बाथरूम बन्द करने के पहले उसने वहीं से सर्द आवाज़ में कहा—''प्रेमरंजन, कोई ख़तरे की बात होने पर बताना...।''

''बिल्कुल बताऊँगा, तुम फ़िक्र मत करो।'' उसने तेज़ स्वर में कहा और जाकर बाहरवाले दरवाज़े के पास देखने लगा कि वह ठीक से बन्द है या नहीं। उसे बन्द पाकर उसने भीतर के भी दरवाज़े बन्द कर लिए।

हिफ़ाजत का इन्तज़ाम कर चुकने के बाद उसने सोचा—''रेहाना को भूख लगी होगी, क्योंकि मुझे भी लगी है। बाथरूम से निकलने पर जब उसे कुछ खाने को और पीने को गर्म चाय मिलेगी तो कितनी ख़ुश होगी।'' उसने फ्रिज से दूध, अण्डे, और ब्रेड निकाले और किचन में चाय-आमलेट बनाने पहुँच गया।

रेहाना बाथरूम से बाहर आई तो पहले की तुलना में बेहतर मनःस्थिति में दिख रही थी। नेवी ब्लू रंग की पैंट पर हल्के गुलाबी रंग की क़मीज़ पहन रखी थी उसने। बाल सूखे ही थे। भीगने से बचाने के लिए उसने बालों को बाँधकर जूड़ा बना लिया था। पैंट जिस पुरुष की होगी, स्पष्ट है उसकी कमर की तुलना

में रेहाना की कमर काफ़ी क्षीण थी, इसलिए पैंट रेहाना की कमर से नीचे सरकी जा रही थी। रेहाना उसे बार-बार सँभाल रही थी।

"तुम मेरी बेल्ट ले लो।" प्रेमरंजन ने अपनी बेल्ट रेहाना को दे दी।

रेहाना को आशंका हुई कि बेल्ट पैंट में फँसाते समय कहीं पैंट नीचे न सरक जाए, वह दूसरे कमरे में बेल्ट लगाने चली गई। वापस आई तो निराश थी। वह उसी प्रकार पैंट पकड़े हुए थी—"तुम्हारी बेल्ट में छेद कम बने हैं। मेरी कमर जहाँ पर इससे कसती है वहाँ कोई छेद ही नहीं है। ये मेरे किसी काम की नहीं।" उसने बेल्ट प्रेमरंजन को सौंप दी। प्रेमरंजन को बेल्ट पर इतना ग़ुस्सा आया कि उसने उसे पटक दिया। वह उसी क्रोध में जाकर वार्डरोब खँगालने लगा और एक पायजामे का इजारबन्द खींच लाया—"रेहाना इसी से बेल्ट का काम लो।"

इस बार वह कमरे से आई तो उसकी ब्लू पैंट पर सफ़ेद इजारबन्द खिल रहा था। वह हल्का-सा मुस्कराई। पिछले कुछ घंटों के भीतर वह पहली बार मुस्कराई थी। उसे इस प्रकार मुस्कराया देखकर प्रेमरंजन ख़ुश हुआ—"मैं जानता था, नहाने से तुमको आराम मिलेगा, इसलिए तुम्हें बाथरूम भेज रहा था...।"

"थैंक्स प्रेमरंजन। पर तुमने बाथरूम बहुत गन्दा कर दिया था...सारी दीवारें...एकदम ऊपर तक गन्दी कर दी थीं...।"

"मैंने दीवारों को साफ़ करने की कोशिश की थी, उस पर बेहद गन्दी-गन्दी तस्वीरें चिपकी हुई थीं।"

"पर मुझे एक भी नहीं दिखी।"

"कैसे दिखतीं, उन्हें साफ़ करने के चक्कर में ही तो मुझसे बाथरूम गन्दा हुआ...।"

"क्या मतलब ?"

"मतलब कुछ नहीं, तुम टेबुल तक चाय ले चलो, मैं आमलेट।" उसने चाय के दो प्याले रेहाना को पकड़ाए।

दोनों ड्राइंगरूम की टेबुल तक आए और सोफ़े पर बैठ गए। रेहाना सोफे के बगल रखे फ़ोन पर झपटी और मामू का नम्बर मिलाने लगी। फिर वही टूँ... टूँ...टूँ...सुनकर उसने बुझे दिल से रिसीवर रख दिया।

"लो खाओ।" प्रेमरंजन ने आमलेट खाने के लिए आग्रह किया।

रेहाना ने इन्कार किया और जल्दी-जल्दी चाय सुड़कने लगी। चाय ख़त्म करके वह कुछ सोचने लगी। उसने अपने मत्थे को रगड़ा, नाक को सहलाया, पलकों को झपकाया और प्रेमरंजन से बोली—"ये सब कोई बुरा ख़्वाब तो नहीं है ? जो अभी टूटेगा और सब ठीक मिलेगा ?"

''काश यह बुरा ख़्वाब ही होता।''

''कितना बढ़िया होता कि ये बुरा ख़्वाब होता। ख़्वाब में दंगा हुआ होता, ख़्वाब में ही हम भिखारियों के साथ भाग रहे होते, ख़्वाब में ही हम रिक्शा पर बैठते और ख़्वाब में ही हम यहाँ इस ख़ाली घर में आ गए होते।''

''रेहाना तुम्हारे बुरे ख़्वाब में वह साधू नहीं आया...।''

''उस साधू के लिए, उस पूरे वाकए के लिए मेरे दिल में जो नफ़रत पैदा हुई, वह ख़्वाब में नहीं पैदा हो सकती।''

''इसका मतलब कि साधू के वाकए तक ख़्वाब नहीं हक़ीक़त था।'' प्रेमरंजन मूर्ख की तरह बोला–''पर रेहाना तुम हिन्दुओं के बारे में इतना कैसे जान गई–सीता, उर्मिला, मारीचि, ज्योति–कैसे जान गई सब। सच बोलना, मुझसे मिलने के बाद ही जाना होगा ?''

प्रेमरंजन का अन्दाज़ा था कि रेहाना ने हिन्दू रीति, रिवाज़ों, कथाओं, चरित्रों के बारे में अपना ज्ञानवर्द्धन विवाह के बाद अपने ससुरालवालों को ख़ुश करने के इरादे से किया था जो आज संकट की घड़ी में काम आया। लेकिन रेहाना ने उसके अनुमान को ग़लत सिद्ध किया–''तुमसे मिलने के पहले ही मैं हिन्दू धर्म के बारे में थोड़ा-थोड़ा जानने लगी थी...अब बेहतर जानकारी हो गई है...। मैं ही नहीं कई मुसलमान हिन्दुओं के बारे में जान रहे हैं। मुम्बई के दंगों में मुसलमानों के क़त्ल के बाद वहाँ के कई मुसलमान दंगों में अपने मुसलमान होने की आइडेन्टिटी छिपाने के लिए तुम्हारे मजहब की बातें सीखने लगे थे...पर गुजरात के दंगों के बाद मुल्क भर के मुसलमान बैचेन हुए...। तुम्हें हैरानी होगी लेकिन सच है–रामायण, महाभारत की कथाओं की किताबें मेरे अब्बू ने मुझे पढ़ने के लिए दीं। कहा था उस वक़्त उन्होंने–'बेटी पढ़ लो, बुरे वक़्त में काम आ सकती हैं...।' और देखा तुमने प्रेमरंजन, वह पढ़ना...बुरे वक़्त में काम आया...।'' रेहाना सिसकने लगी।

रेहाना को सान्त्वना देने का कोई तरीका प्रेमरंजन को न सूझा तो वह पानी का ग्लास पेश करने लगा–''चुप हो जाओ रेहाना...लो पानी पी लो...प्लीज चुप हो जाओ।''

प्रेमरंजन ने छेड़ा–''लगता है तुम्हें पानी पसन्द नहीं...नहाने में भी आनाकानी कर रही थी...।''

''मुझको पानी बहुत पसन्द है, नदियाँ, समन्दर, तालाब मुझको अच्छे लगते हैं। तुम हिन्दू लोगों में सुबह-सुबह सूरज को जो जल चढ़ाते हैं, वह भी मेरा पसन्दीदा मंजर है।''

प्रेमरंजन को बात में मज़ा आने लगा—"चलो मानता हूँ कि हिन्दुओं का सूरज को जल चढ़ाना तुम्हें अच्छा लगता है लेकिन ये बताओ, हिन्दुओं की कौन-सी चीज़ तुम्हें नापसन्द है विशेष रूप से हिन्दू लड़कों की कौन-सी बात अच्छी नहीं लगती ?"

"बताऊँ...बता दूँ...।"

"और नहीं तो क्या ?"

"बता रही हूँ...देखो हँसना मत...बुरा भी न मानना...। मुझको जनेऊ पहननेवाले लड़के अच्छे नहीं लगते...जो जनेऊ कान पर चढ़ा लेते हैं वे बिल्कुल बकवास लगते हैं।"

प्रेमरंजन प्रसन्नता से चिल्लाया—"मैं जनेऊ नहीं पहनता। दिखाऊँ...।" वह क़मीज़ के बटन खोलने लगा।

"नहीं...नहीं...प्लीज...।" रेहाना ने अपनी आँखें बाँहों से ढँक लीं।

वह रुक गया। रेहाना ने पूछा—"तुमको मुसलमानों की कौन-सी चीज़ सबसे ख़राब लगती है ? ख़ास तौर पर मुसलमान लड़कियों की ?"

"मुझे वे लड़कियाँ अच्छी नहीं लगतीं जो कमर में काले डोरे में बँधी ताबीज पहनती हैं।"

"मैं नहीं पहनती।"

"दिखाओ...।"

वह शरमा गई—"प्रेमरंजन तुम आला दर्जे के बेवकूफ हो।"

दोनों के बीच का यह तनावहीन क्षण एक नए तनाव के पैदा हो जाने के कारण ख़त्म हो गया। हुआ, यह कि फ़ोन की घंटी बजने लगी। रेहाना और प्रेमरंजन चौंककर खड़े हो गए। वे इस तरह घबराए हुए थे जैसे फ़ोन नहीं बज रहा था, बल्कि बाहर कई लोग दरवाज़ा पीट रहे थे। दोनों की समझ में नहीं आ रहा था कि रिसीवर उठाकर बात करें या फ़ोन को उसी प्रकार बजने दें। फ़ोन चुप होकर पुनः बजने लगा और आख़िरकार ख़ामोश हो गया।

वे दोनों अपनी-अपनी जगह ढह गए। दोनों को ऐसा लग रहा था जैसे वे बेपनाह थके हुए हैं—किसी ने उन्हें निचोड़ कर रख दिया है।

"आख़िर इस घर के लोग गए कहाँ ?" किसी गहरे कुएँ से प्रेमरंजन की आवाज़ निकली।

"लगता है कि इस घर के लोग बाहर गए और लौट नहीं सके।" रेहाना का अन्दाज़ा था।

"लेकिन सवाल यह है कि उन्हें इस तरह घर को खुला छोड़कर क्यों जाना पड़ा ?"

क्यों जाना पड़ा ? इस प्रश्न पर जब रेहाना और प्रेमरंजन ने सोचना शुरू किया तो कई-कई वजहें सामने आने लगीं। जैसे कि मुमकिन है कि माँ अपने बच्चों के साथ सिनेमा देखने या बाज़ार गई हो, वहीं वे सभी दंगे में फँस गए हों। माँ ने अपने मोबाइल से पति को इत्तिला दी हो—वह घबराहट में घर खुला छोड़कर पत्नी-बच्चों की तरफ़ दौड़ा हो और ख़ुद भी फँस गया हो या पत्नी-बच्चों के साथ हलाक़ हो चुका हो।

यह भी हो सकता है कि माँ-पिता बच्चे को छोड़कर कहीं निकले हों—जैसे शाम की सैर पर, या सब्ज़ी लाने—और दंगे में फँस गए हों। उन्हें ढूँढने के लिए बच्चा घर खुला ही छोड़कर निकल गया हो और सारे के सारे दंगे की चपेट में आ गए हों।

या कौन ठीक घर के किसी सदस्य की हत्या की सूचना आई हो, जिसे सुनकर शेष सारे सदस्य बदहवास शव के पास भागे हों।

जो भी सच हो, पर इतना जरूर था कि घर के एक या एक से ज़्यादा व्यक्तियों के साथ बाहर कोई हादसा हुआ था...।

लेकिन यह भी हो सकता है कि हादसा बाहर नहीं घर में हुआ हो...। घर की स्त्री को दंगाई कई दिन तक बलात्कार करने के मक़सद से उठा लिए जा रहे हों और घर के लोग उसे छोड़ देने की मिन्नतें करते-करते काफ़ी आगे बढ़ गए हों—जहाँ से लौटना सम्भव नहीं।

"प्रेमरंजन मान लो, वे लोग आएँ और मुझे उठाकर ले जाने लगें...तो... ?"

प्रेमरंजन के पास कोई जवाब नहीं था, जैसे संसार के सारे शब्द मृत हो गए थे। वह निरुत्तर रेहाना को देखता रहा।

रेहाना की दाईं आँख के नीचे की जगह फड़की। गरदन पर भी एक स्थान फड़फड़ाया। प्रेमरंजन परेशान होने लगा। उसे लगा कि रेहाना फिर दहशत से घिर रही है। उसका मन बहलाने के लिए उसे कोई दूसरा उपाय नहीं सूझा तो उसने टेलीविज़न चला दिया। रिमोट उसके हाथ में था...।

टेलीविज़न अनगिनत दृश्यों से भरा हुआ था। तमाम रंगों, आकृतियों का मेला और ध्वनियों का कोलाहल उसमें मौजूद था। प्रेमरंजन ने टी.वी. चालू कर दिया।

"न्यूज़ लगाओ...।" रेहाना बोली।

वह न्यूज़ लगाने लगा। चूँकि उसे पता नहीं था कि इस एरिया में न्यूज़ चैनल किस-किस नम्बर पर आते हैं, इसलिए वह एक के बाद एक बटन दबाने लगा। वह देखता कि यहाँ समाचार नहीं हैं, आगे बढ़ जाता। सभी चैनल जग रहे थे। एक चैनल पर फ़िल्मी सितारों की भीड़ थी तो दूसरे पर दामाद सास से प्रेम की

पींगें बढ़ा रहा था। प्रेमरंजन दोनों को दुत्कार कर आगे बढ़ गया। आगे बढ़ने पर उसने पाया कि एक सुन्दरी जूट की डोरियों के सहारे अपने गुप्तांग ढँके और शरीर खोले नितम्ब मटका रही है। प्रेमरजंन ने मन-ही-मन में कहा–'कुतिया चल हट' और रिमोट का बटन दबाकर आगे हुआ–यहाँ एक जटाजूट धारी साधू प्रवचन कर रहा था। प्रेमरंजन ने कहना चाहा–"रेहाना न होती तो अभी मैं तुम पर जल वर्षा करता।" वह साधू भागा और न्यूज़ चैनल आ गया। एक के बाद एक न्यूज़ चैनल थे। लेकिन सभी पर इस समय बॉलीवुड की ख़बरें थीं।

"बन्द कर दूँ टी.वी. ?" प्रेमरजंन ने पूछा।

"नहीं, चलने दो, बस दो-तीन मिनट बाद शुरू हो जाएँगी ख़बरें।" रेहाना ने दीवार घड़ी देखते हुए कहा।

प्रेमरंजन ने रिमोट पर से उँगली हटा ली...।

दो-तीन मिनट के बाद एक तेज़ मसालेदार संगीत के बाद समाचार शुरू हुए। जल्द ही टी.वी का स्क्रीन धुएँ और आग से भर गया। कई घरों के भीतर आग की धू-धू लपटें लहरा रही थी और चारों तरफ़ धुँआ था। आसमान दमघोंट कालिख़ से भर चुका था...।

समाचार वाचक कुछ बोल रहा था...कभी धटना स्थल से संवाददाता बोलने लगता, कभी दोनों के बीच सवाल-जवाब होने लगता था...लेकिन रेहाना कुछ भी सुन नहीं रही थी...वह केवल देख रही थी...समाचार वाचक या संवाददाता जो कुछ बोलते वह भी रेहाना के पास आकर दृश्य बन जा रहा था। इस प्रकार वह दृश्य ही देख रही थी और दृश्य ही सुन रही थी...।

एक मस्जिद में कई शव पड़े हुए थे...लाशें छितराई और जली-अधजली थीं। पेट्रोल किरोसिन छिड़ककर आग लगा दी गई थी। संवाददाता अपनी रिपोर्ट प्रस्तुत करने लगा जिसे रेहाना दृश्य के रूप में देख रही थी–दंगाइयों ने मस्जिद को घेरकर चारों तरफ़ पेट्रोल और किरोसिन का छिड़काव किया था, फिर कई जरकिन किरोसिन, पेट्रोल भीतर उड़ेल दिया था और आग लगा दी...। संवाददाता मस्जिद की चहारदीवारी के क़रीब पहुँचता है–वहाँ ज़मीन पर पच्चासों नरमुण्ड पड़े हुए थे...उनके चेहरे और बाल झुलसे थे। इन नरमुण्डों के यहाँ गिरे होने का कारण यह था कि मस्जिद में आग लगने पर लोग जान बचाने के लिए भागने लगे थे पर दरवाज़े बन्द थे। अतः कई लोग चहारदीवारी की दीवारों से कूदकर बाहर निकलने की कोशिश करने लगे पर बाहर खड़े दंगाइयों की तलवारों ने उनकी गरदनें काट दीं। जैसे ही भीतर से किसी का सिर बाहर की ओर झुकता, तलवार का हमला होता...।

एक बस्ती भी आग की लपटों में थी...। सिर पर भगवा पट्टी बाँधे और गले में भगवा दुपट्टा डाले लोग मोटर साइकिलों, जीपों और ट्रकों में सवार होकर दौड़ रहे थे। उनके हाथों में तलवारें, रिवाल्वर या त्रिशूल थे...। जिनके हाथों में ये नहीं थे, वे टूटी हुई ख़ाली बोतलें अथवा तेजाब से भरी बोतलें लिए हुए थे...। सड़क पर जगह-जगह दुकानें, घर और वाहन जल रहे थे...। कैमरा यहाँ से उठकर कर बस्ती के अन्दरूनी रिहायशी हिस्से में पहुँचता है—यहाँ की दीवारों के चेहरे पर जैसे भयानक चेचक के दाग उभर आएँ हों—वे गोलियों के निशानों से भरी हुई थीं। घरों के कमरे-आँगन रक्त और शवों से भारी हो गए थे और कराहों तथा रुदन से भर गए थे...। एक व्यक्ति के सिर पर तलवार से वार किया गया था वह तड़फड़ा रहा था...कुछ स्त्रियाँ भागी थीं तो बलात्कार के बाद उनके पैर काट डाले गए थे। एक गर्भवती स्त्री को चीर दिया गया था—वह और उसका भ्रूण साथ-साथ मरे पड़े थे...।

दूसरी बस्ती का दृश्य उभरता है—यहाँ पुलिस के लोग गालियाँ देते और गोलियाँ चलाते हुए बस्ती में घुसते हैं...। संवाददाता और उसकी टीम भी बस्ती में जाने का प्रयत्न करती है। पुलिस का एक अधिकारी सिपाहियों की एक टुकड़ी के साथ उन्हें रोक देता है। पुलिस के भीतर चले जाने के कुछ ही देर बाद आग की लपटें, धुँआ अपनी लीला करने लगे...। और अब्बा...ऽ...ऽ...तथा अल्ला...ऽ...ऽ...की चीखें गूँजने लगती हैं...।

तभी बिजली चली गई। अब कमरे में न टेलीविजन के दृश्य थे न उसकी ध्वनियाँ थीं। सिर्फ़ अँधेरा था।

रोशनी और अँधेरे में क्या फ़र्क़ होता है ? रोशनी में सब कुछ दिखता है लेकिन वह ख़ुद नहीं दिखती। अँधेरे में कुछ भी नहीं दिखता सिर्फ़ अँधेरा ही दिखता है। मगर रेहाना को दिख रहा था। स्मृतियाँ, कल्पनाएँ, स्वप्न और आशंकाएँ अँधेरे में ज़्यादा स्पष्ट और चटख़ दिखती हैं...। रेहाना के सामने अनेक दृश्य अँधेरे में चमगादड़ों की तरह फड़फड़ा रहे थे...। अँधेरे में सुनाई अधिक साफ़ देता है—रेहाना के माथे में ढेर सारी अप्रिय आवाज़ों का कोहराम था...।

उन्हीं अप्रिय आवाज़ों के बीच उसे सुनाई दी एक बहुत प्रिय आवाज़ की दबी-घुटी रुलाई...। प्रेमरंजन अपना रुदन छिपाने की कोशिश कर रहा था...। रेहाना स्तब्ध रह गई, एक क्षण के लिए उसकी सारी व्यथाएँ पीछे छूट गईं...। वह उठकर प्रेमरंजन के पास आई। अँधेरे में उसने प्रेमरंजन का सिर सहलाया—"तुम क्यों रो रहे हो ? तुम्हारा क्या क़सूर ?"

रुलाई का बाँध टूट गया—वह फूट-फूटकर रोने लगा।

●●●